성서중학교
성미어린이집
성미산
되살림가게
소행주 2호
소행주 3호
소행주 8호,
소행주협동조합
마포희망나눔
소행주 4호,
우리마을꿈터
소행주 7호
성서초등학교
동네책방 개똥이네
성미산학교
성미산어린이집
함께주택 1호
소행주 1호,
도토리방과후,
성미산공방,
비누두레
소행주 6호
성미산 마을극장 향,
시민공간 나루
월드컵경기장 마포농장
우리어린이집
울림두레생협 성산점
마을활력소,
작은나무카페,
성미산마을회관
키다리아저씨 빵집
한강망원지구
망원정
6호선 망원역
무지개의원,
마포의료사협

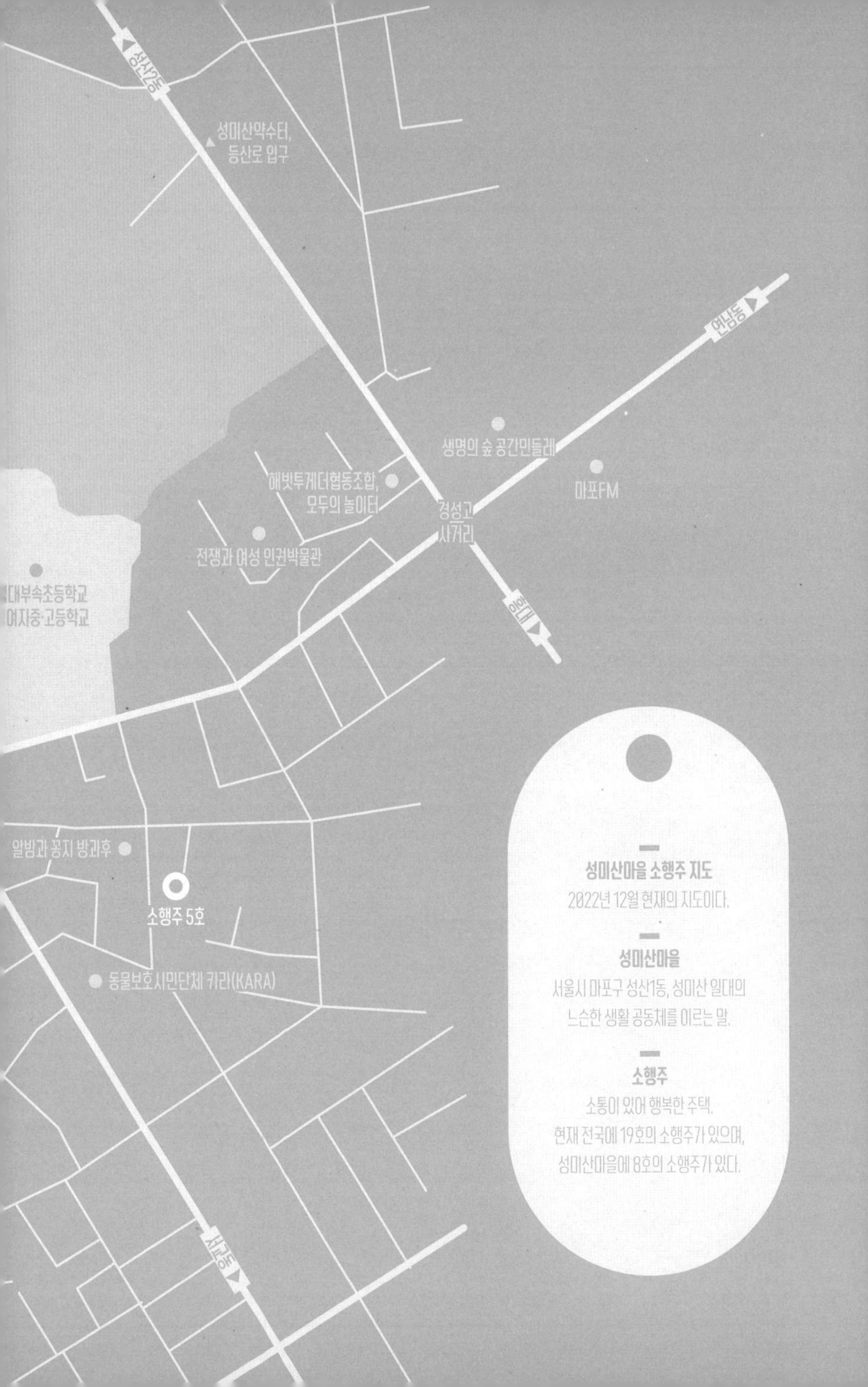
성산2동
성미산약수터,
등산로 입구
연남동
생명의 숲 공간민들레
해빛투게더협동조합,
모두의 놀이터
마포FM
경성고
사거리
전쟁과 여성 인권박물관
홍대
대부속초등학교
여자중·고등학교
알밤과 꽁지 방과후
소행주 5호
동물보호시민단체 카라(KARA)
서교동
성미산마을 소행주 지도
2022년 12월 현재의 지도이다.
성미산마을
서울시 마포구 성산1동, 성미산 일대의
느슨한 생활 공동체를 이르는 말.
소행주
소통이 있어 행복한 주택.
현재 전국에 19호의 소행주가 있으며,
성미산마을에 8호의 소행주가 있다.

공동체주택 함께 살이 10년

살아 보니, 소행주

공동체주택 함께 살이 10년
살아 보니, 소행주

펴낸날 2023년 2월 10일

지은이 김우(느리), 노정환(노을이)

편집 김동관
삽화 박종혁(빠이)
디자인 조윤주(미지)
마케팅 홍석근

펴낸곳 도서출판 평사리 Common Life Books
출판신고 제313-2004-172 (2004년 7월 1일)
주소 경기도 고양시 덕양구 중앙로558번길 16-16. 7층
전화 02-706-1970
팩스 02-706-1971
전자우편 commonlifebooks@gmail.com

ISBN 979-11-6023-304-9 (03810)

잘못된 책은 바꾸어 드립니다.
책값은 뒤표지에 있습니다.

공동체주택 , 함께 살이 10년

소행주

느리 & 노을이 지음

평사리
Common Life Books

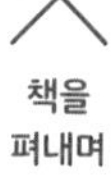

채 못다 준 사랑만을 기억하는 사람들

김우(느리)

마을기업 '소통이있어행복한주택만들기'는 탄탄한 마을 공동체도 재개발과 난개발의 광풍에 무너져 흩어질 뿐이니, 어렵더라도 주민이 집을 마련해 정주해야 한다는 생각을 했다. 도심 속에서 주거 문제를 같이 해결해 보자는 앞선 마음으로 땅 계약금부터 걸어 놓고 입주자를 모집했다. 들어와 살겠다는 사람이 없으면 계약금을 날릴 상황이었다. 헐지도 않은 예전 건물만 보일 뿐인데 앞으로 지어질 가상의 공간에 들어오겠다는 이들이 용케도 있어서 분양 계약금으로 땅값을 마저 치르고 공사를 시작했다. 이렇게 '저지르는 사람들'이 꿈꾼 무모한 당위성의 집은 그에 조응한 '시작하는 사람들'로 퍼즐이 맞추어졌다.

집이란 건빵 한 조각, 옷 한 벌이 아니어서 신중에 신중을 기하는 법인데, 듣도 보도 못한 '전국 최초 코하우징 주택'이라는 데 손 번쩍 드는 용기들은 어디에서 나온 것일까. 맨 처음의 길을 가는 데 주저 없음은 성미산마을이라는 테두리 안에서 형성된, 턱- 믿는 마음 바탕에서 비롯된 게 아니었을까.

나 역시 믿는 마음으로 선택도 수월했고, 짓는 과정도 즐거웠으며, 지은 결과도 만족스러웠다. 다 짓고 분양하는 방식이 아닌, 맞춤형 설계 방식의 매력도 컸다. 집을 사는 것보다 살 집을 짓는다는 설렘과 전문가의 도움을 받아 하나하나 실현하는 기쁨이었다.

같이 살아갈 이웃은 얼굴만 아는 사람, 얼굴도 모르는 사람들이었다. 겪어 보니 어디서 선발해 오기라도 한 것처럼 '이미 준 것은 잊어버리고 못다 준 사랑만을 기억하'는 사람들이었다. 내가 좀 손해 보고 말지 유형이 다수요, 잔잔한 솔선수범 실천형이 주류여서 나도 잘 묻어올 수 있었다. '천둥 치는 운명처럼' 만나진 않았지만, '수없이 많은 날들을 우리는 함께 지냈'고, 이제는 '마주 잡은 손끝 하나로 너무 충분한 우리'가 되었다.

소행주협동조합 사무실에는 세월호 유가족과 함께하는 후원 행사 '기억하장 함께하장' 경매에서 산 백기완 선생의 글씨 액자가 걸려 있다. "가을은 저물질 않는다. 여물어 갈 뿐이다." 사람은 노화하고 건물은 노후하기 마련인데 우리는 소행주라는 나무가 나이테를 더하는 사이 관계라는 열매에 정이라는 맛이 들며 그저 함께 무르익어 가고 있을 따름이다.

2011년에 입주해 10년을 넘겨 서로 스며들고 물들어 온 소행주 1호 식구들의 이야기를, 한 해에 한두 꼭지씩 10년에 걸쳐 써낸 이야기를 펴낸다. 공용 공간에서 사귀고, 여행에서 친해지고, 생활에서 어울린 이야기다. 서로에게 배운, 우리의 성장기라 할 수 있다. 우리의 이야기를 접하는 이들이 관계를 맺고 친해지는 것에 멈칫멈칫 두려워하기보다 궁싯궁싯 '함께살이'의 꿈을 꾸어 보는 계기가 됐으면 좋겠다.

10년을 함께 살아 온 팔가 이웃

노정환(노을이)

성격이 까칠해 공동체 생활이 맞지 않을 것 같음에도 소행주 3호(소삼팔가)에 계약했다. 공동 주택에 살면서 '공동'보다는 '주택'에 더 관심을 가졌다. 내가 살 공간을 상상하고, 가꾸고, 즐기면서 소삼팔가 사람들과 10년을 함께 지냈다. 아니다. '함께 지냈다'는 말은 읽기에 따라 과장된 표현이다. 한 집에서 동거한 것도 아니고, 드나들며 이웃 누구도 만나지 못한 날들이 더 많았다. 따라서 '함께 지냈다'는 의미는 단지 한 건물에서 이웃들과 살았다는 의미이다.

아니다. '단지, 살았다'는 말로 10년을 정리하기엔 몹시 허전하고 빈약하며 서운하다. 그 10년 동안 하루와 하루 틈으로, 한 달과 한 달 사이로, 일 년과 일 년 거리에 팔가 이웃들과 나눈 일상이 있다. 그런 일상이 없었다면 지금보다 메마른 삶이 되었을 것은 분명하다. 소삼팔가에서의 첫 1년 동안 이웃과 나눈 소통이 그전까지 약 20년간의 다세대 주택 살이에서 만난 이웃들과의 소통보다 훨씬 많았다.

다행히 그 소통이 서로의 일상을 침범하지 않았고, 서로의 프라이버시를 들추지 않았고, 서로의 취향을 거스르지 않았다. '공동'생활이 가능할 만큼 관심들을 건넸고, 적당한 거리에서 의견들을 냈다가 시나브로 생각들을 하나로 모았다. 10년간 이어 온 그런 관계가 존중인지, 배려인지, 애정인지, 호의인지, 다른 무엇인지는 여전히 단정 지을 수 없다. '혈연 가족' 사이에 불거질 과도한 오지랖은 덜어 냈고, '남남 이웃' 사이에 흐르는 냉랭한 무관심은 들이지 않은 관계, 그래서 팔가 이웃은 '이웃사촌'과는 또 다른 관계다.

이처럼 길게 주절거려도 소행주와 소삼팔가에 대한 설명은 쉽지 않다. 그렇다면 그냥 일상을 보여 주는 것도 방법이다. 소삼팔가에 입주하여 무엇을 하였는지, 이웃들과는 무슨 일이 있었는지, 까칠한 성격으로 어떻게 적응하고 있는지, 그런 일상을 펼쳐 놓은 책이 『살아 보니, 소행주』다.

『살아 보니, 소행주』의 시작에는 박짱이 있다. 도시에서의 마을, 공동 주택 등이 '이벤트'가 아니라 '일상'이라면 어떤 모습일까? 언론이 관심 갖는 '최초', '특이', '유행'의 시선이 아니라, 시시콜콜한 일상을 모자이크하여 공동 주택을 그려 내면 어떨까? 7년 전 박짱은 이 질문을 느리와 노을이에게 던졌다. 박짱의 질문과 제안은 유의미했지만 느리와 노을이의 게으름에는 밀렸다. 초반엔 느리가, 후반엔 노을이가 기약도 없는 게으름을 시전했다.

다행히 '지금보다 더 나은 세상을 만드는 일'이라면 종횡무진하던 느리가 어느 날 홀연히 나타나 책을 출간하자고 했다. 드디어 『살아 보니, 소행주』도 '지금보다 더 나은 세상을 만드는 일'에 든다고 생각한 모양이었다. 응? 아, 응! 하는 사이 출판사도 섭외하고, 디자이너와 일러스트까지 팀을 구성했다. 결국 박짱의 첫 생각, 느리의 바지런함, 미지와 빠이의 미술 감각, 평사리 출판사의 홍석근 대표와 동관 언니의 출판 전문성에 기대어, 내 이름을 붙인 책 한 권을 더 펴내게 되었다. 『살아 보니, 소행주』는 6년 전 유채에 또 하나의 주인으로 온 채리에게 먼저 건넨다.

공동체주택
함께 살이 10년

살아 보니, 소행주

책을 펴내며

1부

소행주 1호

2부

소삼팔가

추천사

공싯공싯 함께 살기를 꿈꾸는 소행주 1호 느리의 이야기

1부

느리의 이야기

공싯공싯 함께 살기를 꿈꾸는 소행주 1호 느리의 이야기

행복했다, 행복하다, 행복하겠다

아직 추가 공사 중이지만 공동체주택으로 입주하는 이사 날짜를 정했다. 오월 둘째 주에 가려고 했는데, 손 없는 날이라 15만 원 추가라는 말에 손 있는 날로 옮겨 셋째 주에 가기로 했다. 오지 않은 일 미리 대비하고 준비하고 그러지 않는 편이라 그렇게 선택했다.

선택이다

어제는 장롱 세 짝을 미리 옮겼다. 기왕의 장롱에 맞추어 남은 벽에도 문을 달아 한쪽 벽면을 모두 옷장으로 만들려는 심사였다. 복도가 드레스룸으로 탄생할 터다. 옷장이 쪼르륵, 조금 어두우면서 좁고 긴 복도를 사이에 두고 맞은편엔 방 세 개가 나란히 쪼르륵, 사람들이 여관방 같다고 한다.

방 세 개엔 모두 문을 달지 않았다. 내 방에 딸린 욕실에도 문 대신 위아래가 트인 유리블록 파티션으로 대신하려 한다. 문이 달린 유일한 공간은 거실에 있는 화장실 정도다. 사생활은 어찌 보장 받을까, 다른 사람들이 알아서 걱정을 해 주고 있다.

내 방바닥에 타일을 깔았더니 지나간 유행이 아니냐고들 한다.

보통은 방과 욕실에 다른 타일을 까는데 똑같은 타일을 깔아 특이점을 더했다. 또 내 방 벽에 하얀 페인트칠을 했더니 병원 같다고들 한다. 갤러리 같고 병원같이 휑한 분위기를 추구한 것이니 성공이다, 성공.

거실 마루의 색상은 가장 어두운 색으로 고르고 싱크대 문짝 색깔도 검정으로 해 달라고 했다. 스틸 느낌 용품과 어우러지는 나름 '모던한 올 블랙'을 구상했는데 착오가 있어 흰색 싱크대 문짝이 왔다. 그럴 땐 돌려보내고 자시고 하지 않고 그대로 받아들인다. 빨강이 오지 않은 게 어디냐는 생각이다. 풍뎅이가 '그로테스크한 집'이라고까지 했는데 누군가의 실수 덕분에 밝아진 걸로 여기기로 했다.

아이 방 밑 자투리 두세 평을 같이 분양받을 때 모두들 돈이 아깝다 했지만 사다리로 오르내리는 비밀 아지트가 탄생했다. 지붕 아래가 아닌 방 아래 다락방이다. 아지트에서 발코니로 나가는 통로는 엉금엉금 길 정도는 아니더라도 구부리고 나갈 개구멍처럼 뚫어 재미를 줄 생각이다.

부엌은 남쪽에 만들었다. 주방에 있는 걸 즐기지 않아 머무는 동안 행복감 증폭 기제로 그리했다. 싱크대 상부 장을 하나도 짜지 않고 그 자리에 창을 냈다. 수납은 어떻게 하냐고들 한다. 대신 하늘과 구름을 얻었다.

선택일 뿐이다. 남들이 궁금해 하며 보고 싶어 하는 집이긴 하지만 살고 싶어 하는 집은 아니란 걸 알고 있다. 근데 뭐가 문제냐, 살 사람은 난데. 나중에 이사하려 할 때 집이 팔리겠냐는 우려까지 먼저들 해 주고 있지만 나중 일은 나중에 생각하면 된다. '잘 팔릴 집'이 아니라 '내가 살고 싶은 집'을 지었다.

행복하겠다

일반적이고 통상적인 것을 받아들이는 게 아니라 내 뜻과 꿈을 펼치는 과정이 행복했다. 변경 사항이 생기면 그대로 즐겼다. 하고 싶었지만 하지 못한 것들은 다음이란 여지를 남기며 내일을 기약했다. 발코니에 처마를 달 수 없다고 해서 다리 늘어뜨리고 앉아 빗소리 들을 툇마루 놓는 걸 취소했다. 베란다를 세탁실로 하려던 건 맞은편 빌라에서 섀시 설치를 반대해서 무산됐다. 빌트인 가구처럼 세탁기가 안으로 들어왔다. 덕분에 베란다 야외 정원을 만날 예정이다.

앞으로 행복할 일만 남았다. 친한 사람들 뜻 모아 맘 모아 돈 모아 같이 집을 지으며 '앞으로 의가 상하는 일 있음 어쩌나' 싶을 수도 있겠다. 하지만 "같이 살 사람 손들어~" 해서 모이게 된 우리는 앞으로 친해질 일만 남았다. 야외 정원이 될 작은 베란다엔 흙을 깔고 잔디를 심겠지만 거기에 날아오는 풀씨가 또 자유롭게 싹터 자라게 하겠다. 그러곤 태평 풀밭에 누워 밤하늘을 바라보겠다.

계약금도 중도금도 잔금도 모두 빚이지만 태평스런 맘으로 그리하겠다. 여름 밤하늘의 별이 보이기만 한다면 행복하겠다.

이웃을 넘어
식구 같은 소행주

우리 엄마 착하다

겨울이 오기 전, 땅이 꽝꽝 얼기 전 떠났다

우리 엄마 착하다

비도 안 오는, 날 좋은 가을날 떠났다

우리 엄마 착하다

주말엔 좀 쉬라고 수요일에 떠났다

우리 엄마 착하다

조문객 맞이할 준비하라고 아침에 떠났다

우리 엄마 착하다

어제 건강하다 오늘 갑작스레 떠나지 않고

마음 준비할 시간 주려고 아프다 떠났다

우리 엄마 착하다

기나긴 병시중으로 지칠 시간 주지 않고 떠났다

우리 엄마 못됐다

"엄마, 사랑해" 한마디 들려줄 시간도 주지 않고 그렇게 떠났다

엄마는 말기 암이었어요. 15년 전에 눈과 코 사이에 세포 암이 발견됐어요. 수술 받고 방사선 치료 받고, 시간이 지나 재발했을 때 다시 방사선 치료 받으며 이겨 냈죠. 더 열심히 건강 챙기며 힘을 잃지 않고 사셨어요.

그러다 작년에 폐로 전이돼 수술 받으셨어요. 또 예전처럼 한 5년은 이상 없이 사시겠지 했는데 이번엔 재발이 연이었네요. 일흔 살 연세에 전신 마취 외과 수술만 세 차례 받으셨어요.

올해 방사선 치료 중 허약해진 몸에 치매가 겹쳐 왔어요. 치료 끝난 뒤 사진 찍어 보면 다른 부위에 더 넓게 종양이 퍼져 있었죠. 수술이든 방사선 치료든 번지고 퍼지는 암의 속도를 따라잡을 순 없었네요. 병원에선 3개월에서 6개월 이내 떠나실 거라 통보했죠.

예고된 것이었지만 그날이 오늘이 될 줄 모르는 어제를 살았어요. 호스 꽂고 링거 의지해서도 연명하고, 혼수상태였다가도 정신 돌아오고 그러는 건 줄 알았어요.

욕창 때문에 요양병원에 입원하던 월요일 "김우"라고 제 이름 불러 주고, 화요일 아들과 딸 얼굴 보면서도 이름 모르겠다더니, 수요일 아침에 덜컥 떠나셨어요.

제가 달려가 "엄마, 사랑해." 얘기했을 땐 체온이 남아 있었지만 이미 임종 뒤였죠.

엄마를 사랑하는지 모르고 살았어요. 욕하고 때리며 화내던 엄마의 기억 때문에 자라서도 마음의 곁을 주지 않았죠. "난 우리 엄마 안 좋아해. 나랑 달라도 너무 달라."라는 말을 입에 달고 살면서요.

엄마에게 치매가 왔을 때 걱정이 컸어요. 순하던 사람도 딴사람이 돼서 거칠게 변한다던데 정작 욕쟁이 우리 엄마는 얼마나 더 거칠어질까 싶었죠. 엄마는 착한 치매 환자였어요. 기저귀를 갈려고 옆으로 돌려 눕히는데 암이 퍼진 옆구리가 결렸는지 조그맣게 "이눔의 지지배"라고 웅얼거린 게 아픈 엄마에게 들은 유일한 욕이었네요. '아, 아직 나를 알아보는구나.' 반가웠던 그 욕이 앞으로 내내 그리워질 거 같아요.

장례를 치르는 시간은 사람들에게 고마운 시간이었어요. 나누면 힘이 된다는 게 뭔지 몸으로 깨닫는 시간이었어요. 무릎에 멍이 들 정도로 수없이 맞절하는 시간 동안 많은 이들이 마음의 멍울을 덜어 가 주었어요.

사람들이 "결이, 울이는?" 하고 물을 때 "응. 소행주에서 돌봐 주고 있어. 재워 준다는 집이 많아서 애들 보고 고르라고 했어."라고 답했죠. 놓아둔 전화기를 열어 볼 때마다 가득 차 있던 문자들. 소행주에선 3층부터 6층까지 전부 달려와 주고, 2층 도토리방과후, 비누두레, 성미산공방 식구들도 예외는 아니었죠. 시간 맞추어 함께 와서 두 테이블 넘겨 그득 앉아 있는 모습만으로도 든든하고 힘이 됐어요. 맘 달래 주려 애쓴 모두와 다음 날 화장터까지 찾아와 준 강호가 있어 슬퍼할 겨를조차 없었던 거 같아요.

우리 엄마 편히 쉬라고 빌어 주고 가족들 힘내라고 응원해 준 소행주 식구들 고마워요. 고맙고 또 … 고마워요.

비 오는 날의 흙빛 바다와 맑은 날의 옥빛 바다

금, 토, 일 통영과 거제로 소행주 엄마 여행을 다녀왔다. 아이들은 아빠들에게 맡기고 엄마들만 떠난 여행이다.

올해가 소행주살이 6년 차. 발전하고 있달까 진보하고 있달까 엄마 여행을 연 2회로 늘렸다. 지난 여행은 추석 지나서였고, 이번 여행은 설 지나서다. 명절 며느리 스트레스를 날리는 여행 기획쯤 되겠다.

물론 주고받기의 공평함으로 아빠 여행도 있다. 아이들은 왜 아이 여행이 없냐고들 반란의 기미가 보인다. 덩달아 엄마 아빠들에겐 환영의 조짐이 보인다. 막둥이들 조금 더 크면 손위 아이들이 손아래 동생들 데리고 시내 어디라도 놀러 갈 수 있지 않을까, 그러면 엄마 아빠들의 잔칫날이 하루 더 생겨나지 않을까, 기대가 크다.

여행은 착착 진행됐다. 야호가 추진위원장을 맡고, 채송아가 총무를 자임하고, 에이미가 차를 렌트했다. 일찍이 날짜부터 잡고 어디 숙소가 좋고 어느 맛집이 먹을 만하다며 풍성 카톡을 주렁 달았다. 난 묻어가고 얹혀 가는 내 본연의 임무에 충실했다. '자고 먹는 거야 정해지는 대로 따르리오'의 자세라고나 할까.

아이가 수두에 걸리는 바람에, 또 남편에게 일이 생기는 통에 풍뎅이와 메이는 낙오자가 되었다. 대가족제 식구 같으니 다른 아빠들에게 맡기고 떠날 수도 있지만 그러기엔 아이가 아프거나 어렸다. 남편이 동해로 발령이 나서 이사 간 하하도 다음 엄마 여행을 기약했다. 맏이가 초등학교 졸업하는 날이라 버스 타고 와서 합류할 채송아도 남겨두고. 아침 비는 추적 내리건만 사오십 대 엄마들은 빌린 9인승 차의 문이 자동인 것마저도 신나서 그렇게 '묻지 마 여행'을 떠났던 것이었던 것이었던 것이었다.

12일, 비 내리는 통영

오전 9시에 출발해서 오후 3시에야 통영 도착. 만만한 거리는 아니었다. 하지만 '산이라도 좋다, 물이라도 좋다'의 마음에다 집에서 멀면 멀수록 좋다는 마음이 더해진 종착지였다. 전혁림미술관, 충렬사에 잠깐 들렀다가 근처 서포루에 올랐다. 야트막해도 언덕이라 바람 짱, 풍광 짱이었다. 역시 기념관에 들르는 거보다는 풍광을 즐기는 여행이 딱이다.

풍광도 좋지만 누가 뭐래도 소행주 엄마 여행의 본류는 먹고 마시기니 '다찌' 체험을 했다. 2인 6만 원 상에 안주가 줄을 잇고, 소주와 맥주는 얼음 채워진 양동이에 담겨 사랑스럽게 들어왔다. 전날 체해서 하루를 앓고 왔던 나는 최선을 다할 순 없었으나 선방은 했다.

전에 선배 세 명이 아귀 장사를 하는 곳으로 놀러 가곤 했다. 어느 새벽 선배를 따라 수산물 시장으로 갔다. 고무장화 신고 고무 앞치마를 두른 선배는 손가락 경매를 하러 가며 내가 제일 좋아하는 산낙지를 산처럼 시켜 주었다. 새벽까지 마신 술이 덜 깬 나는 생각했다. '지금 노력하지 않는다면 분명 후회할 거다.' 하지만 한 젓가락도 들 수 없는 상태였다. 낙지 다리 하나도 받을 수 없는 속이었다. 그 후 '후회'라는 단어를 제대로 느꼈기에 다찌 상 앞에서 노력에 노력을 기울인 것이다.

밤에는 숙소에서 <배우학교>라는 프로그램을 봤다. 마땅히 술을 마시며 봤다. 마을에서 주민 연극을 올린 경험도 있기에 유심히 봤다. 연기라는 건 자신을 찾아가며, 자신을 알아 가면서의 변신이겠구나 싶었다. 다 보고 당연히 술을 더 마시고 잤다.

13일, 비 내리는 거제

아침. 산책하러 가고 싶은 이는 밖으로 나갔다. 챙겨 먹고 싶은 이는 먹었다. 잠을 더 자고 싶은 이는 잤다. 누군가는 콘도 소파에서 『시사인』을 읽고, 나는 목욕을 했다. 각자 좋아하는 선택을 하고 체크아웃을 하는 시간에 모여 떠났다. 우리는 이렇게 '따로 또 같이' 여행을 즐겼다.

안개 낀 도로를 달리며, 『무진기행』의 기분을 느끼며 거제로 갔다. 비 오는 날 '바람의 언덕'은 최고였다. 괌의 '사랑의 절벽'이 떠오르는 절경이었다. 수묵화 같은 바다 너머 안개가 피어오르는 섬이 펼쳐졌다. 아름다웠다. 바람에 우산이 젖혀지는 모양새는 딱 내 웃음 코드여서 다른 엄마가 민망해할 정도로 웃었다. 우산을 써도 무릎 밑으론 바지가 다 젖는 경험도 오랜만이었다. 마음이 말끔하고 말갛게 씻겼다. 유쾌한 시간이었다.

몽돌해수욕장에 들러 비 오는 바다에 해초가 파도타기를 하고 흙빛 파도에 몽돌이 구르는 해변에 서 있었다. 바다는 비 오는 바다도 좋다. 저녁으로 성게·멍게비빔밥에 게장백반이며 코다리찜이며 거하게 먹었다. 응당히 술도 진하게 마셨다.

14일, 맑게 갠 거제

'막밤'을 필름 끊기게 불태우고 맞이한 아침은 화창했다. 그런데도 선착장에 문의하니 안개 때문에 배가 뜨지 못해 외도엔 들어가지 못한다고 했다. 밤비가 못내 아쉬워했다. 그이를 위로하는 나의 참된 한마디. "외도에 들어갈 게 아니라 외도를 해야지. 바람의 언덕에 갈 게 아니라 바람을 피웠어야 했어."

차에 타면 에이미와 번갈아 운전, 내려서 식당에라도 들어가면 중간 정산, 자기 전엔 뒷정리. 우렁각시 채송아를 보며 드는 생각이 있었다. <나도 아내가 있었으면 좋겠다>라는 영화를 보진 못했지만 '우리에겐 아내가 있구나' 하는 생각이었다.

신선전망대에선 먼 데 섬을 할짝할짝 핥아 주고 있는 파도를 보았다. 긴 세월 서로에게 길이 들어가는 모습이었다. 신선대는 바람의 언덕에 이어 다시 가 보고 싶은 곳이 됐다. 그 바다라니 그 바위라니. 특히 켜켜이 얇은 시루떡을 얹은 듯한 바위 단층면이 퍽 매력적이었다.

해안가 쪽에선 반짝 빛나는 바다의 옥빛 파도에 몽돌이 구르고 있었다. 바다는 화창한 날의 바다도 좋다. 비 오는 날의 흙빛 바다와 맑은 날의 옥빛 바다, 이번 엄마 여행은 두 가지 바다를 온전히 누려 느끼는 여행이었다. 우리 함께 살아가는 날들도 흐린 날 맑은 날 있겠지만 쓰담쓰담 응원과 지지의 손길 있으니 넘실 파도 넘으며 노 저어 나아갈 터다.

서울로 출발해선 계획에도 없던 거제자연휴양림에 들렀다. 이정표만 보고 바로 핸들을 꺾어 들어가는, 이 엄마들의 멋진 즉흥성. 동백꽃은 피어 있기도 하고 떨어져 있기도 했는데, 서리 맞은 잎이 이월의 꽃보다 붉다는 '상엽홍어이월화霜葉紅於二月花'라는 말이 생각났다. 이월 남도의 동백꽃이 내 마음처럼 붉었다.

일행 말고는 아무도 없는 장소와 만난 것은 처음이었다. 어딜 가든 사람이 꼭 있는데, 사람을 꼭 만나는데, 사람 없는 맛을 맛보았다. 고등학교 때 환장했던 환타도 추억의 맛으로 한 모금 맛보았다. 환타스틱하지 않았다. 무엇이 변한 것일까? 나일까, 환타일까?

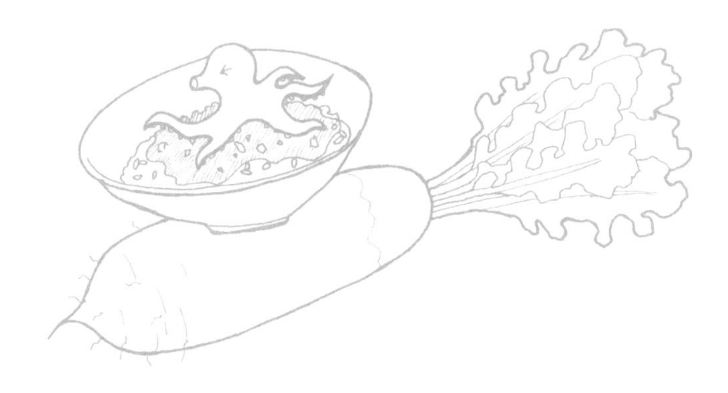

내려갈 땐 비 오던 길이 올라올 땐 눈발 날리는 길이었다. 9인승 차가 넓어서일까. 앞에서 얘기하는 걸 잘 알아듣지 못하던 엄마들에게 지니는 보청기 공동 구매를 권하기도 했다. 압권은 휴게소. 야호가 말했다.

"주꾸미 밥이 어디 있다는 거야?"

지니가 말했다.

"난 충무김밥이라고 했는데."

내가 말했다.

"물 가지러 갔다 올게."

돌아오니 모두 웃고 있었다.

"무 가지러 가는 줄 알았어."

아빠들은 엄마들 돌아오면 놀랄 일이 있다고 소행주 카톡방에 카톡을 올렸다.

에이미가 카톡을 달았다. "봄맞이 대청소라도 한 거야?" 돌아온 카톡의 답변은 "헉" 단박에 맞춘 거였다. 엄마들 없는 사이 아이들 건사하고 대청소해 놓고 기다리는 아빠들. 하지만 엄마들은 여행 기한인 자정까지 꽉 채우리라며 집에 들어가지 않고 마을 한편에 차를 세우고 내리는 것이었던 것이었던 것이었다.

암호 같은 말,
저해모

소행주 1호 공용 공간 중 대표 격이 '씨실'이다. 씨실이 어떤 곳이냐 볼 것 같으면 밥도 먹고 술도 마시고 회의도 하는 곳이고, 둥. 괜찮은 빔과 스크린으로 영화를 보기도 하는 곳인디, 두둥. 지인들과 쓰고 싶을 땐 입구에 있는 달력에 먼저 표시하는 사람이 임자인 곳이다아~ 두두둥.

입주자 자제인 청소녀, 청소년들은 밤새 친구들과 파자마 파티를 하기도 하는디, 쿵따 쿵따 쿵따. 입주자들만 쓰는 곳이냐 하면 그것도 아닌 것이 2층 근린생활시설의 '도토리방과후' 아이들도 쓰고, '비누두레' 두레원들이 점심을 먹는 공간으로도 쓴다아~ 더궁더궁 덩따쿵따.

때론 공간이 있어야 하는 외부에 대여도 하는디, 덩딱따 쿵따쿵따. '싸다 싸' 비용은 3시간 이내 1만 원이다아~ 더궁더궁 덩덩덩.

저해모의 진실

소행주 1호에 입주하니 한 달여 먼저 입주한 이들 사이에 밥과 반찬 두 가지씩 가지고 씨실로 내려와 함께 저녁을 먹는 '미풍양속'이 자리 잡고 있었다. 요리를 못하는 나는 평소 애용하는 유기농 반찬가게 '동네부엌'의 반찬을 사 와서 고대로 그릇에 엎어 담아 갔다. 그런데 하루는 야호가 나랑 똑같은 반찬을 가지고 내려왔다. 우리는 마주 보고 해맑게 웃었다. 그러곤 고민이 시작됐다. '매일 저녁 무슨 반찬을 가지고 내려갈 것이냐?' 하는 고민에서 벗어나고 싶은 고민이었다. 해서 만든 게 바로 '저해모'다.

"나는 저해모라고 해서 저녁 해 먹는 모임인 줄 알았어."

저해모 구성원 야호의 남편 강호의 말이다. '아니올시다'다. 저해모는 저녁을 해 먹는 데서 해방되는 모임, 저녁 해방 모임의 약자다.

언젠가 경기도 화성에 있는 야마기시 공동체 탐방을 한 적이 있다. 양계장을 하며 공동 생산 공동 소비를 하는 곳이었다. 가장 기억에 남은 건 공동 부엌이다. 당번이 밥을 짓고 국을 끓이고 반찬을 해 놓으면 모두가 편한 시간에 들러 끼니를 해결했다. 양계장을 하는 만큼 쟁반 위에 산처럼 쌓인 달걀부침이 선명한 영상으로 남았지만 무엇보다 인상적인 게 있었다. 부모가 자신의 아이를 돌보는 게 아니라, 그 시간에 공동 부엌에 온 어른이 같은 시간대에 있는 아이를 챙기는 방식이었다. 부러움과 감탄이 일었다.

부러우면 지는 것이 아니라, 부러우면 응용해 활용하면 될 터다. 급식 받았으면 좋겠다던, 어린아이 셋 키우는 야호에게 전화를 걸었다. 집에 부엌을 없애고 싶다던 풍뎅이에게도 전화했다. 야마기시 공동체처럼 당번을 정해 식사 준비를 하기엔 무리가 있어 서울여성노동자회 소개로 알던 해당화에게 제안했다. 이렇게 쿵작쿵작 쿵 짜자 쿵 짝 모의 속에 각자의 기원을 모아 모아서 시작한 게 바로 저해모다.

이것도 집밥

저해모는 소행주 1호 식구로만 국한하지 않는다. 도토리방과후에 아이 하원 시키러 와서 저녁을 먹고 가는 집, 인근에 살면서 저해모를 신청하는 집 포함해서 열두 가구 정도가 함께한다. 가구마다 해당화 품 비용으로 9만 원, 생협 식자재 비용으로 15만 원을 내서 주 5일 평일 저녁을 해결한다. 6시부터 8시까지 자유롭게 빈손으로 와서 접시 하나에 밥과 찬을 덜어 먹는다. 빈 통을 가져와 싸 가는 것으로 대신하기도 한다. 자신이 먹은 접시 하나, 국그릇 하나, 수저 한 벌을 닦으면 설거지도 끝.

비용을 내는 일, 먹는 일 외 하는 일이 있다면 돌아가며 식단을 짜고 생협에서 장을 보는, 장보기 당번을 맡는 일이다. 냄비, 프라이팬, 국자, 집게 등 공용으로 사용한 주방 집기의 설거지 당번이기도 하다. 남은 찬을 냉장고에 갈무리하고, 전기나 가스는 잘 꺼져 있는지 확인하고 바닥 청소를 하는 것까지가 그 몫이다.

내가 늦게까지 밖에서 회의나 뒤풀이에 참석 중일 때 혹자가 묻곤 한다.

"애들 밥은요?"

그럴 땐 방긋 웃은 뒤 말해 준다.

"제겐 저해모가 있거든요."

우리 집엔 밥솥이 없다. 만일을 대비해 압력밥솥 하나 남기고 전기밥솥은 저해모가 만들어질 때 기념으로 씨실에 기증했다. 소행주 1호가 2011년 3월경에 지어지고 내가 입주한 게 5월경이었으니 저해모도

6년 차로 접어든다. 밥을 안 하고 산 지 만 5년이 된다는 얘기다.

집에 밥솥이 없는 대신 씨실엔 저해모가 있고, 마을엔 동네부엌이 있다. 동네부엌에선 반찬이며 국은 물론 밥까지 사 갈 수 있다. 집에 손님이라도 청하면 가게에서 일하시는 대장금과 상의를 해서 식단을 짠다. 정해진 날 정해진 시간에 요리를 찾아 가서 상에 펼치면 끝. 동네부엌은 내게 친정엄마와 같다.

이사 와서 이미 만들어져 있는 곳을 이용하는 고마움으로, 마을에서 새롭게 유기농 식당 겸 술집인 '성미산밥상'을 만들 때는 준비위원회 활동부터 같이했다. 100여 개인과 단체가 5만 원부터 5백만 원까지 자유롭게 출자해서 1억 원의 종잣돈을 마련할 땐 무리해서 대출까지 받아 보탰다.

난 참 요리를 못한다. 한번은 아들딸인 결이, 울이에게 모처럼 달걀 김말이를 해 줬다.

"어때? 맛있지?"

내가 묻고 아이들이 차례로 답했다.

"정말 맛없는데. 눅눅해."

"아냐~ 엄마, 난 맛있어."

둘째 울이의 말에 힘입어 "그래? 다음에 또 해 줄게!"라며 씨익 웃었다.

그러자 울이가 내 표정을 살피며 조심스레 얘기했다.

"엄마… 미안해…."

또 해 줄까 봐 두려워서 그제야 속마음을 드러낸 거였다.

요리 실력을 쌓는 대신 아이들과 안심하고 갈 수 있는 식당을 만들고 공동 부엌을 꾸리는 데 힘을 썼다. 해당화가 준비해 주시는 갓 지은 밥과 금방 끓인 국과 방금 만든 반찬 두 가지가 아이들에게 정성과 손맛의 '집밥'으로 손색이 없다고 생각한다.

소행주에 오면 시골처럼 푸근함이 느껴져 좋다는 해당화가 굳이 나를 잡고 한마디를 한다.

"느리, 흉보려는 거 아니구. 살림이 빵점인데 신랑이 다 받아 주고 참 용해~"

예전에 변기였나 세면기였나 막힌 거 뚫어 주러 출장 나오셨던 분도 어질러진 집 안을 보며 역시 하신 한마디가 있었으니

"바깥 분이 성격이 참 좋으신가 봐요."

아무것도 한 것 없이 용한 사람, 성격 좋은 사람으로 격상된 남편은 이 모오든 것이 내 덕임을 알랑가 모르겄다.

열 번째 입대

두둥. 입대를 수락하다

군에 들어갈 일은 없지만 소행주 1호 입대(입주자 대표)가 됐다. "내가 1년은 해볼게." 호기를 부린 아빠 두 명을 제외하고 아홉 집이 6개월씩 돌아가며 순번제로 맡고 있고, 이미 부부가 번갈아 한 집도 있으니, 이제 내 차례를 겸허히 받아들이기로 한 거다. 따져 보니 열 번째 입대다.

입대는 첫째를 낳을 때 심정으로 맡았다. 출산 전날, 병원에서 일러준 대로 산통이 규칙적으로 왔을 때 입원을 했다. 1cm 열렸다는 자궁문은 24시간의 진통 시간이 지나도 별 진전이 없었다. 잠시 눈을 감은 게 아니라 잠깐 의식을 잃기도 한다는 자각을 할 때쯤이었다. 자연 분만을 고집하겠다고 마음먹은 터였지만 '이제 저 문을 열고 의사가 들어와 수술이 불가피하다고 한다면 나는 어찌할 것인가' 생각했다. 그러다 누군가 했던 말이 생각났다. '다른 여자들도 낳는데 나도…' 하고 눈을 질끈 감았다던 얘기였다. 개인으로서야 처음이지만 많은 여성이 아이를 낳아 왔다는 선례가 주는 힘이었다. 바쁘게도 살아가는 일상이지만 입대를 미루지 않고 맡을 때 심정이 바로 이와 같았다. '평범이가 했는데 나도'였다. 평범이는 남편의 별칭이다. 지방 출장을 가지 않으면 해외 출장을 가고, 혹여 출장을 가지 않으면 학회나 워크숍에 가는, 얼굴 뵙기 어려운 분이다. 그런 분이 1년이나 하셨으니 나도 할 수 있겠다 싶었다.

사실 내가 아는 입대의 역할은 월에 한 번 있는 입주자 회의를 소집하고 주재하는 일, 공동 기금을 정리해서 각 집의 납부액을 알려주는 일 정도다. 한편, 외부에서 소행주 1호의 의견을 묻고자 할 때 두드리는 창구이기도 하다. 아직 인수인계를 받지 않아 잘 모르고 하는 태평한 소리일 수도 있지만 내가 아는 한은 그렇다. 입주자 회의는 매월 말 주말 저녁에 열리곤 했으니, 입대가 된 후 첫 입주자 회의는 아마도 11월 26일 토요일 저녁이 되겠다.

늘 씨실이라는 공용 공간에서 하던 회의를 이번엔 우리 집 거실에서 하겠다고 했다. 공용 공간에서 모이면 되니 딱히 집으로 모두를 청한 적이 없어서였다. "올해가 가기 전에 집들이 한번 할게요."란 약속으로 청하는 것인데 커다란 난제가 두 가지 있기는 하다.

하나는 내가 요리를 못한다는 거다. 손님 청하기에 두려움이 없도록 뒷배를 봐주던 나의 동네부엌이 두 달 동안 휴지기다. 김 모락모락 음식을 찾아와 상에 놓기만 하면 됐는데 대장금이 그만 은퇴하셨다. 어흑. 다른 하나는 언제나처럼 집이 정리가 안 되어 있다는 거다. 넓지 않은 공간에 아홉 가구 성인이 앉을 자리를 마련해야 한다. 특히 스스로 '작가의 방'이라 명명한 내 방은 어지를 수 있는 최대한에 도전하는 방이기에 외부 노출이 극도로 어렵다. 보통은 충격적인 경우 19금 정도로 한도를 정해 그 이상에게 공개하지만, 오히려 내 방은 19금 이하다. ‘이렇게 어질러도 꾸지람 들을 일 없다니…’ 아이들에겐 감탄과 부러움의 대상이 되곤 하니 그렇다.

하여튼 하겠다고 했고 그날은 올 거다. 오늘 소행주 1호 카톡방에 다음의 내용을 올렸다. 입주자 회의 날짜를 확정하자고, 약속대로 우리 집 거실에서 하자고, 그리고 내 방은 내년 말까지 공개하겠다고. ‘무엇을 상상하든 그 이상’인 내 방은 보여 주는 사람이나 볼 사람이나 마음의 준비가 필요하다, 마음의 준비가.

쿠궁. 입대의 각오

열흘 지나면 입주자 회의 날이고 입대 이취임식 날이다. 언제 봐도 재밌지만 전 입대가 미스코리아 대회처럼 손을 흔들며 고별 행진을 할 테고, 새 입대에게 황금빛 종이 왕관을 씌워 주고 봉 대신 통장과 서류뭉치가 든 가방을 건네줄 테고, 또 다정한 포옹을 할 게 예상된다.

새 입대로서 각오는 소행주 식구들에게 소행주를 넘어 마을의 휘몰아치는 일감을 가져다주겠다는 거다. 음 하하하.

우선 입대 취임 다음 날인 27일에 성미산마을극장에서 주민 공연을 열 거다. 소행주 1호 엄마들 이름으로 기획서를 내서 80만 원의 동 예산을 받았다. 극장 대관료 40, 조명과 음향 오퍼비 각 10, 다과비 10, 소품비 10으로 나누었다. 부족한 비용은 보태면서 해야겠지만 핵심은 성미산마을 주민만의 무대가 아니라 성산동에 살면서도 정서적·문화적 거리감이 있던 주민과의 자리 마련이다. 잘하는 사람 초청해 공연하기보다 서툰 우리들 모습을 즐겁게 응원하며 하나가 되는 시간의 모색이다. "내가 소행주에 들어와 행복하니까, 충분히 행복하니까 이제 그 행복을 나누고 싶어." 함께하는 주민 공연엔 채송아의 이런 진심 어린 마음이 깃들어 있기도 하다.

행사명은 '털어서 장기 하나 없는 사람 없다'이다. 주민들의 노래와 연주와 춤도 마구마구 섭외 중이다. 주민자치위 간사님과 1통장님은 기타 연주와 노래를 선사해 줄 거다. '마포희망나눔'을 통해 나와 결연 관계를 맺은 혜은이 할머니는 트로트 노래를 부르실 거다. 어렵사리 시간 쪼개 '춤의문'에서 차차차와 살사를 익힌 주부 4인조도 춤 솜씨를 뽐낼 거다. 에이미에겐 익히 보았던 현란한 막춤 공연을 부탁했더니 혼자서 맨정신으로 어렵다는 답이 돌아왔다. 해서 소주 한 병 주거니 받거니 무대에서 마시고 미러볼 아래 함께 작두를 탈 지인 섭외까지 완료했다.

나도 월에 한 번씩 배운 젬베 실력으로 좋아하는 노래 <해방을 향한 진군>을 연주할 계획이다. 엄청난 음치인데 전에도 없었고 앞으로도 없을 노래 공연도 할 예정이다. 갓 결혼한, 마을의 남자 지인과 <사랑의 대화>라는 듀엣곡을 마주 보며 부르는 거다. 음정 박자가 중요한 게 아니라 웃지 않고 진지하게 부르는 게 관건이다. 엄청난 고음의 소유자인 지인과는 <매일 매일 기다려>를 부를 생각이다. 물론 나는 '고음 불가' 이수근 풍으로 부를 거고, 목장갑과 긴 목욕가운으로 의상 구상도 이미 끝냈다.

한편, 골목길을 아이와 어르신이 안전한 길로 정비하는 것도 야심차게 준비 중이다. 불법 주차를 하는 분들의 저항으로 차질을 빚고 있는데 지난 입주자 회의에서 강호가 얘기했다. "우리 집에 차가 두 대 있는데 한 대를 처분할게. 아들 차까지 두 대를 불법 주차하고 있는 분한테 우선 이 공간을 내주고 설득해 보면 어떨까?" 형평성 문제가 있으니 거주자 우선 주차비 정도를 받고, 지붕이 있어 눈비를 피할 수 있는 곳부터 이웃에게 양보하자는 제안이었다. 인근 초등학교 운동장이든 부근 아파트 비어 있는 주차장이든 불법 주차 해소 공간을 찾고 싶고, 차가 점령한 골목을 보행 약자가 안전한 길로 되찾고 싶은 마음이다.

아직 골목길 정비 사업은 난항을 겪고 있지만, 진인사대천명으로 사람이 할 수 있는 노력을 다 해보고 있다. 함께하는 소행주 식구들이 든든하고 자랑스럽기만 하다. 나도 그에 걸맞은 입대가 되겠다는 다짐이다아아아~

• 하나의 마음

들어는 봤나, 애즈원

마을기업 '소행주'에서 사람을 찾고 있다. 다음 소행주를 준비하고 입주할 사람만이 아니다. 애즈원 네트워크의 하나인 스즈카 커뮤니티 3박 4일 방문단을 모집 중이다. 애즈원(AS ONE)은 존 레논의 <이매진>을 떠올리면 이해하기 쉽다. 사후 천국 생각 없이 지금을 위해 살고, 국가도 종교도 없이 평화 속에 살고, 소유욕 없이 모든 것을 나누고, 세상 모든 사람과 온 세상이 하나 되기를 상상하고 실현하는 공동체….

I hope someday you'll join us(언젠가는 당신도 함께하기를) /
And the world will be as one(온 세상이 하나 되기를).

애즈원은 공동체가 세상에 점점이 뿌려지길 원한다. 그 점들이 선이 되고 면이 되어 세상을 바꾸고 모두가 행복해지길 바란다. 그중 한 곳인 스즈카 커뮤니티에 작년 7월에 다녀왔다. 소행주 1호에 같이 사는 에이미가 4월의 1차 방문 때 울었다고 해서 신청했다. 내가 좋아하는 에이미가 그리 감동했다니 당연히 묻지도 따지지도 않고 일본행을 결심했다.

언제고 공유하고 싶던 스즈카의 기억을 떠올린다. 6개월 가까이 시간이 흐른 터라 진즉 썼더라면 하는 후회가 있다. 최순실은 어제 일도 기억이 안 나는데 어떻게 기억하냐며 잡아뗐지만 '기억나지 않는다, 모른다' 하는 저들과 다른 나는 찬찬히 기억을 더듬어 본다.

행복하고 따뜻했던 스즈카의 일정은 이랬다. 다도회에서 애즈원 간략 설명을 듣고 어머니도시락, 밭공원, 오피스, 조이, 사이엔즈 스쿨, 숯가마숲 등 현장을 돌아보았다. 인원을 나눈 가정 방문은 물론 매일 저녁 이어지는 교류회는 가슴과 가슴으로 만나는 시간이었다.

어머니도시락은 도시락을 배달하는 회사다. 인상적인 이야기 한 토막. 새우튀김을 만들려고 냉동고를 열었는데 새우가 없었다, 주문하는 사람도 확인하는 사람도 빠뜨린 상황이었다, 모든 직원이 동원되어 시장과 마트를 뛰어다녀 새우를 확보했다, 만드는 사람도 담는 사람도 다른 날보다 더 빠르게 더 열심히 움직였다, 겨우겨우 차질 없이 배달을 마쳤는데, 이런 경우 나무라는 사람도 징계 받는 사람도 없다. 실수한 사람이 반성문을 쓰는 경우, 다른 사람이 실수할 때도 반성문을 써야 한다고 생각할 것이고, 부정적인 에너지의 회사에 다니는 건 행복하지 않기 때문이다. 어려움이 있으면 누군가를 질책하지 않고 힘을 합쳐 같이 뛰어넘을 뿐이다.

두 번째 방문자였던 에이미는 이번엔 어머니도시락에서 일하는 시간도 보냈다. 그리고 저녁에 소감을 얘기할 때 또 울었다. 류머티즘으로 손가락을 자유롭게 움직일 수 없는 할머니도 동료들과 즐겁게 일하며 도시락 통에 찬을 옮겨 담는 정경이 에이미를 울렸다. 장애와 나이를 떠나

행복하게 같이 일할 수 있는 사회를 눈앞에서 보고 느낀 것이다.

'마음의 유기농'을 생산하는 밭공원은 비용과 시간과 품을 들여 일본의 엄격한 유기농 인증까지 받을 필요가 없기에 받지 않을 뿐이다. 실제 유기농이고, 기르는 이도 먹는 이도 행복한 유기농이다. 즐겁게 농작물을 수확하고 손주들 또래가 체험하고 둘러볼 수 있게 만들었다는 할아버지의 설명이 푸근했다. 밭공원에서도 인상 깊은 얘기가 있었다.

연못을 팠다, 연꽃이 피어나는 정토연못을 만들려 했는데 가재가

연꽃을 다 잘라 먹었다. 가재를 잡아서 없애려 했는데 여의찮았다. 해서 정토연못의 이름을 가재연못으로 바꾸었다. 아이들이 가재를 잡으며 노는 연못이 됐다. 유연한 생각의 전환이 엿보이는 이야기였다.

스즈카, 다정한 그곳

이상 사회를 구현하려는 규칙과 규율이 조금은 경직되게 엄격했던 야마기시즘 실현지에서 나온 사람들이 애즈원 네트워크의 주축을 이루고 있는 듯했다. 해서 조직을 우선시하기보다 한 사람 한 사람을 소중하게 존중하는 수평적 관계에 더 관심을 기울이는 듯도 했다. "전에는 인류의 행복을 위해 나를 헌신하느라 힘들었어요. 지금은 행복해요." 환영회에서 만난 이가 들려준 한마디다. 스즈카 커뮤니티에서 가장 인상적인 건 사람이었다. 교류회에서 한 명 한 명 소개를 하고, 한 사람 한 사람 이야기에 귀 기울였다. 처음 만난 사람인데도 마음 열면 이미 두 마음이 아니었다. 헤어지며 모두와 껴안으며 인사했다. 언어가 통하지 않아도 진심이면 통한다.

스즈카 커뮤니티의 100가구 정도가 '오늘 성미산마을에서 탐방 옵니다' 식으로 안내 문자를 받으며 소통한다. 80가구 정도는 '오피스'와 관계 맺고 상담을 받는다. 그중 독특하게 70명은 한 지갑을 쓰는 관계다. 70가구가 아니라 70명인 이유는 부부 사이에도 생각이 달라 참여가 갈리기 때문이다. 이 70명은 월수입 전부를 오피스에 맡기고 필요한 금액을 이야기해 사용하며 '조이'라는 커뮤니티 가게에 들러 원하는 대로 가져간다.

"오피스에서 상담을 해 주는 사람은 나이 많고 지혜로운 사람인가요?"

"젊은 사람, 나이 든 사람이 고르게 있어요. 들어 주는 역할이고요. 찾아와 상담하길 기다리는 게 아니라 찾아가 물어보고, 늘 관심 가지고 염려해 주는 사람인 거죠."

"저는 술값을 N분의 일로 나누어 내는 것보다 제가 사기도 하고, 얻어먹기도 하는 걸 좋아해요. 조이라는 구조면 공금을 쓰는 것처럼 여겨져 소비에 엄격해질 것 같고, 후원하는 것도 자유롭지 못할 것 같아요."

"참가하고 싶지 않으면 안 하면 돼요. 하고 싶을 때 하면 돼요."

궁금하고 우려하는, 내 몇 가지 질문에 대한 답은 간명했다. 마음을 열면 되고, 원할 때 하면 되는 거였다.

스즈카의 시간이 좋았기에 8월엔 사이엔즈 스쿨에서 주관하는 5박 6일 사이엔즈 세미나에도 참여했다. 다행히 강화에 지부가 있기 때문에 바다를 건너지 않아도 됐다. 사람의 마음은 정말 어떠한지, 사회란 정말 어떠해야 하는지, 왜곡을 걷어 낸 '정말'에 대해 탐구하는 시간이었다. 마을에서 1차, 2차 방문단과 격주로 해 온 강독 모임도 새해엔 어떤 모습으로 이어 갈지 기대된다.

아직 마음의 준비가 안 됐지만 나도 스즈카 커뮤니티 같은 곳에서 잘 살아갈 수 있을 듯도 하다. 요리하는 게 서툴러, 어머니도시락에서 모두가 하기 싫어하는 사장을 한다는 류상의 말처럼 찾아오는 이들에게 어머니도시락을 설명해 주는 역할이면 해낼 수 있겠다 싶다. 관심의 안테나를 켜고 마음 열어 들어 주는 오피스의 상담원 역할 역시 할 수 있겠다는 생각이다. 먹거리부터 가공품까지 갖춘, 작은 가게 조이의 술 코너를 맘껏 이용해 보는 것도 끌리는 일이다. 지금처럼 술값도 쓰고 후원도 하고 지내는 삶이 아니라 생활에 꼭 필요한 만큼만 써야 하는 경제 상황이면 조이 멤버가 되는 데 아무런 망설임이 없을 터이다.

어머니도시락이나 밭공원에서 일하고 싶은 만큼 일하고, 조이에서 필요한 만큼 가져가면 되는 생활. 가난하게 혼자 늙을까 걱정해서 죽어라 일하는 대신 공동체 안에서 행복하게 늙어 가면 되는 삶. 불가능하지 않다고, 상상하라고, 실현하라고 그 본을 보여 주고 있는 곳을 다녀오는 일은 권할 만한 일이다. 스즈카는 다정한 사회였고, 우리는 다정한 사회를 열어 가야 할 테니 말이다.

삼십 하고도 다섯 명 안에서 유영하듯

새벽 풀벌레 소리가 마침내 오고야 말 가을을 알리고 있네. 난 지금 여름의 끝자락에서 한 달 전 소행주 여행을 추억해 보려 해. 즐겁고 맛있는 추억 말고도 뭔가 남아 있는 느낌이라서. 늦었지만 글을 쓰면서 정리도 하고 성찰의 시간을 가져 보려는 거야.

소행주 1호는 해마다 여행을 같이 가지. 엄마만 가는 여행 두 번, 아빠만 가는 여행 두 번, 전체 여행 한 번이지. 나는 평소 혼자 가는 여행은 행복의 여행이고, 가족 여행은 헌신의 여행이라 생각하고 있어. 사실대로 말하면 크고 작은 아이들과 다 같이 와글와글 떠나는 전체 여행은 가족 여행의 확장판이라 손꼽아 기다려지는 여행이 아니야.(얘들아, 미안하다.)

하지만 안 가면, 한 명이라도 빠지면 모두가 슬퍼해서 꼭 가야 하는 여행이기도 하지. '모두 같이'가 이 여행의 중요한 가치여서 그렇겠지. 가족이 그렇고 가족 행사가 그렇지 않나? 잘나서가 아니라 그냥 한 명 한 명이 중요 인물이고 기념일엔 누구도 빠져선 안 되는 그런 거. 엄청 바쁜 그 모두가 일정을 비웠으니 나도 4·16연대 운영위 워크숍을 제쳐 놓고 따라나서야 했지.

거'대가족'

삼십 하고도 다섯. 지난 7월 소행주 1호 여행의 참가 인원이야. 유아부터 어린이, 청소녀·청소년에, 사십 대와 오십 대의 부모들까지 아홉 가구 전원 참석은 언제나처럼 같았지. 해마다 아이들은 조금 더 자라고 부모들은 조금 더 나이 들 뿐이야. 하지만 이번엔 이십 대도 호출했지. 소행주에 사는 청년층은 물론 독립해서 나간 자제들까지 포함했잖아. 여기에 '저해모'의 맛난 상차림을 책임지고 있는 해당화도 금요일 식사를 일찌감치 준비해 놓고 동행하셨고. 강릉 발령으로 이사 간 하하네도 여행 때면 합류하니 '한 번 해병은 영원한 해병' 아니 '한 번 소행주는 영원한 소행주'이기도 하겠다. 그치?

고3 정민이랑 스물아홉 강산이만 고적해질 2박 3일의 시공간에 남았지. 한데 내가 원하는 게 바로 이런, 모두가 떠난 빈집에서의 여유야. 누군가는 외로울 수 있고 쓸쓸할 수 있고 심심할 수 있는 시간을 내가 참 좋아해. 몰랐어? 혼자 놀기의 진수를 나는 진실로 알고 있거든.

아버지는 출근하고, 엄마는 마실가고, 오빠랑 남동생은 놀러 나간 빈집을 지키던 유년의 시간. 가족들이 나를 위해서 베풀어 준 시간은 아니었지만 돌이켜 보면 너무나 고마운 시간이었어. 친구들과 노는 시간만큼이나 혼자 있는 시간을 좋아한다는 걸 서서히 알아 왔지. 나이 들어 간다는 건 내가 무엇을 좋아하는지 무엇으로 행복한지 알아 가는 시간이잖아.

이제껏 최고의 여행지와 시간은 혼자 떠나 혼자 머물렀던 그랜드 캐니언에서의 열흘이지. 혼자 떠나는 여행 VS. 서른다섯 명의 단체 여행. 그랜드 캐니언에서 바라보고 바라보는 여행 VS. 평창 꽃숲마을에 갔다 강릉에 들러 다시 평창으로 옮겨 가는, 이동하고 이동하는 여행. 참 대조적이지.

난 소행주 전체 여행에서 절충을 찾기로 했는데 바로 이거였어. 입주자회의에서 자천타천으로 추진단이 되었을 이들의 준비에 행복하게 묻어간다, 그러면서도 그 안에서 내 맘대로 자유로워지기로 한다. 뭐? 이미 여행 내내 느꼈다고?

단체 여행 안에서 유영하듯 개인 여행하기

여행 며칠 전 소행주 단체 카톡방에 알렸었지. 여행 첫날 평창에 사는 선배네 들렀다 가겠다고 말이야. 물론 형과 언니는 버선발로 뛰어나오는 환대를 해 주었어. 내가 고기를 끊은 이후 늘 해산물을 챙기는 형이 저녁을 차려 주었고, 나랑 평범이 결혼식 '길눈이'를 맡아 주었던 것처럼 올해 고등학교에 입학한 우리 결이 첫 술잔도 채워 주었지.

그러다 보니 늦은 시간 꽃숲마을로 갔어. 꽃숲마을은 성미산마을에서 귀촌 모임을 꾸려 만든 마을이지. 작년엔 물탱크 공사가 마무리 전이라 욕조에 받아 놓은 물로 씻고 설거지하고 변기 물 내리던 거 기억나? 올해는 물도 잘 나와서 호강했네. 박짱네랑 밤비가 나중에 내려와 살 집인데 우리에겐 별장이기도 한 셈이야.

꽃숲마을에 가니 강호와 피터는 내리는 차 앞까지 와서 환영 인사를 해 주었지. 들어가니 모두 영화 <ET>를 보고 있었어. 영화는 아이들을 고려해 선정한 것이었고. 아이들은 바닥에 앉아서 보고, 어른들은 식탁 의자에서 맥주잔을 기울이며 보는 차이가 있더라고. 나는 바로 방에 들어가 잤지.

다음 날 아침. 원래 아침을 안 먹는 터라 느지막이 거실로 나갔더니

"어? 느리 있었어?"

"난 느리 안 온 줄 알았어."

강호와 피터가 웃으며 쌍둥이처럼 말하더라. 늦게 와서는 곧장 자 버린 것에 서운함이 있었을 거야.(핑계가 아니라, 카톡방에서 거론되던 제목만 알고 여태 보지는 못한 일본 애니메이션을 보는 것이었다면, 나도 같이 봤을 거야.)

강릉에 가서는 현지인이 된 하하가 추천한 식당에서 물회랑 막걸리랑 맛있게 먹었지. 새로 지은 하하네를 둘러보곤 '낮술 뒤엔 역시 낮잠이지' 하며 2층에서 잤고. 그사이 모두 뭘 하고 무슨 이야길 나눴는진 모르겠네. 이제는 바다로 가자던 시간.

"나는 물놀이 하는 동안 하하네 남아 있을게."

"느리 누나, 안 되지. 단체로 왔는데 개인으로 남으면 안 되지."

아, 강호의 참으로 슬픈 얼굴에 몸을 일으켜야 했어.

근데 바다 근처에 차를 세우는데 아까 먹은 물횟집 주차장이더라고. 아까 안 먹은 다른 안주 시켜서 막걸리 한잔하고 있겠다고 했더니 풍뎅이가 얼른 내 팔짱을 끼더라고.

"차를 마시더라도 바다 보이는 곳 카페에 들어가서 마셔~"

'원하는 건 차가 아니라 술이고, 카페가 아니라 술집인데 어허 이거 참' 하면서도 따라나서야 했지.

이끄는 대로 가서 바닷가에 앉았지. 왔노라, 보았노라, 떠났노라. 바다를 보았고, 바다 내음을 맡았고, 파도 소리를 들었어. 그러니 됐지. 일어나서 오는 길에 보아 둔 섭국 집에 들어갔네. 섭국이란 게 홍합국이더라고. 새로운 안주에 막걸리를 마시니, 나물 먹고 물 마시고 팔을 베고 누운 것처럼 인생의 즐거움이 그 안에 있더라고. 한 잔쯤 남았을 즈음 여기저기서 전화가 오대. 출발한다고, 느리 떼놓고 갈까 봐 전화한다고. 떼놓고 가고 싶다는 전화는 아니었지? 피터가 운전 맡은 차가 식당 앞으로 찾아와서 숙소로 잘 돌아갔네.(변명이 아니라, 사람들 몰려 있는 곳에 파라솔을 펴지 않고 처음에 펴려고 했던 한적한 쪽에 파라솔을 폈으면, 나도 같이 있었을 거야.)

자유로운 단체 여행으로

'미안해. 그리고 고마워.' 적다 보니 자연스레 드는 생각이야. 이러면 다른 사람들이 좋아할까, 싫어할까 하는 생각보다 이러는 게 나는 좋은가, 싫은가에 충실했던 여행이었어. 물론 이해하고 받아 주고 품어 주는 사람들 속에서 그럴 수 있었고. 멀리 있는 친척을 넘어서는, '그러길래 이웃은 사촌이라 하지요'의 소행주 식구들이니까 가능한 거였지.

지금 눈앞에 떠오르는 건 그 많은 골뱅이 다 삶고 그 많은 옥수수 다 삶으며 더운데 가스 불 옆에 서 있던 하하야. "졸졸이 입이 짧아서 평소 아쉬운데 오늘 인원이 돼서, 먹어 주는 입이 많아서 행복하네."

또 부엌에서 부침개 부치느라 땀 흘리던 지니도 떠오르고. 미안하고 고맙고, 고맙고 미안하고 그래.

아주아주 더운 날 아주아주 많은 사람이 함께하며 먹고 자는 번거로움 속에서도 즐거움 나눈 시간이었지. 난 장기자랑 시간이 제일 재밌었어. 다들 그랬을 거 같아. 해당화가 창으로 판을 열어 주시고, 하진이가 플루트를 불고, 시원이가 음악 줄넘기를 넘고, 규단이가 동춘서커스를 능가하는 유연함을 선보이고, 솔이와 보미와 지오가 합주를 하고, 결이가 대야에 얼굴 담가 숨을 참고, '대야 준하 선생'은 그 옆에서 대야에 물 떠오고 물 버리고를 진지하게 하고,

별이는 가수 탄생을 예고하고, 민하가 노래할 때 제일 어린 지웅이는 쉴 새 없이 앞구르기라도 하고, 스물여섯과 스물아홉 청춘은 이에 화답해 전문 춤 솜씨를 보여 주고, 춤 솜씨가 없던 민수가 대야에 코를 박는 것을 선택해 결이와 겨루고…. 놀라며 감탄하기도 하고, 귀엽고 재밌어 웃음 터지기도 하고, 진지함에 같이 숨죽이기도 하던 시간이었어.

아마 우리 내년 소행주 여행 때도 평창 꽃숲마을에 가겠지. 십자가 모양으로, 네 집이 출구를 달리하고 가운데 넓은 공용 공간을 두어 지은 그곳을 맘껏 누리겠지. 하하는 또 강릉에서 신선한 해산물을 장 봐서 오겠고. 아마 내년엔 마당의 꽃들도 예쁘게 피어 있을 거 같아. 주말마다 박짱이랑 에이미랑 밤비랑 내려가서 가꾸고 있으니 말이야.

그래, 내년에도 위해 주는 마음으로 하나이되 조금은 자유롭게 낱낱으로 퍼지기도 하면서 더운 여름날의 추억을 쌓아 보자. 다음 여행에 내가 추진위원 맡으면 산책하고 낮잠 자고 각자 자유로울 개인 시간을 공식적으로 넣을까 해. 이제 아침이 오는 소리를 맞이하는 시간이네. '기대하시라, 개봉박두~' 인사말로 마음 전하며 이만 글을 맺도록 할게.

천천히 코로 들이마셔
깊숙이 폐로 느끼는 가을

'다음 여행에 내가 추진위원 맡으면 산책하고 낮잠 자고 각자 자유로울 개인 시간을 공식적으로 넣을까 해.' 바로 지난 글에서 밝힌 나의 다짐이다. 다짐을 실천할 기회는 빠르게 찾아왔다.

명절 뒤 진행하는 엄마 여행. 시기는 추석 연휴 끝나는 주말인 13~15일. 장소는 영화감독인 풍뎅이가 대본 작업을 하러 '토지문화관'으로 들어간 것을 고려해서 원주.

일사천리 휙휙 준비

에이미가 엄마 단톡방에서 말했다. "느리가 추진해 봐. 원주면 느리 나와바리니까." 흠, '나와바리'라. 원주 가서 '김우 아는 사람 나와 봐라' 하면 적어도 열 명은 나오겠다. 히히. 서산에서 태어났고 아홉 살에 서울로 이사와 자랐지만 내게 제2의 고향은 그렇다, 대학 시절을 보낸 원주다. 어려선 마을에서 착하기로 소문난 아이였고, 자라면서는 하라는 건 하고 하지 말라는 건 하지 않으며 도덕책으로 살아가다가 사회과학책으로 다시 태어난 곳이다.(물론 나는 여전히 순수하고 도덕적이다. 후훗.)

하나 받고 두 개 더. 카드라도 하면 죽지도 않고 계속 베팅하는 자세

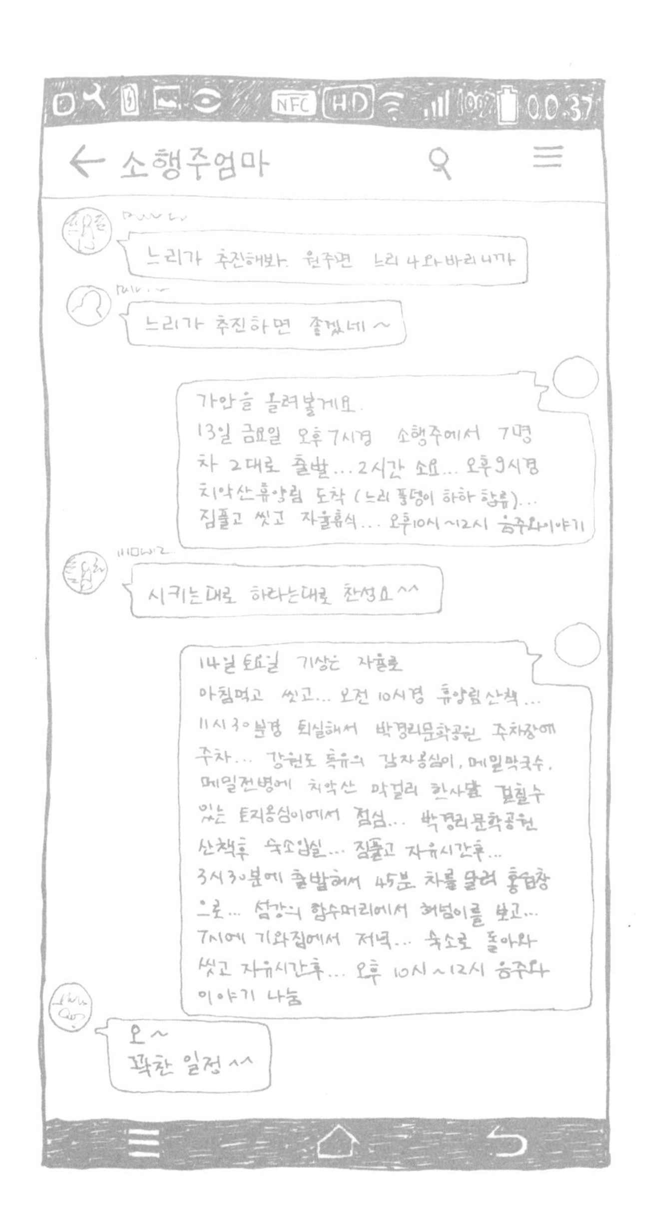

NFC
HD
00:37
소행주엄마
느리가 추진해봐. 원주면 느리 4와바리니까
느리가 추진하면 좋겠네 ~
가안을 올려볼게요.
13일 금요일 오후7시경 소행주에서 7명
차 2대로 출발... 2시간 소요... 오후9시경
치악산휴양림 도착 (느리 풍뎅이 하하 합류)...
짐풀고 씻고 자율휴식... 오후10시~12시 음주와이야기
시키는대로 하라는대로 찬성요 ^^
14일 토요일 기상은 자율로
아침먹고 씻고... 오전 10시경 휴양림산책...
11시30분경 퇴실해서 박경리문학공원 주차장에
주차... 강원도 특유의 감자옹심이, 메밀막국수,
메밀전병에 치악산 막걸리 한사발 걸칠수
있는 토지옹심이에서 점심... 박경리문학공원
산책후 숙소입실... 짐풀고 자유시간후...
3시30분에 출발해서 45분 차를 몰아 흥원창
으로... 섬강의 합수머리에서 해넘이를 보고...
7시에 기와집에서 저녁... 숙소로 돌아와
씻고 자유시간후... 오후 10시~12시 음주와
이야기 나눔
오~
꽉찬 일정 ^^

그대로 제안을 흔쾌히 받아들이고 원주에 먼저 가 있는 풍뎅이와 한 팀을 이루겠노라 말했다. 또 일일이 의견 물어 결정된 것을 추진하는 방식 말고 마음 가는 대로 준비하겠노라 선언했다. 이로써 엄마 여행 막강 추진팀 구성 완료. 이 의견 신경 쓰고 저 의견 고려하고 자시고 할 것 없는, 제멋대로 기획 방식 준비 완료. 사실 준비하는 사람이 일로 여기지 않고 재밌으면 노는 사람도 재밌는 법이다.

걱정은 실제 그런 상황이 벌어졌을 때 하면 된다, 있지도 않은 일 예상해 가며 미리 근심하지 말자는 주의로 살아간다. 대책도 없으면서 늘 낙관적이고, 근거도 없으면서 자신감 만땅이지만 실제로 염려할 것도 없는 것이 구성원들의 바탕, 면면, 마음가짐이 이미, 벌써, 잘 준비돼 있기 때문이다. 어떻게 준비하든 고맙다고 할 것이고, 실제 차질을 빚더라도 널리 양해할 것이 분명하다.

누가 갈까? 소행주 아홉 명 엄마 전원 참가다. 강릉으로 이사 간 하하에게도 전화 걸어 열 명으로 바로 확정한다. 어디서 잘까? 풍뎅이가 자신이 묵고 있는 토지문화관을 포함해서 치악산 휴양림을 추천한다. 무엇을 탈까? 큰 차 한 대를 렌트할까 하다가 자가용 두 대에 나눠 타고 이동하기로 한다. 야호, 채송아, 에이미, 딸기가 운전을 자원한다.

동선을 어떻게 짤까? 이것을 제일 고심한다. 운전하는 사람도 같이 점심엔 반주, 저녁엔 술을 마실 수 있어야 한다. 참으로 중요한 고려 사항이다. 점심 뒤 산책하고 낮잠 자며 충분히 쉬는 시간을 두기로 한다. 저녁 일정으론 내가 여행에서 제일 중요하게 생각하는 해넘이 보는 것을 넣는다. 캬오. 돌아와선 역시 숙소 근처 맛집에서 먹고 마시는 것이라 전원 음주 가능. 쿄쿄.

내 이십 대 청춘의 공간으로

일요일엔 토지문화관을 시작점에 배치하고 주변 산책 후 점심 먹을 식당은 내가 다녔던 연세대학교 매지캠퍼스 가까이로 잡는다. 저수지인 매지호 근처와 노천극장은 '봄여름과 가을·겨울 언제나 맑고 깨끗'하고 예쁘다. 분주히 움직여 여기 찍고 저기 찍고 하는 걸 별로 좋아하지 않는다. 천천히 걸으며 하늘도 보고 산도 보고 물도 보고 논밭도 보고. '천천히 코로 들이마셔 깊숙이 폐로 느끼는 가을' 이것이 이번 엄마 여행의 테마다.

아침을 안 먹는 나는 일어나는 시간이며 아침 먹는 것을 자율로 선택하도록 한다. 간단 과일이든 싸 간 김치를 곁들인 라면이든 누룽지탕이든 자유롭게 먹고 치우시라, 전체 움직이는 시간은 오전 10시라 선포한다. 호호. 단, 음주를 중요시하는 나는 오후 10시~12시는 숙소에서 마시며 이야기 나누는 소중한 시간으로 넣는다. 내겐 마시는 시간이 곧 맛있는 시간이다. 생협 장보기 목록에 40도 사과 증류주 문경바람 750ml 2병, 세븐브로이 맥주 20캔이라 넉넉히 적는다. 포도와 사과도 넣는다. 과일이라 쓰고 안주라고 읽는다.

점심은 강원도 특유의 감자옹심이, 메밀막국수, 메밀전병에 치악산 막걸리 한 사발 걸칠 수 있는 그림을 그린다. 저녁은 조금 거한 느낌이 있는 닭볶음탕에, 고기를 안 먹는 나도 젓가락질을 할 수 있도록 해물파전과 김치전을 곁들여 짠다. 거나하게 마시는 풍경이 그려진다.

추진해 보라는 추천 받고 사나흘 만에 대강의 얼개를 올렸다. 다른 건 느린데 노는 걸 준비하는 덴 느리가 아니라고나 할까. 크크. 검색하면서 이것저것 열어 보고 여기저기 기웃거렸다. 최애 떡볶이집인 중앙시장 지하의 '똘이떡볶이'가 아직도 살아 있다. 총학생회 여학생부장 시절 부상 학우 치료 기금 마련하려고 학생회관 앞에서 팔 김밥이며 잡채를 떼어 오던 곳이기도 하다. 중앙시장의 돌돌 말아 놓은 메밀전병과 얇게 부친 배추 메밀전이며 손으로 빚은 김치만두며… 추억의 맛을 넘어설 맛이 존재할 수 있을까. 아, 기억이 모락모락, 지난 일이 몽실몽실, 추억이 방울방울. 내 '구역'으로의 여행, 엄마 여행이 참말로 기다려진다. 두근.

아름다운 구속

9월 24일 일요일 아침 원덕역에서 전철을 탔다. 전날 지인들과 장어와 복분자로 저녁 시간을, 콘도에서 수다로 새벽 시간을 함께했다. 몇 시간 자고 일어나 이제 바야흐로 본격적으로 놀아 보려는 시점에 떠나야 하는 상황이 마냥 즐겁지만은 않았다. 다른 친구들과 같이 돌아오면 차로 1시간 20분 걸리는 걸 전철 갈아타며 2시간 걸려 혼자 돌아오는 마음이 그다지 가볍지만도 않았다.

집으로 오는 골목에서 밤비를 만났다. 밤비도 평창 꽃숲마을에서 새벽 5시부터 일어나 정리하고 돌아오는 길이었다. 노느라 피곤했던, 미처 다 놀지 못하고 돌아서느라 허탈했던 나. 정리하느라 힘들었던, 마저 정리 못 하고 바삐 돌아오던 밤비. '오, 바로 이 순간 우리는 만났다.' '이렇게 이렇게 이렇게 우리는' 소행주 청소를 하러 갔다.

딱 좋은 날

아 날이 참 좋았다. '야 야 야 가을날이 어때서. 청소에 계절이 있나요. 눈물이 나네요. 일요일이 어때서. 청소하기 딱 좋은 날인데. 청소하기 딱 좋은 날인데….' 한 달 전 입주자 회의에서 잡은 대청소 거행 시간은 오후

2시였다. 엄마들은 2층 공용 공간 씨실을, 아빠들은 7층 공용 공간인 날실을 맡았다.

대청소에 빠진다고 뭐라는 사람 하나 없는데도 부랴부랴 돌아온 건 평범이가 해외 출장을 가서였다. 평범이가 그 몫을 다한다면 '나는 양평에서 노느라 청소하러 못 가요. 돌아갈 때 뒤풀이 안줏감 사 갈게요' 정도로 편하게 카톡 날렸을 법하다. 한데 약에 쓰려면 없는 개똥처럼 남편이 하필 출장이었다.

글을 쓰러 지방에 가 있는 사람도 있고, 시험이라 도서관에 가 있는 사람도 있었다. 이렇듯 집에 없으면 면제이건마는 나와 밤비가 멀리서 바삐 돌아온 것처럼 피터 역시 허리를 다쳐 냉온 찜질하다가 나왔다.

일단 복장을 갖췄다. 미처 감지 못한 머리엔 흰 뜨개 모자를 썼다. 빨래를 앞둔 옷들로 주섬주섬 갈아입으니 윗도리 아랫도리의 부조화가 다른 날보다도 유난스러웠다. 주변에서 받아들이긴 어렵겠지만 나도 평소엔 생각해서 입고 나간다. 평소라면 이러지 않을 패션을 걸칠 수 있는 건 일요일 소행주 안에서 마주칠 사람은 모두 '식구들'이란 걸 알아서다. 6년을 한 울타리에서 어울린 아빠들은 단지 남자 사람일 뿐으로 엄마들과 노브라 노 프라블럼의 지대에 함께 산다.

미덕

대청소도 그렇지만 애초 N분의 1을 해야 한다는 게 없기 때문에 소행주살이가 편하기도 하다. 6년 전 소행주를 지으니 주위에서 많이들 궁금해했다. 날을 잡아 집마다 문을 열어 찾아오는 이들에게 공개하는, 오픈 하우스를 했다. 원하는 집만 그렇게 하기로 했지만, 당시 문을 닫아건 집은 없던 걸로 기억한다. 줄을 지어 들어오는 이들에게 일일이 설명하고 집의 곳곳을 안내했다. 또, 씨실에 요리를 차려 대접했다. 이때 요리의 대가 하하가 식단을 짜며 진두지휘를 했다. "느리는 떡을 맡아요." 전을 부치고, 잡채를 하고, 나물을 무치며 모두가 손님맞이에 전력을 기울일 때 내가 맡은 건 떡이었다. 요리 못하는 걸 아는 이들의 요구는 내게 떡을 빚으라는 게 아니었다. 몇 날 몇 시 어디로 가져와 달라고 전화 주문하는 게 내 노릇의 끝이었다.

신문돌이와 신문순이 생각도 난다. 박짱은 성미산 FC 소속으로 일찍 축구를 하러 다녔다. 다녀오며 공용 현관 앞 우체통에 꽂힌 신문들을 빼서 각 집 앞에 배달했다. 새벽 108배를 시작하며 박짱보다 먼저 일어나게 된 지니가 신문 돌리는 걸 가로챘다. 신문돌이가 있다는 걸, 그게 또 신문순이로 바뀌었다는 걸 아는 사람은 알고 모르는 사람은 몰랐다.

한 명 한 명을 떠올려 본다. 강호는 전체 재활용 쓰레기 분리수거에 땀 뻘뻘 애쓰곤 한다. 사슴벌과 작은눈이는 소소한 수리를 도맡아 하는 소행주 맥가이버다. 에이미는 학교 식당을 운영하며 남은 반찬을 무상 원조해 주곤 하는 큰손 언니다. 밤비는 숲에 조예가 깊어 옥상과 1층의 공용 화단을 곧잘 가꾸고, 지니는 공용 화단 물주기 당번 1순위다. 새로 이사 온 바위도 스카우트 야영 활동 경험을 발휘해 옥상 풀 뽑기에 달인의 경지를 보인다.

골목 전봇대 앞에 있던 큰 음식물 쓰레기통이 사라지고 개별 관리로 바뀌자 채송아는 매번 음식물 쓰레기통을 닦고 물기 말려 벌레와 냄새가 스며들 틈을 주지 않는다. 피터는 6년을 함께 사는 사이에 마흔이 넘었지만, 영원한 소행주의 막내로 만능 사회자이자 검색의 제왕이다. 노트북이든 의자든 뭐 살 일이 있으면 피터의 구매 대행 찬스를 사용한다. 사실 모두가 한 몸처럼 움직인다. 영상을 볼 일이 있으면 풍뎅이가 전문가적 추천을 하고 피터가 기기를 만지는 식이다.

고맙기만 하다. 거저 살고 얹혀살고 묻어 사는 나로서는 뭘로 보탬이 될까 절로 생각하게 된다. 혼자 있는 것을 좋아하지만 낯선 이 만나는 것도 어렵지 않아 자칭 타칭 소행주 홍보 대사로 소행주 소개며 인터뷰 등을 도맡아 하고 있다. "같이 살아 줘서 고맙다." 지난 소행주 입주 5주년 잔치 때 모두가 입을 모은 핵심 말이었다. 20년을 같이 산 남편에겐 들지 않는 생각이지만, 소행주 식구들에겐 진실로 드는 생각이다.

함께 사는 오늘이 아름다워

오후 4시쯤 날실과 옥상 정리를 마친 아빠들이 내려와 씨실 베란다 청소를 도왔다. 대!청소를 마치고 나니 씨실이 번쩍번쩍했다. 확실히 '뿌려진 사랑만큼' 씨실은 묵은 때가 벗겨졌고 내 손톱엔 때가 꼈다.

집안일은 지저분한 걸 더 견디는 사람이 승자요, 못 견디는 사람이 패자이기 마련이다. 집에선 참다 지친 평범이가 설거지나 빨래를 하곤 하는데 이날은 소행주 대청소로 나도 손에 물 좀 묻혔다. 내가 청소를 마치고 다른 약속이 있어 외출한 뒤에도 소행주 식구들은 중화요리 먹으며 입주자 회의까지 마쳤다. 그러고도 못내 아쉬워 오후 10시 아이들 재운 뒤 씨실 영화 관람 약속까지 잡느라 카톡방이 분주했다.

다음 달 입주자 회의 때 6개월 임기를 마친 야호와 새로운 입대인 밤비의 이취임식을 하기로 했는데 음식을 거하게 준비하는 건 야호가 하겠다고 나섰다. 수고한 야호가 크게 쏘기까지 하겠다는데 불참하기가 참으로 어려울 듯하다. '시키지도 않은 짓'을 다수의 사람들이 다량으로 하는 소행주인지라 그에 조응하느라 아름다운 강제와 구속이 불러일으켜진다. 야호랑 밤비가 입대 왕관을 주고받을 때 음치인 내가 김종서의 노래를 저음으로라도 불러 줘야 할까. '소행주를 만난 건 행운이야. 혼자인 게 좋아 나를 사랑했던 나에게 또 다른 내가 온 거야. 아름다운 구속인걸. 사람은 얼마나 사람을 변하게 하는지. 함께 사는 오늘이 아름다워~'

'숨는집'

거북이 등딱지 같은

내 사는 집 이름은 '소행주 1호'하고도 '숨는집'이다. 몇 호라 부르지 말고 불리고 싶은 이름을 짓자고 했다. 입주한 아홉 가구가 각자 집 이름을 지었다. 302호는 '청우서재', 401호는 '항상', 402호는 '허벅', 501호는 '일없는집', 502호는 '환한집', 503호는 '너른둥지', 601호는 '상선약수', 602호는 '있는그대로바라보기'.

한데 자연스레 엄마·아빠 별칭을 따서 '느리네'라거나 '박짱네'라는 식으로 부르고 있다. 그래도 우리 집은 유독 주소를 소행주 301 숨는집이라고 남겨 모든 우편물에 숨는집이란 글자가 찍혀서 온다. 숨는집이란 이름에 남다른 애정을 품고 있다고나 할까.

내 별칭은 '느리'. 빠르게 변하는 세상에 영합하지 말고 느리게 살자는 뜻으로 지었다. 늘, 항상 가슴에 별처럼 빛나는, 변치 않는 꿈을 간직하고 살겠다는 뜻도 담았다. 느린 것은 지향이기도 하지만 원래 굼뜨기도 하다. 해서 느릿느릿 거북이에 친화감을 느끼고 모형을 사 모은 게 장식장으로 하나 가득하다. 물론 거북이 모형을 모은다는 걸 아는 지인들의 선물도 한몫했다.

내게 집은 무엇이면 좋을까. 거북이처럼 느리게 세상을 탐색하다가도 위험을 느끼면 머리 쏙, 다리 쏙 집어넣는 등딱지 같은 게 집이라면 좋겠다고 생각했다. 성찰하는 공간, 치유하는 공간, 동굴처럼 숨어들어 상처를 핥으며 회복하는 공간, 영차 또 힘을 내서 세상에 나설 수 있게 하는 휴식하는 공간이 집이길 원했다. 그 공간에서 '뒷다리가 쑤욱 앞다리가 쑤욱 팔딱팔딱 개구리 됐네' 올챙이 적을 기억하는 개구리로 성장 변신을 이룰 수도 있겠다는 생각이었다.

내 맘대로 내 멋대로 내 바람대로

평소 집을 사고 싶은 욕구보다 짓고 싶은 욕구가 있었지만 도심에선 엄두를 내기 어려운 일이었다. 머리 맞대고 힘 합쳐서 집을 짓자는 마을기업 소행주에 대한 신뢰 하나로 참여의 손을 들었다.

설계부터 내 맘대로 할 수 있던 게 제일 만족스러웠다. 분양 받는 평수도 자유지만 방과 화장실의 개수며 위치도 입주자가 정했다. 'A 라인은 이렇고 B 라인은 이렇습니다. 자, 고르셔요.' 지어 놓고 고르라는 방식이 아니었다. 기본 도면을 받고 배치하는 일부터 즐거웠다.

대체로 생각대로 실현되었다. 북쪽 끝 방인 내 방으로 가는 긴 복도는 동굴로 들어서는 느낌을 주어 무엇보다 숨는 집에 제격이다. 설계할 때는 예상치 못한 것도 있다. 동쪽에 가장 큰 창을 냈는데 막상 맞은편 아파트가 바로 보여 1년 365일 광목천을 드리우고 산다. 오히려 상부 수납장을 달지 않고 '설거지 창'을 뚫은 것이 하늘을 마주하기에 제격인 '신의 한 수'가 됐다. 두 개 만든 싱크 볼에 묵힌 그릇들을 남쪽 창으로 들어오는 햇살을 받으며 설거지하는 맛이 있다.

전체적으로 따듯한 한지를 바르고 마루를 깔되 내 방만은 페인트칠하고 타일을 깐 것도 흡족하다. 타일을 고르는데, 가게 주인이 "집에서 쓰실 건 아니죠?" 했다. 배송하러 온 이도 공사 중인 공간을 둘러보며 "가정집은 아닌가 봐요" 했다. 내 대답은 웃으며 한결같았다. "아뇨. 집 맞아요."

짓는 과정 동안 파격이 주는 맛을 누렸다. 내 맘대로 내 멋대로 내 바람대로 꿈을 펼쳤다. 우리 집이 치우지 않아 더러워서 그렇지, 정리하지 않아 너저분해서 그렇지, 빛나는 궁리가 배어 있는 집이라고 스스로 생각한다.

비밀의 공간

아이들도 의견을 냈다. 큰애 결이가 동생 방 사이에 있는 벽에 구멍을 내달라고 해서 동그랗게, 두 개의 구멍을 뚫었다. 먼저 살던 집에서 동생과 같은 방 이층 침대에서 지내다가 떨어지게 돼서 아쉬웠던 모양이다. 하늘에 구름이 떠 있는 천장 벽지는 작은애 울이가 골랐다.

결이 방구석에 있는 뚜껑을 열고 사다리를 타고 내려가면 나오는 '사다리방'은 내가 아이들에게 제안했다. 아이들이 슬플 때 화날 때 괴로울 때 혼자만의 공간으로 숨어들 수 있는 비밀의 방이 필요하지, 싶어서였다. 다른 비밀 공간도 있는데 바로 '비밀의 화원'이다. 북쪽 맨 끝인 내 방 바로 옆에 서비스 공간으로 베란다를 얻게 되어 통째로 화단으로 꾸몄다. 보통 베란다는 거실에 붙어 있는데, 있을 법하지 않은 공간에 있는 게 비밀스럽다.

지난날은 집에 있는 화초를 있는 족족 죽이고 선인장까지 떠나보내며 '난 안 되나 봐' 좌절과 포기의 시간이었다. 웬걸, 지금은 베란다며 거실이며 주방이며 욕실에까지 화초를 키우고 있다. 소행주 들어오며 베란다를 야외 정원으로 꾸민 덕이다. 기르는 이는 게으르고 무심했지만, 햇살과 바람과 빗물이 화초를 키워 주었다. 빗물로 연명하면서도 생을 이어 가는 풀과 꽃에 어느 순간 미안해지고 고마운 마음이 들었다. 관심이 자라는 만큼 화초도 자랐다. 겨울이면 보일러가 어는 통에 이젠 유리창을 달아 실내 정원이 됐지만, 흠뻑 물을 주며 물청소가 절로 되는 우리 집에서 제일 깨끗한 곳이다.

최근 비밀의 공간이 더 늘었다. 거실에 있는, 손님도 사용하는 욕실 외에는 집 안에 문을 하나도 달지 않았는데 이번에 방마다 방문을 달았다. 올해 여중생이 된 둘째 아이 울이의 요청에 따라서다. 고등학생인 결이도 친구들이 놀러 오면 맘껏 문을 닫으며 비밀의 행복을 누리고 있다.

방문은 소행주 2호가 지어질 때 원주인이 버리고 간 자개장 문짝을 활용했다. 우리 집엔 들일 수 없는 커다란 장롱의 문짝만 떼어 다른 곳에 맡겨 두었다가 6년 만에 방문 세 짝으로 재탄생시킨 거다. 역시 버려 놓은 작은 삼단 자개장도 고쳐서 윤이 반짝 흐르게 쓰고, 마당에 있던 작은 항아리는 수생식물 키우는 분으로 활용하고 있다.

옮겨 심지 않으면 죽을 목숨이었던 소행주 2호 마당의 찔레를 비밀의 화원 옆 외부 공간에 심은 건 두고두고 생각해도 잘한 일이다. 인동초도 사다 심어 3층에서 늘어뜨리니 지나다니는 이들도 누리고 새들도 날아와 누린다. 나 역시 침대에 누워 창밖으로 바람에 흔들리는 나무며, 가지에 앉은 새를 바라보는 행복이 있다.

집의 얼개를 내가 설계했다면 집의 곳곳은 재능 있는 지인들에게 의뢰해서 완성했다. 내가 동쪽 창에 드리울 광목 커튼을 한 땀 한 땀 바느질하는 사이 늘보에게는 커튼 봉을 주문했다.

어디에도 없을, 베어 버린 성미산 아까시를 활용한 매끈한 봉이 탄생했다. 비밀의 화원 바닥에는 드문드문 징검다리처럼 늘보표 널빤지를 깔았다. 널빤지 사이사이로 화초가 자라고 있다. 거실의 한쪽 벽엔 역시 늘보표 나무판을 부착했다. 지지대 삼아 스킨답서스가 타고 올라가고 늘어지며 녹색 벽을 만들고 있다.

달미니는 나무로 모양을 내서 '숨는집'이라는 아기자기한 현판을 만들어 주었다. 알라딘은 부엌과 내 방 벽에 물감을 솜으로 찍어 발도르프식 벽화를 완성해 주었다. 부엌 벽은 나무와 꽃의 숲이 되고, 내 방 벽은 고래와 거북이가 헤엄치는 바다가 되었다.

이렇게 맘에 쏙 드는 숨는집에 숨어들어 혼자 놀기의 진수를 즐기고, 서로 믿고 아껴 주는 이들과 공용 공간인 '씨실'과 '날실'에서 어울려 마시고 놀기를 만끽한다. 소행주살이, 그 재미가 쏠쏠하다.

난 합격이야

"금강산 찾아가자 1만 2천 봉, 누나는 너무 예뻐!" 예식장 입구에 화환이 세워져 있었다. 성미산마을 원년 멤버 밤비의 큰딸인 강산이 결혼식이었고, 역시 원년 멤버 박짱의 큰아들 민수가 대표로 있는 '로렌츠'에서 보낸 화환이었다.

금강산 서른 살, 축하해 준 로렌츠의 박민수와 박상호는 스물여덟 살. 벌써 마을 선배들의 자제들이 대개 30대 초반, 20대 후반에 접어들었다.

강산이를 혼자 키운 밤비는 씩씩한데, 고생한 엄마에게 고맙기도 하고 엄마를 두고 떠나는 마음이 안타깝기도 할 신부는 눈물을 비쳤다. 바라보는 소행주 식구들도 야호며 에이미며 몇몇이 눈가가 벌겋거나 촉촉했다.

"자, 신부 쪽 마을 사람들 나와 주세요~" 보통 예식이 끝나면 양측 친구와 친척들이 나와서 사진을 찍는다. 강산이 결혼식에선 친구도 아니고 친척도 아닌, 마을 사람들만 따로 모아서 사진을 찍은 게 큰 특색이었다. 신부와 신랑의 옆으로 펼쳐지고 뒤로 겹치는 든든한 대오였다. 앞서 사진 찍으러 나왔던 양쪽 친척이나 친구들의 인원보다 넘치는 수의 마을 하객이었다.

우리는 좋았지만, 그이는 어땠을까

1월 26일(토)의 결혼식이 있기 전 10월 26일(금) 오후 9시 예비 신랑의 소행주 방문이 전격적으로 이루어졌다. 집집이 음식 한 가지씩 장만해서 씨실로 모였다.

“엄마는 잔소리도 안 하는데, 엄마가 무서울 때는 언제야?”

“가스레인지 앞에 등 돌리고 있을 때야. 저걸 우리가 먹어야 하나. 팔에 소름이 돋아.”

전에 내가 물었더니 결이가 웃으며 답한 말이다. 그러곤 한마디 덧붙였다. “엄마, 뭘 만들려고 하지 않았으면 좋겠어.” 결혼 전 “손에 물 한 방울 안 묻히게 해 줄게”라고 뻥카를 치는 사람의 얘기를 듣곤 한다. 내 경우엔 ‘가스 불 한 번 켜는 일 없도록 하겠다’라는 아들내미의 결기가 다부지다. 하여튼 그날 나는 가스 불을 켜고 생선을 구워 씨실로 내려갔다. 모양이 조금 부서져 원형 보존이 안 돼서 그렇지, 맛은 그럭저럭 생선의 맛이었다.

소행주에서 아이들에겐 골목대장 격이고, 행사마다 맞춤 사회자인 피터가 예비 신랑맞이 모임의 진행을 맡았다. 피터는 주사위 놀이를 준비해 왔다. 피터가 들고 온 쪽지엔 굴려진 주사위 숫자에 따라 임무가 정해져 있었다. 일단 강산이가 주사위를 던져 예비 신랑이 마실 술잔의 크기부터 정했다. 아주 몹시 큰 잔, 아주 큰 잔, 큰 잔, 보통 잔, 작은 잔, 소주잔. 그날 저녁 천운으로 소주잔이 택해졌다.

예비 신랑은 예비 장모인 밤비를 업기도 하고, 퀴즈에 답하기도 하고, 소행주 식구들 별칭을 맞추기도 했다. 열심히 해도 벌주를 피해 가긴

어려웠다. 제한 시간 1분 안에 예비 신부 이름인 '금강산'으로 삼행시를 짓지 못하면 벌주를 마시는 식이었다. 벌주에다가 각기 따라 주는 축하주까지 내내 술은 벌처럼 상처럼 주어졌다. 소행주 식구들도 예비 신랑이 과업을 완수하면 '공평하게' 술잔을 비워 냈지만, 우리 수는 많았고 예비 신랑은 안타깝게도 단 한 명이었다.

우리는 즐거웠다. 풋풋한 한 쌍에게 추억의 퀴즈 '동시에 답하기'로 케케묵은 "첫 키스는 언제? 어디서?" 따위의 질문을 던지며 또 들으며 오랜만에 결혼 무렵인 이삼십 년 전의 시간으로 거슬러 올라갔다. 예비 신랑은 싫은 내색 없이 웃는 얼굴로 주는 술 마다하지 않으며 놀이에 응했다. 자정 즈음이었나, 새벽녘이었나. 우리가 준비한 맥주, 소주, 보드카, 고량주, 위스키 등이 거의 비워질 무렵이었다. 토요일에도 출근해야 한다는 밤비의 언질로 예비 신랑이 '신고식'에서 어렵사리 놓여나게 됐다. 문을 닫고 나가기가 무섭게 '괜찮은 친구'라고들 한마디씩

했다. 여기저기서 터져 나오는 심사평이 있었다.

"나는 합격이야."

"나도 좋아~"

결혼은 두 사람의 선택일 뿐이고 우리가 허락할 일이 아닌데 이런 태도를 재밌다고 해야 할지, 우습다고 해야 할지.

다음날 밤비에게 들으니 예비 신랑은 소행주를 나서기가 무섭게 걸음걸음마다 부침개를 부쳤다 한다. 강산이가 집까지 데려다주고 나오려는데 화장실 간다던 친구가 감감무소식이라 문을 열어 보니 변기에 토하고 바닥에 널브러져 있었다고 한다. 그렇게 벌컥벌컥 받아 마신 술에, 쭉쭉 들이킨 술에 배겨 낼 장사는 없었다. 석 달이 흐른 뒤 결혼식 당일 신랑은 우리를 보며 여전히 웃음 지었다. 당연히 반가워서일 거라고, 분명히 친숙한 느낌이어서일 거라고, 바람처럼 소망처럼 생각해 본다.

어느
바람직한 하루

청소 조금

대청소를 했다. 일정 없는 토요일이 어찌 있을까마는 일찍부터 정해 놓은 일정이라 우선 고려했다. 사실 일 분량은 많지 않았다. 아빠들은 날실과 주차장 외 층마다 전등 손보는 것까지 맡았지만, 엄마들은 언제나처럼 씨실 청소와 정리로 한 시간 정도 분주했을 뿐이다. 손이 더딘 내가 후드와 가스레인지 닦기를 마치면 또 언제나처럼 청소는 끝나 있기 마련이었다.

밤비가 캄보디아에 일 년 살이로 가 있고, 딸기는 제주로 여행을 가서 엄마들 아홉 명 중 이미 두 명이 빠지는 일손이었다. 공연 참석 등 다른 일정이 잡힌 엄마들은 미리 가벼운 일감을 주어 청소 시작 전에 집을 나설 수 있도록 했다. 지니는 선풍기와 에어컨 청소를 맡고, 야호는 씨실 양쪽 베란다를 선점했다. 지니는 청소하는 이들 먹으라고 된장국까지 한 솥 끓여 놓고 가고, 야호는 오전 9시부터 청소에 매진 후 출발했다. 청소 시간에 함께하지 못한 지니와 야호가 더 수고한 셈이다.

울림두레생협의 생활 응원 사업을 신청해서 청소 부탁을 하면 한 시간에 1만 2천 원이다. 세 시간이면 씨실 청소를 뒤집어쓴다. 아홉 집이 4천 원씩만 내면 대청소 안 해도 된다. 슬쩍 꼬셔 봤지만 "이렇게 모여서 하는 게 또 의미가 있지" 길모의 답변은 역시 예상했던 대로다. 너무 바빠서 청소 끝나면 바로 올라가 숙제해야 한다더니만 <얘야 시집가거라> 노래의 '좋으면서 싫은 척 화를 낸다네' 가사만 같다. 맨날 모이고 맨날 어울리면서도 모여서 하는 대청소까지 다들 좋아하는 게 틀림없다.

오전 11시에 모여 청소를 하고, 오후 1시엔 중국 음식을 두고 둘러앉았다. 짜장면, 짬뽕이라는 기본 말고 요리도 두엇 시켰다. 낼모레가 생일인 에이미의 완경 파티도 겸해서 내가 케이크를 사 왔다. 박짱은 40도 독주를 풀고, 평범이는 와인을 가지고 내려왔다. 처음 와인 냉장고가 집으로 왔을 땐 좀 놀라기도 했다.

"이게 뭐야?(짠돌이인 네가 웬일이냐?)"

"1년 동안 (살지 말지) 고심했어."

암튼 평범이의 고심작에서 의미 있는 날 적정 온도의 와인이 바로 나오니 편리하긴 하다.

에이미는 얼마 전부터 대학 합창동아리 동기들 모임에 나가고 있다. 최근엔 합창 공연도 올려서, 숙취로 누워 있던 내가 부러 몸을 일으켜 축하해 주러 다녀오기도 했다. 늘 식당 일로 어깨가 굳어 있는 에이미가 수요일마다 합창 연습과 뒤풀이로 즐거운 에이미가 됐으니 응원을 안 할래야 안 할 수가 없었다. 대가족 같은 소행주. 혼자 캄보디아로 떠나간 밤비나 멋진 갱년기를 보내는 에이미를 보면서 내가 나의 내일을 생각하듯 스무 살 전후 정민이, 한얼이, 결이, 현웅이에겐 20대 후반 새록이와 민수가 미래를 비춰 보는 거울이 될 것도 같다.

놀이 많이

점심 뒤 아빠 중 상급 노동 인력인 작은눈이와 사슴벌은 복도에서 남은 일을 정리하고, 하급 노동 인력이라 별 도움 안 되는 평범이와 박짱은 엄마들과 카드 판을 벌였다. 잠시 후 중급 노동 인력 피터와 강호도 씨실로 왔다. 피터는 끼어들고, 강호는 구경만 하길래 감을 깎아 달라고 청했다. 강호가 깎아 준, 채송아네 단감이 다디달았던 건 카드에서 이기고 있어서였을까.

민망한 건 마을 안내를 맡은 '길눈이 팀'에서 외부 손님을 이끌고

씨실 구경을 온 거다. 청소하거나 점심 먹을 때 말고 카드놀이 할 때만 두 팀이나 왔다. 다른 때처럼 예고 없이 씨실 문이 벌컥벌컥 열렸는데 탁자 위에 깔개도 깔고 칩도 쌓아 놓은 게 너무 그럴듯해서 겸연쩍었다. '훌라'를 하며 왕년의 추억이 떠올랐다. 대학 때 자취방에서 나랑 평범이는 '부부 도박단'으로 불렸다. 평범이야 워낙 잡기에 능한데, 잃을 것 같은 인상의 나도 "훌라~"를 외치며 동전을 끌어모았기 때문이다.

점심은 중식을 먹었으니 저녁은 해산물이 좋겠다는 의견이 나왔다. 평범이가 망원시장으로 출동해 회와 문어숙회를 사 왔다. 닭강정과 떡볶이도 쐈다. 피터는 집에서 에어프라이어까지 들고 와서 문어 요리를 해 줬다. 점점 술이 들어가며 흥이 났다. 에이미네도 오래된 와인이 두 병이나 있대서 가져오라고 했더니, 베란다에서 햇볕 쬐며 상온에 세워 둔 지가 오래됐다는 얘기였다. 독주로 시작해서 '오래된' 와인까지 섞어 마시니 칩을 잃건 따건 내내 웃음이 났다.

청소는 조금, 놀이는 많이, 먹고 마시는 건 더 많이. 바람직한 하루를 마치고 한 층 올라가 집으로 갔다. 종일 씨실에만 머무르며 씨실을 즐기고 소행주 식구들을 즐긴 하루였다.

독립의 날갯짓

열아홉의 독립 예정자

가족이 일본에 왔다. 큰애 결이가 일본 대학 면접을 보는 데 동행해 왔다. 고3 수험생의 엄마이던 나는 그동안 시험 전날 초콜릿 하나, 합격 발표 전날 찹쌀떡 하나 준 게 전부라서 온 가족 응원 동행을 제안했다.

결이는 한동안 '만화 보길 즐겼다'는 말만으로는 부족하게 집에 있으면 줄곧 혹은 대체로 만화를 봤다. 다락방 스타일로 꾸민 '사다리방'엔 용돈을 쪼개 『원피스』니 『은혼』이니 하는 만화책을 전질로 갖췄고, 컴퓨터와 이동전화기론 내내 웹툰이었다.

"세상에서 만화가 사라진다고 하면 난 (만화를 지키기 위해) 내 목숨도 버릴 수 있어."

이쯤 되면 사랑이 아닐까. 십여 년 전 내가 고기를 끊고는 해산물도 끊으려 한 적이 있다. 마을의 단골 낙지집에 대여섯 번 혼자 가서 낙지볶음을 배불리 먹고 밥까지 볶아서 포장해 왔다. 제일 좋아하는 낙지를 실컷 먹어 질리도록 한 뒤 해산물과 작별하려는 심사였다. 하지만 먹어도 먹어도 그리움이었다. 해서 이건 단순히 좋아하는 게 아니라 '사랑이구나' 하고 받아들였다. 결이의 만화 사랑 역시 보아도 보아도 질리는 일 없이 곡진했다. 이렇게 일본 만화를 보고 또 보다가 어느 순간 '일만 시간의 법칙'에 따라 일본어가 들리게 됐고 일찌감치 무슨 시험인가를 통과하고 어떤 자격증인가를 따며 일본 대학으로 진로를 준비해 온 거다.

남편이 신혼 때 과음으로 한두 번 지각을 하더니만 아침에 깨워 줬으면 좋겠다고 했다. "회사는 네가 가는 거잖아." 내 대답이었다. 이후 회사에서 깨지며 대오 각성했는지 몇 시에 들어오건 얼마를 마셨건 알아서 회사에 다녔다. 마찬가지로 결이의 진로 역시 '학교는 네가 가는 거잖아' 주의였다. 결이 선택의 영역이었지 '엄마의 정보력' 분야가 아니었다. 스스로 알아서 선택하고, 알아서 준비했다. 대신 내가 강요하거나 간섭하는 일은 전혀, 네버, 1도 없었다는 게 큰 기여라고 생각한다. 아이가 만화만 보는 것에 엄마가 잔소리 한마디 보태지 않는다는 게, 공부 좀 하라는 말 한마디 하지 않는다는 게 그저 쉬운 일만은 아닐 수 있다. 킬킬 웃는 아이의 웃음소리를 들으며 '우리 결이 행복하구나' 그냥 방 앞을 스쳐 지나는, 경지에 오른 미덕의 발휘였다.

낳아 줘서 고맙고, 엄마와 아빠가 부모여서 다행이라는 결이. 공동육아 어린이집과 대안학교에 다닐 수 있어 행운이었고, 스스로 생각하는 힘을 키울 수 있도록 지지해 줘서 행복하다는 결이. 다 컸다. 말로 표현한 적은 없지만 성미산마을과 특히 공동체주택 소행주살이에도 더없이 만족하는 듯하다. 고등학교 다니면서도 그 나이엔 따라나서지 않을 법한 소행주 여행에 기쁘게 참여하고, 소행주 행사에 시간이 안 되면 크게 아쉬워하는 모습에서 쉬 짐작할 수 있다.

이제 결이는 최종 합격을 하면 계획대로 일본 대학 기숙사에서 독립생활을 펼쳐 갈 거다. 불합격이더라도 또 여러 도전과 시도의 시간을 맞이할 거다. 여럿이 지지하고 함께 응원하는 소행주살이를 도약대 삼아 멋진 비상을 해 나갈 거다.

쉰하나의 독립 예정자

나는 내년에 소행주 '돌봄 주택'에 입주 예정이다. 울림두레돌봄사회적협동조합에서 추진하는 어르신 낮 병원인 돌봄센터도 들어가고, 성미산좋은날협동조합의 장애인 청년들이 더치커피 내리는 일터도 들어가고, 마포의료복지사회적협동조합 사무실도 들어가고. 1인 생활자들의 주거 공간도 들어가는 돌봄 주택. 서로서로 돌아보고 돌보는 돌봄 주택에서 작은 공동체를 이룰 생각이다.

소행주 1호에 입주할 때 301호 이름을 '숨는집'이라 지었는데. 아직 지어지지도 않은 돌봄 주택에 들어갈 내 집 이름도 미리 지어 두었다. '독립 만세'다.

대학 1학년이던 열아홉 살 겨울방학 풍물패 전수에서 설거지 짝꿍으로 친해져서 9년을 사귀고, 스물여덟 살에 결혼해서 22년을 살았으면 장동건도 얘기해 줄 듯하다. "고마 해라, 마이 무따" 아니 "고마 해라, 마이 살았다"라고.

"난 남편이랑 아이 뒷바라지하면서 살고 싶지 않아. 내가 원하는 걸 하면서 내 삶을 살아갈래."

"넌 네가 원하는 삶을 살아. 내가 너의 그늘로 살아갈게."

몇 년째 결혼하자고 설득하던 남자친구가 내 눈을 바라보며 "내가 잘할게"라는 마무리 멘트까지 쳤는데 그 순간 뭔가 진정성이 느껴졌다. 좋아서 사귀었지만 결혼은 하고 싶어질지 아닐지 알지 못했는데, 나이를 한 살 한 살 먹으며 결혼은 할 게 못 된다는 결론이었는데 말이다. '안 하고 후회하느니 하고 후회하자' 맘먹고 결혼했다. 하지만 결혼 생활은 생각하고 예견했던 것에서 별반 다르지 않았다. 뭉개고 살았지만 이젠 아름다운 마무리가 필요한 시점이다. 어쩌면 어떤 계기가 없었다면 신의와 의리, 또 책임감과 의무감으로 계속 살았을 뻔했다. 그 어떤 계기로 크게 실망하며 절망했지만 돌아보니 사랑을 잃은 대신 자유를 얻었으니 잘된 일이다.

서른아홉 살 때 10년이나 살아 줬으니 혼자 떠나는 여행을 선물로 받고 싶다며 그랜드 캐니언으로 떠난 적이 있다. 이제 20년 아니 사귄 세월 포함 30년이나 함께했으니 혼자 살아가는 삶을 선물로 받을 생각이다. 둥지는 머무르는 안온함을 지닌 동시에 떠날 힘을 키워 주는 곳이기도 하다. 나도 그동안 가정에서, 또 소행주라는 둥지에서 힘찬 날갯짓을 익혔다.

소행주 1호 식구들과 내년 입주 10주년 기념잔치와 여행이 계획돼 있다. 10주년 잔치에 얹어서 박짱과 밤비 환갑잔치며 내 독립 만세 축하연도 겸해야겠다. 아빠들이 연회비를 30만 원씩 모아서 졸업하는 아이들에게 의미 있는 선물을 해 주던데, 결혼을 졸업하는 나도 "선물 주세요!" 하고 두 손 쭈욱 내밀어야겠다.

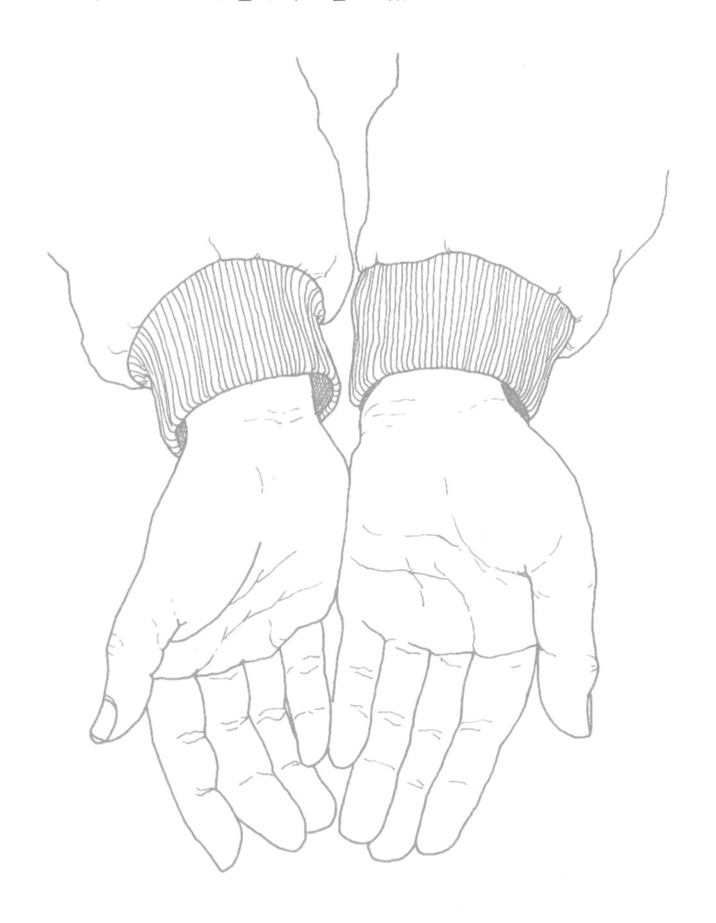

'아니 벌써' 한 해가 훌쩍 갔나, '아니 벌써' 이렇게 훌쩍 컸나

'2020 송년회 누가 준비하나요. 연말 행사 준비 모임 누가 모여 하나요. 저녁에 아이들 학교 끝나 집에 와 2층 씨실 와서는 회의하고 가지요~♬' 깊은 산속 옹달샘은 누가 먹는지 알겠는데 올해 소행주 1호 송년회는 어떻게 진행될까 궁금해진다. 작년 송년회를 떠올려 본다.

소행주에서 제일 막둥이 지웅이, 소행주 입주 직후 태어나 공용 공간 씨실에서 돌잔치를 한 지원이, 외동이었다가 소행주에 와서 언니·오빠·친구 풍년을 맞이한 지오, 지원이 오빠인 '의젓 준하 선생'이 준비팀원이었다. 작년 나이로 지웅이 아홉 살, 지원이 열 살, 지오와 준하는 열두 살이었다. 가장 나이 어린 어린이 모음이다. 써 놓고 보니 이름의 초성이 모두 'ㅈ'이라는 공통점이 있다. 그래서였는지 어른 중 별칭에 'ㅈ'이 쌍으로 들어 있는 박짱도 함께했다. 준비팀의 2019년 12월 22일 회의록을 보면 다양한 참가 이유가 나온다.

지웅: 참가하면 상품이 있다는 엄마의 정보를 듣고.

지원: 만들기 좋아하고 꾸미기 좋아해서.

지오: 크리스마스 파티랑 같이 준비하는 줄 알고.

준하: 재미있을 거 같아서.

박짱: 준비팀 모집 공고에 어른 칸도 있어서.

어떻게 진행할 건지도 세밀하게 짜 놓았다. 행사는 오후 7시 공용 공간인 씨실에 모이는 것으로 시작해서 제야의 종 치는 걸 함께 보며 마치는 것으로 한다, 준비팀은 먼저 모여 풍선 등으로 씨실을 장식하기로 한다, 프로그램은 '쓸데없는 것 나누기'로 출발한다. 나한테 필요 없지만 다른 사람에게는 필요한 것이되 사는 건 안 되고 여러 개는 된다, '쓸데없는' 선물은 씨실에 입장하며 번호표를 받고 사회자가 뽑는 번호표 순서대로 나와서 골라 갖는 것으로 한다. 퀴즈를 맞히고 장기자랑을 하며 무르익어 갈 시간이 회의록에서도 보인다.

준비팀 지원 동기가 각양각색이었듯이 회의 평가도 다르다. 회의가 재밌었다는 준하, 앞으로 준비도 재밌고 꾸미기도 재미있을 것 같다는 지원이, 생각하는 게 힘들었다는 지오도 있지만 맛있었다는 지웅이의 평가가 달달하다. 아마 어른들이 지원해 준 아이스크림 케이크 간식이 최고였나 보다.

행사 순서지를 보면 참가 독려 담당자가 나온다. 형들은 지웅이와 준하, 언니들은 지오와 지원이가 맡는다. 동성 동생들로 연락책을 구성한 거다. 어른 장기자랑의 선물이 술인 것도 독특하고, '어른들은 늦게까지 술 drink, 12시는 기본 중에 기본'이라는 준비팀의 건의 사항도 인상적이다. 부디 새벽까지 마셔 달라는 요청을 어른들이 흔쾌히 받은 건 물론이다.

이렇게 어른과 아이 병행형, 아니 아이들 주도형의 행사를 준비한 바탕에는 2019년 아이들과 함께한 7월의 전체 회의가 있다. 2019년 전체 여행은 아이들 의견을 충분히 반영하자고 해 놓고도 바삐 지내다 여행 일정을 일주일 앞두고 모인 날이었다. 7월 회의를 마치고 박짱이 남긴 소감글을 보자.

> 아이가 다 커 버린 나에게는 아이들의 모습이 너무 예쁘고 사랑스러워서 아이들 커 가는 모습을 흐뭇하게 바라보게 된다. 어느덧 시간이 흘러 이 아이들이 사춘기를 지나고 있다. 모임 장소면 어김없이 나타나는 대신 자기들만의 시간을 갖기를 원하게 되고 매년 가는 소행주 전체 여행의 재미없음을 토로하고 일정을 보이콧할 정도로 자기주장이 분명해져 갔다.
>
> 사춘기 청소녀·청소년들은

'취지엔 동감하지만 있는 일정을 취소하고 참여하기엔 전체 여행은 별로다', '어른들이 정해 놓은 일정에 아이들이 따라야 하는 건 아닌 것 같다', '장기자랑 같은 것을 강요하지 않았으면 좋겠다'는 의견들을 냈다. 하여 내년부터는 정월대보름 행사 때 모두의 의견을 들어 전체 여행 일정을 잡고, 전체 여행 취지도 공유하는 시간을 갖기로 결론을 모았다.

자유롭게 이야기하고 마음 기울여 듣는 시간, 아이들도 자라고 어른들도 성장하는 과정이 녹아 있는 글이었다. 한 발 물러서서 보면 흥분하거나 버럭버럭할 일도 없기 마련이다. 박짱의 글에선 대가족제 큰아버지나 할아버지의 너그러운 시선이 느껴지기도 했다. 이런 논의를 바탕으로 가장 어린 층으로 구성한, 자발적인 송년회 준비팀의 시동이 반갑기만 하다. 하지만 이 아이들이 언제까지 우리와 놀아 줄지는 모를 일이기도 하다.

모두가 새해 목표를 이야기하던 2019 송년회. '마라톤 풀코스 도전, 금연, 일주일에 하루 금주, 몸무게 감량' 등의 목표가 쏟아졌었다. 내년 송년회 때 달성 여부를 확인하기로 했었는데 나는 어떤 목표를 얘기했는지 기억도 나지 않는다. 아마 위 목표 중에 하나였다면 일주일에 하루 금주가 내 목표였지 싶다. '난 늘 술이야, 맨날 술이야~' 한 달 술 약속이 그 전달에 꽉 차는 걸 '이놈의 인기는 어쩔 수 없다'며 받아들이고 사니 말이다. 20일 뒤면 2020 송년회다. '아니 벌써 해가 깊었나. 정말 시간 가는 줄 몰랐네. 밝은 새해 기다리는 부푼 마음 가슴에 가득. 이리저리 주고받는 정다운 눈길 씨실에 차겠네~~♪'

술 익는 집에서 10년의 세월 속에 함께 익다

나는 자연인이다 아니 우리는 자전거인이다

토요일 저녁에 소행주 1호 아빠들을 특별히 만났다. 10년 동안 많이도 변화 발전한 그이들을 버무려 담지 않으면 소행주 이야기는 팥소 없는 찐빵일 테니 말이다.

따로 모여라, 그러기 뭐해서 새로운 취미 조합인 자전거 타기 멤버들과 그 예정자를 만났다. 집에서도 얼굴 마주하기 힘든 내가 '왕림'한다니 영광이라 느꼈는지 평범이가 해산물과 증류주로 술상을 차렸다.

자전거는 강호가 먼저 탔다고 한다. 거기에 무릎이 아파 다른 운동이 어려운 박짱이 합류했다. 옆지기인 에이미가 과감하게 거금 1백만 원에 5만 원을 더 얹어 기아 빵빵 자전거를 사줬다는데, 1층 자전거 거치대에 놓지도 못하고 6층으로 모시고 올라간다는 어마어마한 자전거는 아직 알현을 못 했다.

자전거 2인조 모임에 '하루하루 살이 찌는데 강호가 훽훽 돌아가는 허리띠를 내보이며 자랑해서' 피터가 결합했다. 같이 타 보고 장비의 중요도를 느낀 피터는 '헌 집 줄게, 새집 다오'의 두꺼비에게 청원하는 대신 온라인 중고 가게를 두드렸다. 있던 자전거 9만 원에 팔고, 중고 자전거 58만 원에 장만했다.

어울리기 좋아하는 거에 둘째가라면 서러울 평범이가 보태지는 건 당연한 수순이었다. 강호가 아빠 모임에 뜸하자 자전거를 끊게 하기는 어렵겠다고 생각하고 같이 타는 것으로 결정한 거다. 평범이가 회사 사장에게 물려받았다는 자전거는 엠티비와 로드의 좋은 점을 짬뽕한 거라는 평가를 받는다. 자전거포 아저씨가 보자마자 '하이브리드계의 포르셰'라고 했단다. 하지만 장비가 좋으면 무얼 하나. "타면서 아무래도 이상하더라니." 스프링을 한쪽에 몰아 껴서 타고, 바퀴 방향마저 바꿔 끼고 사용한 걸 자전거포에서 점검하면서야 발견한 건 '안 비밀'이다.

다음 유력한 용의자 아니 예비자는 사슴벌이다.

"장갑 사 줄게."

"난 복장 사 줄 거야."

자전거만 탄다고 하면 옆지기인 채송아는 자전거를, 피터는 장갑을, 에이미는 복장을 구비시켜 준다고 한다. 주말에도 출근하는 그이가 음주 후 꿀잠 대신 자전거를 선택해 바람을 가르며 달리는 날이 올지는 아직 모르겠다. '소행주 라이더스'에 사슴벌까지 나선다면 바위며 작은눈이 목전에 자전거가 닥칠 날도 멀지 않았다.

이렇듯 아빠들의 자전거 모임은 확장세다. 겉으론 건강을 도모하는 걸 내세우고 있지만 실은 '함께 음주'를 향한 구실 바로 그뿐 아닌가 싶은

생각도 얼핏 든다. 모든 것엔 제사보다 젯밥으로 때론 당구, 어떨 땐 탁구, 한때는 카드였던 바통을 자전거가 이어 받은 것 아닌가 하는 혐의다. 텔레비전이 있는 박짱네 모여서 같이 드라마나 축구를 보는 것도 함께 홀짝홀짝 술잔을 들기 위한 관람이요, 가끔 같이 산에 가는 것도 최종 하산주를 향한 모두의 발걸음이라는 걸 직관력이 있어야만 꿰뚫어 볼 수 있는 건 아니다. 그렇지만 놀이며 운동이며 잦은 번개며 그 종합편인 술이며 모두가 어울림의 도구일 뿐 핵심은 친해져 하나 되려는, 절로 우러나오는 마음인 것을 부정할 순 없겠다.

같이 늙어 가고 싶은 마음

어디 무슨 쾌 없나, 이래저래 엮어서 모일 핑계를 찾는 아빠들. 이제는 같이 늙어 가길 꿈꾸는 지경에 이르도록 친해졌다.

“연남동 빌라 살 땐 일하고 집에 오면 그냥 집이야. 그 빌라 그 층 그 호수가 집이야. 약속이란 건 없어. 이웃이나 동네서 만날 사람이 없어. 외부 약속하고 마지막 종점으로 귀가하니 늦게 들어오지. 지니도 힘들지. 저녁 같이 먹을 일이 전혀 없으니까. 요즘은 귀가하면 그때부터 시작이니까. 요즘은 거의 지니랑 저녁 같이 먹고.”

피터는 종점이었던 집이 이제 찬란한 2부의 시작점이 되었노라 고백한다. 업무 약속은 최소화한다. 서로에게 적절하게 친절할 뿐이지 서로 친한 건 아니니까 그렇단다. 강호는 형제나 친척과 교류하는 것마저 훌쩍 넘어선 관계를 자랑한다.

“처음엔 (공동체주택에) 살기 두려웠는데 시골 마을 개념으로 살았고, 그게 좋았어. 위에서 당겨 주고 밑에서 밀어 주며 항상 응원해 주고. 공통 일에 참여 못하면 미안해하고 다음에 더 하는 게 자연스럽지. 앞으로 노후가 길 텐데 누가 누구를 책임질 순 없겠지만 경제적 공동체의 부분도 있으면서 계속 이어지면 좋겠어.”

한데 아빠들의 노후 얘기는 뜬구름 잡는 소리처럼 들렸다. 민수가 하는 반려견 간식 사업 ‘로렌츠’에 올해 고3인 현웅이가 앞으로 군에 다녀와서 직원으로 일하고, 대스타가 될 새록이가 광고하고, 거기에 우리도 같이 합류하면 좋겠다는 강호. 포장을 맡든, 인터넷에서 ‘좋아요’를 눌러주든 할 일은 있다며 반려 동물과 주인이 함께 먹는 품질 높은 간식으로 하자며 한술 더 뜨는 평범이. 그 얘기를 받아 개랑 겸상을 할 수 있도록 만들자는 박짱까지. 떡 줄 사람인 소행주 2세대들은 생각도 않는데 김칫국을 사발로 들이켜고 있는 아빠들이다.

어디 시골에 땅도 보러 다녔다는데, 그건 그 핑계로 놀고 왔다는 말이기도 하다. 아직 마땅한 부지를 정하진 못한 듯한데 박짱은 어디로 옮겨 가는 거보다 성미산마을에서 같이 늙어 가자고 한다. 휠체어 운행이 편할 수 있도록 리모델링이 필요하다고 하니 사슴벌은 아예 병상 몇 개를 만들어 요양병원화를 하잔다. 이런 이런, 가슴에 태산 같은 계획을 품고 사는 사람들 같으니라고.

사슴벌에게 소행주살이 10년에 뭐가 달라진 거 같냐고 물었다. 예전엔 가부장적이었는데 요즘은 많이 변했다고 자평한다. "조금 전까지도 아이들에게 밑반찬 만들어 주고 왔어. 같이 살면서 가구마다 다 다른 걸 요즘은 인정해. 이젠 채송아를 인정해서 안 싸워. 그냥 말을 안 하지. 흐흐."

하긴 내가 기억하는, '예전의 사슴벌' 모습이 있다. 술을 마시고 늦게 들어와도 갓 지은 따끈한 밥을 대령하라고 한다는 사슴벌이 내게도 정색을 하고 물은 적이 있다. 많이 궁금하다기보다 의무 불이행자를 향한 정당한 항의라도 하는 듯했다. "느리는 왜 밥을 안 해요?" 당시엔 그냥 웃고 말았다. '그랬던' 사슴벌이 시간이 지나면서는 '우리 아이가 달라졌어요'처럼 '이렇게' 인사하고 있는 것이다. "아유, 느리 많이 바쁘시죠?"

엄마들끼리 소행주 2호가 헐리기 전 터에서 '빈집 프로젝트'로 1박 2일 밤샘 수다를 떨던 날도 막내 지웅이를 안고 애 보라고 찾아왔던 사슴벌인데, 소행주 들어와 낳은 지웅이가 올해 열한 살이고 그만큼 사슴벌도 컸다. 이제껏 아빠들이 같이 성장하는 모습을 지켜봤다면, 같이 늙어 가고 싶어 하는 마음을 지켜주고 싶다. 그이들을 힘껏 응원한다.

슬기로운
코로나 생활

화가 나지 않은 화요일

8월의 화요일이었다. 소행주 1호 단체 카톡방에 코로나 확진자 소식이 떴다. 그동안은 확진자와 밀접 접촉해서 검사받았고 음성이라는 정도였는데 말이다. 6층에 사는 고3 현웅이가 확진을 받은 것이었다. 쿵.

아빠인 사슴벌이 카톡으로 공유한 건 현웅이가 백신 2차 접종까지 마쳤는데도 양성 판정을 받았다, 금요일 친구 생일 모임에 갔다가 그리 되었다, 가족도 오늘 검사받는다, 주말 동안 소행주 식구들과 접촉은 없었다는 내용이었다.

엄마인 채송아가 근린 생활 시설 식구들 포함한 단톡방에 같은 내용을 올렸다. 현웅이가 토요일 저녁 늦게 집에 왔고, 일요일과 월요일 한 차례씩 엘리베이터를 사용했다는 것도 덧붙였다. 비누두레와 성미산공방은 광복절 대체 휴무일인 월요일까지 일하러 나오질 않아서 다행이었다.

소행주 식구들의 반응은 우선 현웅이 몸 상태를 걱정하며 잘 회복되길 빌어 주는 것이었다. 또 고생 많다는 격려와, 잘 이겨낼 거라 믿는다는 응원이었다. 일단 입주자대표인 강호의 '지령'대로

필요한거 있으면
어려워 말고
알려주세요!!
지웅이네 가족 힘내세요^^
소소한 꾸러미 보내요~
치킨 맛있게 먹고 빨리
끝나길 바라~
GAS
GAS
남은 일주일
순~삭 화이팅!

아이들을 포함한 전원이 일사불란하게 당일 코로나 검사를 받기로 했다. 마포구보건소보다는 홍익문화공원 임시선별검사소가 줄이 길지 않다, 방역 시간으로 쉬는 시간대는 이러하다 등의 정보가 이어졌다. "누구한테든 생길 수 있는 일이니, 우리 서로 미안한 마음은 갖지 않기로 하시죠." 다정 피터의 톡은 기본이었다.

난 출근한 뒤에 카톡을 확인해서 사무실에 위 사실을 알리고 의견을 구했다. 같은 엘리베이터를 다른 시간대에 사용한 거 외 겹치는 동선이 없었음에도 바로 퇴근해서 검사부터 받으라는 의견이었다. 오후 예정된 외근도 취소했다. 귀가하니 평범이도 돌아와 있었다. 검사 결과 받을 때까지 근신의 시간을 보내야 하는데도 단체 카톡방에는 불평이나 불만의 숨소리 하나 없었다.

다음날인 수요일, 검사 결과 음성 통보 공유가 줄을 이었다. 그 가운데 오보도 있었다. "박짱의 고향이 음성입니다"라고 강호가 글을 올리자 "저의 고향은 음성도 양성도 아닌 증평입니다"라는 정정이 따랐다. 강호가 던진 박짱의 고향 얘기가 농담이었는지 진담이었는진 모르겠지만 이어지는 제안은 참으로 적절했다. 고통스러운 자가 격리 잘 이겨 내라는 응원프로젝트를 진행하자는 것이었다. 현웅이네를 격리하듯 빼 놓고, 임시 카톡방을 개설해서 의논했다. 하지만 소외의 격리가 아니라 함께 보듬는 격리였다. 지웅이, 보미, 현웅이 삼 남매와 채송아, 사슴벌 부부를 아우르는 아름다운 격리였다.

의논 결과는 돌아가며 소소한 먹거리 꾸러미를 현웅이네 문 앞에 두자, 응원 메시지가 담긴 엽서는 필수다, 뭐 이렇게 간단 정리됐다.

하루만 맡기보다 수시로 하겠다는 에이미와 평범이의 자청도 있었다. 영양사로 구내식당을 운영하는 에이미는 반찬류일 거 같고. 평범이가 가져다 놓을 건 사슴벌을 위한 캔 맥주나 병 소주가 아닐까 강한 추측을 해 보았다.

모두 오전에 두었을 응원 꾸러미를 나는 밤에 가져다 놓았다. 미리 준비해 차질 없이 진행하진 못하지만 늦더라도 꼭 한다는 신념에 맞게 특색 있는 시간대 배달이었다. 현미국수 용기 면, 감자라면, 채식 현미라면, 우리 밀 비빔라면, 우리 쌀로 만든 짬뽕라면 등 요리계의 찌질이답게 즉석식으로 마련했으되 생협 건강 생활재로 전달했다.

목요일. 백신 접종 이야기가 꽃을 피웠다. 소행주 1호 엄마 아빠를 통틀어 최연소자 피터가 잔여 백신 신청에 성공한 걸 부러워하는 끝맺음이었다. 금요일, 미담이 올라왔다. 사슴벌이 땡볕에 날실인 옥상의 잡초를 맹렬히 제거하고 있더라는 풍뎅이의 목격담이었다. 사슴벌은 각 집의 물량 공세로 확진자가 아니라 '확 찐 자'가 될 거 같아 나름 운동한 듯도 했다.

사람 인人 자 그대로

자가 격리 중인 채송아에게 전화를 걸어 어찌 지내는지 물었다. 경험자 채송아가 들려주는 근황은 이러했다.

'혼자서는 못 사는구나' 많이 깨달았어. 어려운 시기에도 이렇게 행복하게 살 수 있어서 고맙지. 사람들이 다 다른 만큼 다양한 꾸러미가 재밌고, 거기 담긴 마음들이 느껴져서 고마운 시간이야. 첫 번째 격리 때는 집에 있게 되니 안 하던 정리 정돈까지 하며 쉼 없이 일해서 몸이 힘들었어. 지웅이랑 일주일 지나선 막 싸우고 그랬지. 요즘은 그냥 쉬고 있어. 하루 두 끼 차리고 중간에 간식을 먹어. 전해 준 꾸러미로 준비하면 되니까 어렵지 않아. 잠도 많이 자고, 영화도 보고 책도 읽고. 그냥 밖에 못 나가는 답답함 외에는 휴가 같은 시간이야.

채송아와 막내 지웅이는 이번이 두 번째다. 지난번에도 확진자 밀접 접촉자로 격리 생활을 했었다.

첫 번째 격리 때는 도토리(방과후) 사람들이 엄청 보내줬어. 그때 우리가 밀접 접촉 이후 모르고 도토리방과후 마실을 해서 난리가 났었어. 코로나 때문에 너무 못 만나 소원하니 소규모로 마실이라도 하자며 처음 진행한 마실이었는데 말이야. 확진자 밀접 접촉 사실을 알게 된 뒤 오히려 그동안 인사만 나누던 도토리 사람들까지 모두 응원해 줘서 고맙더라고.

토요일에 확진자와 산행 후 식사, 일요일에 도토리방과후 마실, 월요일에 확진자와 접촉한 사실을 인지한 순서였단다. 그때도 이번처럼 모두의 응원이 뒤따랐단다.

잘 지낸다니 농담을 건넬 마음의 여유가 생겨났다.

"나가서 쓰는 돈은 없지, 들어오는 먹거리는 있지. 가계 경제에 보탬 되지 않아?"

"하하하 맞아. 격리 지원금도 나와."

"얼마?"

"두세 달 걸린대. 지난번엔 140만 원 나왔어."

알바 안 나가도 알바비 넘는 금액이 들어온다니 내가 다행이었다.

예상치 못한 내용의 응원 꾸러미를 말해 달라고 하니 풍뎅이네 꾸러미였단다. 꼼꼼 그 자체였다고. "애들 책, 내가 읽을 책에 술도 사슴벌 술, 내 술에 숙취 해소제며 애들 과자에 영양제까지 다 넣어 준 거야. 다 기억 못 할 정도의 엄청난 가짓수에 놀랐어. 너무 디테일해서 놀란 거지."

격리 공간에 '수용'된 현웅이도 증상 없이 무탈하게 잘 지낸다고. 하루 세 번 배달되는 맛있는 도시락을 먹고, 중간중간 사발면도 끓여 먹고, 집에서 시켜 주는 과자도 먹으니 뭐 더 바랄 게 없다고.

코로나19라는 엄혹하고 차가운 고립의 시국에 그래도 우리는 방역 지침을 지키며 조심스레 볼 수 있는, 씨실이라는 커뮤니티 공간과 날실이라는 옥상 공간에서 숨이 트이지 않았느냐며, 소행주 공간 구성의 이점을 이야기하는 박짱의 이야기에 공감한다.

너무도 긴 코로나 시절에 식구 같은 이웃이 있어 고립감을 느끼지 않으며 슬기롭게 헤쳐 나가고 있으니 다행이다. 사람 인人 자 그대로, 옆에 지지대처럼 서로 기댈 수 있는 사람이 있다는 건 만금보다 더 든든한 일이다.

궁금해서 물었다

우리 집 큰애 결이가 스무 살의 8월에 군에 간다. 작년 일본에 있는 대학에 합격 후 새롭게 펼쳐지겠거니 했던 캠퍼스의 꿈은 새롭지 않게 연장되는 코로나로 여지없이 깨졌다. 고등학교 졸업식은 물론 대학 입학식도 생략된 세대. 내내 온라인으로 수업 받고 과제 제출하며 재미없는 한 해를 보내다가 18개월 복무 기간이 끝나면 코로나가 종식돼 있지 않을까 희망하며 일찍 입대하는 거다.

결이가 어느 결에 커서 군 입대라니. 내가 중학교 수업 시간에 '군인 아저씨께'로 시작하는 위문편지를 썼던 게 엊그제 같은데 말이다. 거기에다 하필이면 해병대를 자원해서 간다니 소행주 동생들이 물었다.

"굳이 왜?"

"이왕 갈 거면 '간지나게' 가는 거지. 몸도 건강해지고, 힘도 좋아지고, 수영도 익히고."

이제껏 귄투며 주짓수며 돈을 내고 배우러 다녔는데 군에 가면 공짜로 먹여 주고 재워 주며 운동을 빡세게 시켜줄 테니 가성비를 생각하면 해병대란다. 어쩌면 젊어서 고생은 사서도 한다는 듯 덧붙이는 말이

진심인지도 모르겠다. "인생을 살다가 벽에 부딪혔을 때 '내가 해병대도 갔다 왔는데 이것쯤이야' 하는 정신적 대들보가 생기겠지."

나도 궁금해져서 물었다. 소행주에서 10년 넘게 살고 성장한 아이들은 소행주를 어떻게 생각하고 있을까. 일단 좋은 점부터 들어보았다.

규림이(18): 엄마 아빠가 모두 어디를 가게 될 때 맘 편하게 다녀올 수 있고요. 물건을 문밖에 두어도 괜찮아요. 또 학교 준비물도 급하게 서로 빌릴 수 있어 편하고요.

준하(14): 소행주에서 같이 가는 전체 여행이 좋아요. 엄마 여행, 아빠 여행도 너무 좋고요. 자주 가 주면 안 돼요?

특별히 기억에 남는 여행은 네 가구 정도가 같이 떠난 울릉도 여행이었단다. 노래방 마이크를 가져가서 숙소에서 노래 부르던 시간, 정확히는 용돈벌이를 하던 시간이 제일 좋았다고. 취기가 올라온 부모들은 현금인출기로 달려가 돈을 뽑아 왔고, 아이들은 한 곡에 1만 원씩 받으며 노래를 불러 젖히던 시간이었다. 당시 목이 찢어져라 최선을 다해 불렀다던 결이도 한마디 보탰다.

결이(20): 보통은 자문이나 조언을 얻을 사람이 부모, 친척, 선생님 정도로 국한될 텐데 소행주에선 어른 열 몇 명이 수시로 조언해 주니 여러모로 좋아. '사촌 동생'이 여러 명 생겨서 매일 보다시피 같이 자랐고.

시원이(17): 옥상에서 같이 고기 구워 먹는 맛이 가족이랑만 먹는 맛과 달라요. 더 재밌고 더 맛있어요.

준하: 고기 먹으러 올라가고 싶지 않은데 강제적이고 강압적으로 올라오라고 할 땐 힘들어요. 아빠 표정이 바뀌고 눈에 힘이 '빡' 들어가면서 "빨리 올라와~" 하면서 먼저 올라가고 다시 전화 오고 하면 대책이 없어요.

시원이와 동생 준하가 반대되는 이야기를 하는데 사실 그건 소행주가 아니라 아빠인 강호에 대한 어려움이었다. 이야기 와중에 하드를 다 먹으니 막대를 버리러 가는 준하. 그런 준하를 보며 "잠깐 자리에 두었다가 나중에 버릴 수도 있는데…" 이해할 수 없다는 시원이. 준하가 인정할지 모르겠는데 강직 반듯 강호를 닮은 구석이다.

시원이: 마을 어딘가 레이다망이 있는 느낌이에요. 집이 좁아져서 합정역 메세나폴리스 같은 곳으로 단체로 이사 가고 싶어요.

규림이: 물이 새서 누전이 된 적이 있어요. 천장도 볼록해져서 찢어서 물을 뺐고요.

이야기는 자연스레 소행주살이의 아쉬움으로 넘어갔다. 지켜보는 카메라 느낌은 성미산마을에서 스무 살이 된 친구들 성인식을 할 때

익히 들은 얘기다. 그 관심들이 '청소년 시기엔 싫었는데 돌아보니 고마움'이더라는 언니와 오빠들의 이야기는 들려주지 않았다. 저절로 깨닫게 될 걸 알기 때문이다. 어쨌거나 집이 좁아졌는데 자기 집만이 아니라 소행주가 단체로 이사하고 싶다는 생각이 재미나다. 또, 두꺼비집이 내려가고 전깃불마저 나갔던 암담함을 담담히 이야기하니 먼 과거를 추억하는 아련한 느낌마저 든다.

결이: 난 나중에 소행주를 물려받았을 때 어려움이 예상돼. 완성된 커뮤니티에 들어오기 쉽지 않으니 처분도 어려울 테고.

들어올 사람, 사겠다는 사람이 폭넓지 않을 거라는 결이의 머언 먼 미래 걱정에 시원이는 "나중엔 다 부수지 않을까?" 말을 보태고, 규림이는 "가벽이 없어서 리모델링이 어려울 거야"라고 속닥인다. 훗날까지도 소행주에서 살아갈 모습을 그리는 아이들이다. 소행주에 들어와 살면서 변화는 무엇일까.

시원이: 어렸을 땐 내가 주인공이고, 내가 관심 받아야 한다는 마음이 컸어요. 근데 소행주에선 언니 오빠들이 많아서 '내가 이 세상의 중심이 될 수 없구나' 크게 깨달았죠. 나만 잘 보이려는 건 이기적이라는 배움이 있었어요.

규림이: 사회성이 높아졌어요. 어른들이며 친구들이며 많으니까.

준하: 엄마를 독차지하려 했는데 동생인 지원이가 생기며 힘들었어요. (예전) 사진을 봐도 동생을 시샘하며 유모차를 대신 타려고 한달지 짜증 난 표정들인데, 주변에 놀 사람들 있으니까 달라졌어요.

누나며 형이며 동생들과 놀며 엄마를 놓아줄 수 있었다는 의젓 준하다. 규림이는 자신의 변화가 소행주에 살기 때문인지 나이를 더 먹어서인지는 모르겠다는데 아마 둘 다가 아닐까나. '놀면서 자라고 살면서 배우는 아이들'이란 공동육아의 기치처럼 소행주에서 아이들은 그렇게 자라고 또 그렇게 배우고 있다는 생각이 들었다.

궁금해서 물었다 2

우선 소행주의 10대들에게 물었다. 소행주살이의 좋은 점과 아쉬운 점, 그 안에서 자라면서 짚이는 내 안의 변화. 요렇게 간단한 질문을 던졌다. 물론 '라떼는 말야~' 늘어놓는 일 없이 주로 들었다. 우리 집 큰애 결이가 집에 놀러 온 여자 친구에게 나를 소개하며 "내가 아는 어른 중에 가장 꼰대스럽지 않은 사람이 우리 엄마야"라고 했으니 내가 지켜야 할 수준이란 게 있기도 했다.

> 현웅이(19): 친척들하고도 이렇게 많이 친하지 않아요. 가족 같고 친한, 진짜 믿을 만한 사람들이 생겨서 좋아요. 아쉬운 건 딱히 없어요. 지금 이대로 좋아요. 우리가 조금 더 크면 '아이들 여행'이 생겼으면 좋겠어요. 좀 이기적이고 내 생각만 하고 나에게 좋은 쪽으로만 해석하고 싸우는 일도 잦았는데 소행주에서 사람 대하는 방법을 익혔어요. 어떻게 행동해야 관계가 좋아지는지 말이에요.

풍뎅이 영화 데뷔작 제목 그대로 '지금, 이대로가 좋아요'란다.

아빠들이 민수가 대표로 있는 '로렌츠'에서 나중에 현웅이도 일했으면 하더라고 얘기하니 "절대 안 들어갈 거예요. 전 제 일을 할 거예요" '단호박'으로 말한다. 그저 꿈 많은 아빠들의 꿈인 것으로 정리한다.

울이(18): 가족처럼 서로 잘 챙겨 주는 게 좋아. 엄마 아빠 여행이 좋은 건 '레이더망'이 없어지니까 그런 거고. 안 좋은 거 있지. 우리 엄마 아빠에게 이르잖아. 사생활도 없어서 남자 친구에게 집 앞까지 바래다 달라고 할 수도 없고. 변화는 모르겠어. 동네에서 조심조심 다니고 있다고.

친구들하고 욕을 하더라, 입술에 바른 틴트가 너무 짙더라 등의 '고자질'을 접하기도 했으니 우리 집 작은애 울이 말이 틀린 것도 아니다. 울이는 남자 친구의 동행 없이 밤길을 걷는 씩씩 아가씨로 크면서 오히려 무서움 타는 여자 친구들을 집까지 바래다주고 돌아오곤 한다.

보미(16): 소행주 여행 갈 수 있어 좋아요. 나이 차이 있는 언니들이 많아서 여러 가지를 물어볼 수 있어 좋고요. 중학교에 먼저 입학한 언니에겐 어떤 걸 조심해야 하는지 물어도 보고. 입학할 때 학교가 낯설었는데 집에서 보던 얼굴들인 언니들이 있어 든든했어요. 아는 사람이 많으니 마을에서 만나도 반갑고요. 아쉬운 건 어릴 때보다는 덜 친하게 지내는 거예요. 서로 학교 친구들도 생기고.

지오(14): 복도에서 신발을 신지 않고 돌아다니고, 어른들도 별칭으로 부르고, 어릴 때는 남의 집 '똑똑' 하고 들어가서 놀면서 신났어요. 나이 차이 많이 나는 어른들 대할 때 편해졌어요. 별명을 부르니까요. 매일 어울려 노니까 활발해지기도 했고요.

옛날에 비해 소행주 여행에 참석하지 못하는 사람이 많아서 아쉽다는 지오의 말에 보미가 옆에서 참석자가 많으면 많을수록 좋다고 화답한다. 깜놀. 전체 여행이 좋다는 아이들의 압도적 의견을 접하며, 전체 여행에 빠지는 날도 잦았던 게 미안해지기까지 한다.

소행주 20대의 생각도 들었다. 301호 '숨는집'의 결이와 울이, 401호 '항상'의 시원이와 준하, 402호 '허벅'의 규림이, 501호 '일없는집'의 지오, 602호 '있는그대로바라보기'의 현웅이와 보미에 이어 601호 '상선약수'의 초록이와 민수를 만났으니 층별로 나이별로 고르게 만나 본 셈이다.

초록이(25): 엄마 아빠가 소행주에서 제2의 행복한 삶을 산다는 게 좋아요. 엄마 아빠의 의지처가 되는 소행주가 안심이에요. 아쉬운 건 개인적인 공간이 없다는 점이에요. 문턱이 있었으면 싶은데 문턱이 없어요. 좋은 경험이었어요. 특별한 공간에서 어릴 때 살았다는 것이. 다른 사람들과 활동하는 데 도움이 많이 됐죠.

위안부 할머니를 응원하는 '희망 나비' 활동으로 집에서 나와 생활하는

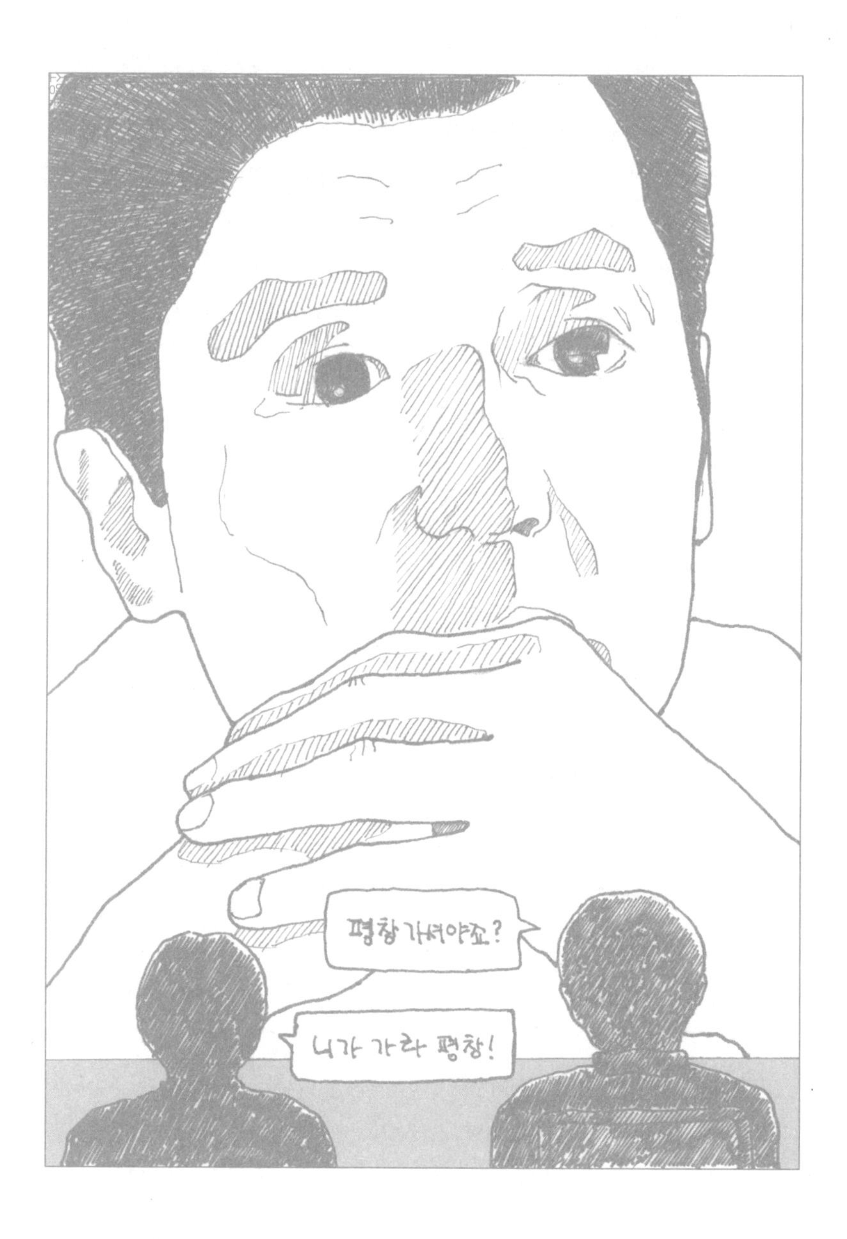
평창 가셔야죠?
니가 가라 평창!

터라 자립해서 나간 자신의 빈자리를 메우고 채워 주는 소행주 식구들이 든든하다는 얘기다. 하지만 소행주에서 씨실이나 날실이라는 공용 공간 이외에 '집'에서 모이고 싶을 때 1번지가 박짱네인 게 기정사실인지라 초록이가 당황했을 순간들이 짐작된다. 소행주 식구 누구나 박짱네 비번을 띠띠띠띠 누르고 들어오는 게 예사인데 어쩌다 집에 온 초록이가 거실에 편한 차림으로 앉아 있다가 그런 순간을 맞이하면 누가 주인이고 누가 손인가 싶을 터였다. 집 이름이 '상선약수'라고 사람들이 박짱과 에이미를 물로 봐서 그런 건 물론 아니다.

민수(30): 무한대 일방적인 응원을 받는 게 굉장한 힘입니다. 가족이 아닌 사람이 저의 삶을 끊임없이 응원하며 잘되길 바라고, 용돈 주시고, 아빠 여행에도 끼워 주시고. 아쉬운 건 없습니다. 개인적으로 집이 좀 작아진 거 외에는. 가족이란 게 꼭 피로 만들어지는 건 아닌 듯합니다. 나중에 저도 소행주 같은 곳에서 살고 싶다는 생각입니다.

그러다가 덧붙인다. "여기서 살면 되네. 좁더라도 같이 살아야죠."
박짱과 에이미를 넌지시 바라보며 한마디 건네기도 한다.
"평창 가셔야죠."
성미산마을에서 귀촌 모임으로 일군 평창의 꽃숲마을을 일컫는 거다.
"니가 가라, 평창." 민수의 강권에 박짱의 간결한 답변이다.

성장해서 방이 좁아져도 민수의 마음처럼 내내 살고 싶은 집, 좁아서 이사를 가더라도 시원이의 생각처럼 다 같이 가야 하는 집, 바로바로 소행주 1호다.

떠나는 이의 선물

'행복둥지 이야기 공모전'에 선정됐다는 연락을 받았다. 일단 수상작엔 선정됐지만 온라인 사이트의 주민 참여 내용까지 반영해서 최종 발표한다고 한다. 소행주 식구들 단톡방에 소식을 전했다. 대상이 되면 내가 글을 잘 써서이고, 우수상으로 정해지면 응원이 부족해서인 걸로 하자고 했다. 하지만 소설 공모전이 아니었으니 창작을 할 게 없었고, 거짓말 대잔치가 아닌 다음에야 소행주 1호 식구들이 딱 그렇게 살아가고 있는 이유로 상을 받는 거다. 내가 한 거라곤 그저 '상 받을 만한 사람들'의 실제 이야기를 고스란히 담았을 뿐이다.

대상에는 1천만 원, 우수상에는 5백만 원의 상금이 주어진다. 하지만 상금은 글쓴이에게 현금으로 주는 방식이 아니다. 수상자가 원하는 공동체에 시설 및 물품으로 지원한다. 사실 그래서 더 응모할 마음이 들었다.

내년 말 완공 예정인 소행주 9호로 혼자 나가서 살 계획이다. '독립 만세'라는 문패는 일찍이 만들어 놓았다. 떠나갈 힘을 키워 준 소행주 1호라는 둥지에 떠나는 이의 선물을 하고 싶었다. 해서 선정 소식에 미리부터 참 마음 뿌듯하다.

다행이다

아프고 외롭고 늙고 추레한 남편을 남기고 떠난다면 무거운 마음이겠지만 남편이 소행주 1호 아빠들과 너어무 너무 행복하게 잘 지내고 있으니 마음이 놓인다. 회사에서도 진급을 앞두고 있고, 정년은 10년이나 남았다. 당뇨래도 챙겨 주지 않으니 알아서 열심히 마라톤과 자전거 타기로 건강을 관리하고 있어 다행이다.

공동육아, 성미산마을, 대안학교, 공동체주택을 선택한 것은 모두 나였고 남편은 말없이 따라주었지만 그 안에서 같이 성장했고 더불어 행복했다. 그랬으니 되었다.

헤어지며 탓을 하는 미움과 원망 대신 부모로서의 동료애와 우정을 남겼다. 내가 대인배라서 그렇다는 생각인데 어쩌면 9년 연애하는 동안, 또 24년 결혼 생활 내내 서로 큰소리 한 번 내지 않았던 건 늘 바로 수긍하고 그대로 수용하던 남편의 성정 때문일 수 있다는 여지는 남긴다.

남편은 싫다, 안 된다는 말 없이 시키는 대로 하고 부탁하는 대로 들어주었다. 지금 이대로 살아도 행복하지만 이혼이라는 선택은 내용과 형식을 합치시키는 행위이다. 더 솔직해지고 더 자유로워지고 더 나다워지려는 선택이다. 사랑이 다한 뒤에도 아이들이 크기를 기다렸고, 졸혼이란 단어가 없을 무렵부터 그리 살며 10년쯤 기다렸으면 이제 됐다고 생각한다.

"울아, 엄마가 12월에 이혼 신청하러 법원에 가려고. 미성년 자녀가 있어서 숙려 기간 3개월 거쳐서 서류가 정리될 거야."

"그럼 난 이제 이혼한 가정의 자녀가 되는 거야?"

"그래. 내년 고3 기념으로 그렇게 하자~"

그러곤 서로 웃었다. 어제 정해서 오늘 얘기한 게 아니라 긴 세월 속에 찬찬히 이르고 차분히 설득한 터라 그럴 수 있었다. 아빠에 대한 사랑이 끝나서 부부라는 인연을 정리할 뿐 결이와 울이에 대한 사랑은 변함이 없고 영원할 거라는 이야기. '정상 가족'을 논하는 사회에서 아이들 마음에 상처가 없다면 거짓말이겠지만, 긴 세월 엄마에게 '세뇌'당하며 성장한 아이들이 어느 정도 받아들여 주어 또 다행이다.

학교에서 또래 상담반 동아리 활동을 하며 타로를 활용해 상담을 해 주던 울이. 엄마 연애 운을 봐 달라고 했더니 생일 선물로 해 주겠다고 미루다가 정작 생일날이 오자 아직 마음의 준비가 안 됐다던 게 작년이었다. 그러다 이제 드디어 엄마의 연애도 찬성했다. 누군가를 사귀되 졸린 인상이었으면 좋겠다는 팁을 준다. 피곤해 다크 서클이 있는 얼굴이었으면 좋겠단다.

'다시 또 누군가를 만나서 사랑을 하게 될 수 있을까. 그럴 수는 없을 것 같'다고 양희은은 노래했다. 하지만 나는 회색 심장 대신 쿵쿵 뛰는 붉은 심장으로 살아가고프다. 바야흐로 우주의 기운이 모여들고 있다. 아이들을 생각해서도 그러지 말라던 마을의 엄마들마저도 10년째 그 타령이니 이제는 말만 하지 말고 제발 좀 사귀라고 아우성이다. 누군가를 만나면 두 가지 중 하나를 얻을 수 있을 거 같다. 사랑을 얻거나 아니면 최백호가 '이제 와 새삼 이 나이에' 있겠냐고 묻던 '실연의 달콤함'을 얻거나. 거기에 추억은 덤이겠다.

든든하다

결이에게 꼭 대학에 가야 하는 게 아니라고, 대안학교에서 더 모색하고 실험하며 부딪혀 보라고 제안했었다. 결이가 일반 고등학교를 선택하던 때 '나는 관여하지 않겠노라' 선언했었다. 결이는 알아서 진학하고 또 입대를 했다.

"엄마, 난 엄마보다 00일 더 좋아해. 엄만 이제 2순위야."

입대 전 집에 놀러 온 여자 친구 앞에서 이리 말할 때 내가 1순위였던 적이 있었다니 감동이라 답해 주었었다. 서운함보다는 독립해 가는 아이의 성장을 느낄 뿐이다. 입대한 결이와는 카톡으로 대화한다.

"엄마의 요리!에 단련돼서 군대 짬밥에도 적응 잘하겠다."

"밥 잘 나와 여기.ㅋㅋ 요즘 군대 진짜 좋아져서."

때론 감동의 카톡을 날리기도 한다.

"건강하게 잘 지내고 있으니까 걱정 말고. 엄마도 단식 같은 거 하지 말고 건강 좀 챙겨 줘.ㅋㅋ 다른 사람들한테는 많은 인권운동가 중 한 명이더라도 나한테는 한 명밖에 없는 엄마니까. 수고."

작년 겨울 청와대 광장에서 단식 농성에 참여했었다. 말린다고, 반대한다고 안 할 사람 아니니 가족 누구도 그리하지 않았다. 장기 단식으로 접어들며 무언가를 가지러 집에 들렀을 때 울이는 엄마 너무 말랐다며 슬픈 얼굴로 꼬옥 안아 주고, 결이는 한마디 했었다. 엄마의 신념은 알겠는데 그러다 죽으면 어떡하냐고, 가족들 생각은 안 하냐고 정색을 했었다. 이제는 걱정하고 잔소리하는 주체가 바뀐 느낌이었다.

활동가로 활동비를 받아 경제적 독립을 하겠다고 결심하며 맨 먼저 드는 걱정이 있었다. '술은 어떻게 마시지?' 하는 생각이었다. 친구들이 열이면 열 모두 같은 장담을 해 주었다. "니가 마실 술은 내가 평생 책임진다." 천군만마처럼 든든한 말이다. 아이들은 엄마가 우리 엄마여서 행복하다고 말해 주고, 남편은 나를 여전히 사랑하지만 내가 원하는 대로 들어주겠다고 한다. 놓아 주는 것도 사랑임을 성찰한 이의 모습이니, 형식적인 부부 대신 서로를 응원하는 친구 관계로 돌아가니 또 든든하다.

함께한 소행주 식구들과도 10여 년 세월 속 후의에 쌓인 우의가 깊다. 떠난다고 하니 섭섭한 마음들이지만 멀리 가는 것이 아니라 정작 옮겨 가는 집터의 물리적 거리는 얼마 되지도 않는다. 철이 없는 엄마라서 아이들이 빨리 철들었고, 엄마가 곁에서 챙겨 주는 게 없으니 아이들이 또 자립심을 일찍부터 키웠다. 잘 떠날 수 있겠다. 아무렴, 나만 잘하면 된다.

그윽한 사람들

학생 때 대학생협을 만들면서부터 평생 생협 운동을 해 온 박짱. '혼자만 잘살믄 무슨 재민겨' 신념의 박짱. 올해 환갑인 그이의 마지막 협동조합이 될지 모를 '소행주협동조합'을 만들어 보자는 제안에 꿈을 꾸는 게 전문인 나도 보탬이 되기로 했다. 지난 7월부터 소행주 사무실로 주 10시간 월 50만 원 활동비로 반의반 상근을 하고 있다.

보통은 분양 마치면 돌아보지 않고 떠나는 게 대부분인데 소행주는 분양 후 같이 행복하게 살아가는 걸 응원하고 도우려 한다. 소행주 공동체 주거 운동 10년이 넘는 세월 속에 전국에 소행주가 20여 채 가깝게 지어졌다. 각 소행주가 저마다 다른 향기와 빛깔에 맞게 어우러지고 깊어지길 바라는 마음이다.

우선 내 사는 소행주 1호 식구들 이야기부터 귀 기울이기로 했다. 이후엔 가까운 곳 먼 곳 가리지 않고 각 소행주를 찾아가 들여다보고 들어보는 시간 진행하려 한다. 아빠들, 아이들에 이어 최종 편으로 엄마들을 옥상인 날실에 모았다. 소행주에 대한 이야기를 해 보자고 제안했다. 그러자 누가 무슨 말을 했는지 드러나지 않게 정리하는 집담회 형식으로 하자고들 했다.

남편 말고 내 편

강호, 박짱, 사슴벌, 피터 등 아빠들이 엄마들 모이기 좋게 날실에 천막을 쳐 주었다. 어둑해지는 시간에 '갬성 폭발' 반짝 전구들까지 늘어뜨려 주고 갔다. 지니가 탁자에 예쁜 테이블보를 가져와 깔아 놓은 위로 야호가 어디서 무슨 돈이 생겼는지 생선회부터 가지가지 안주를 주섬주섬 늘어놓았다. 코로나 밀접 접촉자로 격리됐던 절친 채송아를 위로해 주려는 마음일지도 모르겠다. 언제나처럼 각자 들고 온 먹거리와 마실 거리까지 곁들이니 잘 차린 그득 상차림이 됐고, 이야기는 그보다 더 풍성하게 밤 시간을 적셨다.

기역: 내가 어떻게 해도 영원한 내 편이 있다는 든든함이 있다. 고맙다.

니은: 고민될 때 앞뒤 설명 붙이지 않아도 말 통하는 사람이 같이 살고 있는 거다. 같이 살아온 시간으로 기본이 있으니 장황한 설명이 필요하지 않고 덧붙이지 않아도 된다. 있는 모습 그대로 얘기할 수 있다.

디귿: 안전하다고 느낀다. 내 편이 있다는 느낌으로 편하고 좋다. 또 계란 한 알이 필요할 때 얻을 수 있고, 밥 한 공기도 스스럼없이 구할 수 있다.

리을: 10년이 후딱 갔다. 여자 형제가 생겼다. 눈물이 난다. 좋다, 다~아. 편하고 안전하고 엄마들끼리 공유하는 이야기도 해가

거듭될수록 깊어지는 게 좋다.

미음: 시댁 이야기, 친정 이야기도 편히 할 수 있다. 다른 집 영향으로 남편과 아이들만 본가에 가는 일도 생겼다.

비읍: 나 역시 안전한 느낌이다. 사람들에 익숙해져서 예의 갖추지 않아도 서로 신경 쓰지 않는다.

겹치는 이야기들이 많았다. 키워드를 뽑는다면 내 편이다, 든든하다, 통한다, 안전하다, 편하다, 좋다, 깊다…. 쌓인 정분대로 그윽한 문구들이었다.

가족인 듯 가족 아닌 가족 같은 너

비읍: 처음에 애들 생각만 해서 소행주로 왔다. 유토피아처럼 환상적인 곳으로 바라보는 밖의 시선이 불편하다. 갈등도 많은데 남들 시선 의식하며 화목 가정 같은 판타지를 만드는 데 앞장서는 느낌이 들면 불편하다. 위선 떠는 느낌이다. 대보름이나 크리스마스 행사도 하고 대가족 경험을 하는 게 아이들에겐 소중하다. 나는 성별 맞춤 가족이 표준처럼 등장하는 광고를 보면 삐딱한 느낌이 든다. 나도 가족을 만들고 아이들에게 좋은 경험을 쌓고 있지만 누군가 우리를 보며 결핍을 느끼진 않을지.

니은: '정상 가족' 가운데 이혼 가족은 아웃사이더 느낌이 들 수 있다. 기본적 유대관계에서 불편한 얘기를 할 수 있음에도 말을 아끼는 순간들이 있다.

시옷: 어쨌거나 난 곧 소행주 1호에서 나갈 건데 어울림의 행복 속에 남편을 남기고 떠날 수 있어서 좋다.

디귿: 소행주 식구는 원가족과 달리 친구 같다. 가족 같아지는 느낌은 안 좋다. 질퍽질퍽해지는 관계가 부모, 시부모, 가족이고 쿨한 게 친구 같은 느낌이다. 이혼 가구 보며 오히려 안심되는 느낌이다.

비읍: 나도 아이들 크면 아이들 두고 독립할 거다.

니은: 가르치고 '이렇게 해야 해' 하는 건 부담이다. 각자 삶의 무게가 있고 살아온 역사성이 있는데 정답처럼 말하는 거 말이다. 그런 조언은 요청할 때 해 줘야 한다.

디귿: 가족에게 하듯 감정 이입이 되는 경우가 있다. 때론 무심하기로 하자. 너무 가족처럼 말고. 의도적으로 조금씩 거리를 두고 적당한 간격을 유지하고 나와 다른 사람인 걸 인정하자.

'너무' 친해져서 '너무' 감정 이입까지 하며 '너무' 내 맘대로 하려는 걸 경계하는 노력을 기울이자는 얘기까지 나올 정도로, 나와 남으로 구분하고 분리하는 게 어려운 사이가 돼 버린 소행주 식구들. "이제 아이들 역할을 늘려 가자, 집에서 안 나가려고 하는 성인 자녀에게 입대도 맡으라고 하자~!" 모임은 박장대소, 손뼉을 치고 크게 웃으며 끝났다. "근데 아빠들은 집안일 할 때 그렇게 티를 낸다. 우리는 맨날 하는 일인데"라던 기역의 말처럼 아빠들은 아직도 갈 길이 멀다. 천막만 쳐 주고 얌전히 빠졌던 아빠들을 불렀다. 지금도 잘하고 있다 격려하고 앞으로 더 잘해라 독려했다.

야호가 크게 쏴서 성대해진 상을 본격적으로 같이 나누며 이어진 술자리 이야기는 과하게 마신 탓에 기억하려야 할 수가… 없다. 다만 마음에 스며들고 녹아들던 시간의 느낌만은 늦도록 날실을 밝히던 '갬성' 전구의 불빛처럼 아롱진다.

‘씨실’과 ‘날실’로 짜는 관계

코하우징 주택 영예의 전국 1호가 ‘소행주 1호’이기도 한데, 코하우징의 큰 특징은 커뮤니티실을 비롯한 공용 공간이 있다는 거다. 보통 엘리베이터며 계단이며 복도를 같이 쓰는 건 상식이겠으나 소행주 1호에선 계단과 복도도 통상적인 것과 좀 다르다.

우리는 벗고 산다. 옷까지 벗는 건 아니고 신을 벗고 산다. 아홉 가구 아이들이 맨발로 뛰어다니며 이집 저집 마실 다니게 할 요량으로 집과 집 사이에 마루를 깔았다. 계단에 마루를 깔지 못한 건 단지 비용 때문이다. 신발은 3층 계단 밑에 벗어 두고 4층이건 5층이건 6층이건 하나의 커다란 복층 집처럼 계단을 오르내린다.

신발을 벗어 두는 곳이 한 군데 더 있다. 바로 각 층의 엘리베이터 앞이다. 어떤 영화를 보면 부자라서 집 안에 엘리베이터가 있는 곳이 나온다. 소행주 1호도 마치 그 집처럼 엘리베이터가 짠~ 하고 열리자마자 바로 집 안 같은 구조다. 보통 현관 안에 들어와 신을 벗는데 우리는 엘리베이터 앞에 신을 벗는 공간과 신발장을 짜 두었다. 그렇게 신을 벗고 마루인 복도를 지나 방문 열 듯 현관문을 열고 들어간다.

머리 맞대기

공동체주택에 들어와 살기로 계약하고 집이 지어지는 동안 교육도 받고, 뒤풀이도 하고, 모꼬지도 가며 친해지는 시간을 보냈다. 그 과정에 여러 차례 회의도 했는데 주로 공용 공간을 어떻게 사용할지 머리 맞대는 의논이었다.

캐노피 방식으로 기둥을 둔 1층의 주차장. 화단이랑 모래 놀이터 요구도 있었지만 차를 넣고 빼기가 쉬워야 한다는 누군가의 강력한 목소리로 모두 주차 공간으로 했다. 아홉 가구가 살며 차가 없는 집도 있지만 11대 주차 면적을 넉넉하게 마련했다. 그땐 그런 생각까진 못했는데 낮에는 2층 근린 생활 시설 방문 차량은 물론 근처 '성미산마을극장' 내방 차량까지 수용하는 요지가 됐다. 또, 널찍해서 골목 축제 등 마을 행사에 바자회 터로 내놓는, 목이 좋은 요처이기도 하다. 선견지명처럼 건물 후면을 모두 자전거 거치대로 했는데 근린 생활 시설 '도토리방과후' 아이들 자전거까지 넉넉하게 대고 있다.

1층의 화단. 엘리베이터실로 걸어가는 데크 가장자리를 둘러 마련했다. 데크 한쪽에 평상처럼 마루를 마련해 지나는 어르신들 쉬어 갈 수 있도록 하자고 했는데 어찌 그 의도를 아셨는지 정말 어르신들이 앉았다 가시곤 한다.

애초 계획엔 없었지만 살면서 갖춰 가는 것도 많다. 화단 뒤 담벼락에 구로철판을 대고 알림판을 만들어 지나가는 이, 쉬어 가는 이들의 마을 게시판으로 사용하는 것도 그중 하나다. 그 담벼락 위 거치대를 타고 옆으로 흐르듯 자라는 포도 넝쿨은 하하가 집에서 키우다 이사하며 주고

간 포도나무를 소행주 식구들이 함께 살린 것이다. 그렇게 이어 가는 것은 졸졸이 전근 발령을 받는 바람에 강릉으로 간 하하네가 흐르는 시간 속에도 연결의 끈을 놓지 않고 해마다 소행주 전체 여행에 함께하고 있는 모양새와 같다.

이름도 생소하던, 2층의 커뮤니티실. 미리 무언가를 넣고 채우기보다 그저 비워 두자고, 그냥 살면서 채우자고 빠르게 결정했다. 냉장고, 싱크대, 가스레인지로 주방을 갖추고 넓은 거실로 비웠다. 한쪽 벽에 책장, 맞은편에 아이들 책장 정도를 짜고 선반 두어 개 단 정도였다. 누군가는 집 안에 널따란 응접실도 두고, 손님방도 두고, 서재도 두고, 영화며 음악 감상실도 두고, 어쩌면 개인 집무실과 회의실도 따로 둘 텐데 우리는 커뮤니티실인 씨실 하나로 모든 걸 해결했다. 아이들이 자라며 아이들 눈높이 책꽂이는 해체해서 나이 들어 좌식에 무리가 있는 어른들의 입식 의자와 테이블로 재탄생시켰다. 이러저러한 의미에서 '우리의 밤은 당신의 낮보다 아름답다' 아니 '우리의 씨실은 누군가들의 대궐 같은 집보다 아름답다'.

7층 옥상. 당시 2층 논의가 간결했다면 옥상의 용도를 두고는 의견이 분분했다. 빨래를 널자, 텃밭을 가꾸자, 옥상 정원을 만들자, 고기를 구워 먹는 바비큐 시설을 놓자, 아이들 물놀이 수영장을 꾸미자 등등. 해서 탄생했다. 시장에 가면 아니 옥상에 가면~ 빨랫줄도 있고, 텃밭도 있고, 옥상 정원도 있고… 모두 손바닥만 한 공간을 차지하지만 있기는 다 있다. 고기와 채소를 구워 먹는 화덕도 아빠들이 주장하고 장만해서 한구석에 있고, 여름철엔 물놀이용 대형 튜브가 펴지기도 한다. 하고 싶다는 건 모조리 몽땅 다 실현했다.

'함께' 정신이 깃들고 스며든 곳

빨래는 너는 사람은 따로 있어도 비라도 오면 걷는 사람이 따로 있을 순 없다. 비 맞을 사이 없이 햇볕 냄새 머금고 보송 말라 가는 빨래가 다독다독 따사롭고 포근한 우리 관계의 모습 같기도 하다. 텃밭 역시도 심고 가꾸는 이의 자유와 더불어 누구든 따 먹을 수 있는 자유까지 보장하는데, 이런 '함께' 정신은 옥상 입구 공용 물품 보관소에서 빛을 발한다.

엘리베이터가 열리면 바로 코앞으로 다종다양한 물건들이 확- 눈에 들어오고 한눈에 들어온다. 사실 수납장에 문을 달지 않은 터라 그러하다. 여행용 가방 같은 부피 큰 물건부터 화장실 변기 막힌 걸 뚫는 압축기까지 '있어야 할 건 다 있구요, 없을 건 없답니다' 식이다. 자주 쓰진 않아도 생활에 필요한 공구도 제법 갖추어 놓았다. 일 년에 한 번 쓸까 말까 한 용품을 내어놓으니 집은 공간이 절약되고, 집집마다 구매할 필요 없으니 재정도 절약된다. 이 모든 걸 단톡방에 한 줄만 남기고 사용하면 된다.

여행 가방을 쓰겠다고 톡을 남기면 어디 가냐, 이거는 있냐, 저거는 준비했냐 참견하며 침낭이며 여권 가방이며 집 안에 있는 것까지 내어들 주니 비단 공용 물건이 7층에만 있는 것은 아니다.

아이들이 자라며 공용 공간을 자주 찜하는 사람이 부모에서 자녀로 옮겨 가기도 한다. 어른 있는 듯 어른 없는, 집인 듯 집 아닌 공용 공간이 청소년에게 인기 상한가를 치기 때문이다. 돈 없이 들어가도 되는 카페이고 놀이터고 음악실이고 영화관이고 숙박 시설인데 안전하기까지 하다.

이렇듯 2층에 있는 커뮤니티실인 '씨실', 7층에 있는 옥상인 '날실'은 스쳐 가는 공간이 아니라 참으로 함께 쓰고 돌려쓰고 두루 쓰고 널리 쓰는 공간인데 이름도 우리가 모여서 지었다. 커뮤니티실 스펠링의 C를 따서 C실로 하자는 이야기가 나왔다. 그 의미도 담으면서 서로 관계로 직조하며 한 필의 옷감처럼 짜 갈 공동체살이 의미까지 담아 씨실로 하자고 했고, 옥상은 그에 조응하는 날실로 작명했다.

집의 이름은 왜 소행주 1호일까? 입주 후 회의에서 여러 후보 이름이 나왔다. 하지만 이름을 짓기 전, 정식 이름이 없는 동안에도 이미 소행주로 불리고 있었다. 마을기업 '소통이있어행복한주택만들기'에서 짓는 집이어서 그랬다. 모두가 부르는 이름을 그대로 받아 안기로 했다. 앞으로 2호, 3호, …, 100호… 퍼져 나갈 공동체주택을 희망하며 그리 지었다. 전국으로 코로나 바이러스가 아니라 소행주라는 행복 바이러스가 번져 가길 바라는 마음 무궁무진하다.

소행주 3호 여덟 가족 소삼팔가 노을이의 이야기

2부

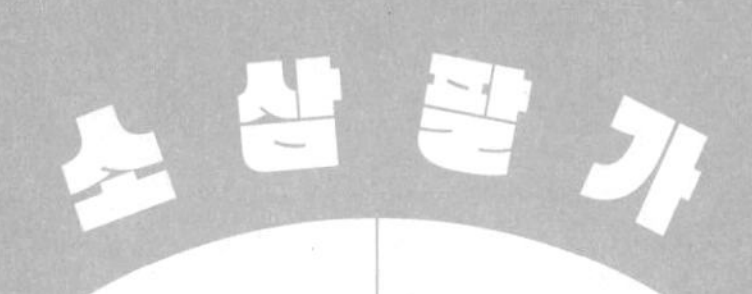

노을이의
이야기

소행주 3호 여덟 가족 소삼팔가 노을이의 이야기

옆집 이웃, 팔가 이웃, 소행주 이웃, 마을 이웃

이웃의 모양이 다양해졌다. 성미산마을 '소통이있어행복한주택(소행주)' 3호인 소삼팔가에 살면서 이웃의 의미를 네 가지로 나눈다. 옆집 이웃은 내가 사는 '유채'가 501호이니 5층에 있는 바로 옆집 502호다. 팔가 이웃은 소삼팔가에 모여 사는 여덟 세대를 말한다. 소행주 이웃은 성미산마을에 있는 소행주 1호부터 8호까지의 입주민들이다. 동네 이웃은 성미산마을이라 부르는 성미산(성산) 둘레에 사는 주민들이다.

옆집 이웃은 한 집이다. 5층 승강기 바로 앞이 옆집이고, 계단 쪽이 우리 집이다. 옆집 이웃은 한 번 바뀌었다. 첫 옆집 이웃은 부끄와 메롱이었는데, 입주 1년 전쯤에 소행주 워크숍을 마치고 뒤풀이 자리에서 처음 만났다. 두 사람 모두 디자인을 전공했고 음악과 예술 쪽에 관심이 많았다.

옆집 이웃의 이런 이력과 능력 덕에 건물을 지으면서, 입주해 살면서 많은 도움을 받았다. '유채'는 현관문을 들어오면 짧고 좁은 복도가 있다. 복도 왼쪽 끝은 방이고 오른쪽 끝은 거실이다. 양쪽 복도는 모두 벽으로 이뤄졌다. 그런데 오른쪽 벽은 벽이 아니라 수납장 문과 옷방 문이다.

문이 벽처럼 숨은 곳인데, 이 생각을 메롱이 제안했었다. 당시 메롱은 벽 같은 문을 제안했다. 옷방 문을 접이식 문이 아니라 벽처럼 보이게 만든 후 흰색을 칠하면 어떻겠냐는 거였다. 나는 그 한마디에 복도 벽의 설계를 바꿔 건축사 자담 대표 봄봄에게 설계도를 새롭게 주문했다. 복도 왼쪽으로 있는 화장실 벽과 주방 벽뿐만 아니라 화장실 문, 방문까지 하나의 벽처럼 보이게 하는 설계였다.

부끄도 건축과 내부 인테리어 과정에서 많은 아이디어를 주었다. 거실 네 귀퉁이에 설치하는 스피커의 연결선을 천장 안으로 넣는 것부터, 앰프와 스피커 구입에도 많은 조언을 해 주고 대신 구입도 맡아 주었다.

덕분에 집 안에 나름 그럴듯한 음향 시설을 설치했다.

부끄네가 이사 가고 들어온 두 번째 옆집 이웃인 우다와 팔랑도 예술계에 가깝다. 우다는 이름을 들으면 알 만한 가수의 뮤직비디오 편집을 맡을 정도로 영상 제작 분야에서 한 능력 한다. 덕분에 옆집 이웃의 도움은 배턴을 넘겨받듯 이어졌다. 컴퓨터를 사거나 노트북을 구입할 때도 우다의 조언을 듣는다. 컴퓨터를 구입할 때는 아예 부품을 구입해 조립까지 해 줘 저렴하게 장만했다. 거실에 4K 화질인 65인치 티비를 들인 데에는 우다의 추천이 컸다. 티비가 들어오기 전까지 우다네의 와이파이를 공유해 사용하기도 했다. 팔랑은 일러스트 작가인데 동화책도 출간했다. 아마도 언젠가 함께 책을 만들 기회가 있을지도 모르겠다는 생각을 살짝 한다.

팔가 이웃은 소삼팔가 건물에 함께 살면서 일상을 나누는 이웃들이다.

소삼팔가의 슬로건은 “성미산마을의 품에서 우정과 환대의 공동체를 꿈꾸는 집”이다. 팔가 이웃은 송년회, 건물 대청소, 입주민 대표(입대) 선출, 물건 나누기, 음식 나눠 먹기 등으로 만난다. 입주 당시 팔가 이웃 가운데 현재는 네 집이 남았다. 그동안 옆집 이웃을 포함해 네 집이 바뀌었다. 한 집은 두 번 바뀌기도 했다. 남편의 근무지가 베트남으로 바뀌면서 온 가족이 베트남으로 거처를 옮긴 이웃, 아이 교육과 공부를 위해 영국으로 떠났다가 서울로 돌아온 이웃, 아이가 자라면서 좀 더 넓은 집이 필요해서 이사 간 이웃 등이었다. 소삼팔가를 떠난 다른 이유가 있는지는 모르겠지만, 이사 이유를 굳이 듣지도 묻지도 않았다. ‘사생활은 말하지 않으면 묻지 마라’는 나름의 내 소행주 생활 방식이다.

떠난 팔가 이웃들이 소삼팔가에 가정을 두지 않았다고 해서 완전히 단절된 것은 아니다. 두 집은 집을 팔지 않고 전세로 내놓고 나가서 여전히 서류상으로는 팔가 이웃이다. 떠난 다섯 가구 모두 성산동에 살고 있거나, 직업 등이 엮여 있어서 마을 이웃이다. 팔가 이웃은 주로 텔레그램 단톡방에서 이야기를 나눈다. 처음엔 카카오톡 단톡방을 이용했는데, 몇 년 전에 검찰이 단톡방을 조회했다는 뉴스가 나온 후 특별한 비밀도 없으면서 텔레그램으로 이주했다. 이 단톡방에서 소삼팔가 건물을 떠난 팔가 이웃들도 만난다.

떠난 사람들의 빈자리는 우다와 팔랑, 푸른별과 주호, 장스, 쵸코칩과 쿠키, 그리고 쵸코칩과 쿠키가 몇 년 살다가 나간 집에는 그린이 채웠다. 채리도 신혼의 보금자리를 노을이가 사는 유채에 차렸다.

소행주 이웃은 성산동에 있는 소행주 건물에 사는 이들과의 관계에서 만들어진다. 성미산 자락 높은 곳에 위치한 소삼팔가 옥상에 올라서면 성미산마을이 한눈에 들어온다. 그 사이 사이에 소행주의 모습이 보인다. 성미산을 등지고 서면 9시 방향에 소행주 8호가 어깨를 맞대고 있고, 8호와 골목길 하나를 두고 소행주 7호가 있다. 소행주 7호에서 운동장 너머 성서초등학교 정문 근처에는 소행주 6호가 있다. 소삼팔가에서 10시 방향으로는 소행주 5호가 있고, 11시 방향으로 소행주 1호가 있다. 1시 방향엔 소행주 4호가, 2시 방향엔 소행주 3호가 있다. 3호와 4호는 큰 골목길을 사이에 두고 대각선으로 마주 본다. 소삼팔가 옥상에서 1호, 2호, 3호, 7호, 8호는 건물이 보인다. 아마도 소리를 지르면 서로가 들릴 정도의 거리다. 어느 여름밤엔 4호 옥상에서 입주민들이 모여 노는 모습뿐만 아니라 웃음소리까지 전해 들었다. 주변 건물들보다 우뚝 솟은 4호 옥상에 등을 켜고 10여 명이 둘러앉은 모습은 섬 하나가 공중에 떠 있는 듯 보였다.

소행주 입주민들은 사는 곳이 가깝고 '소통이 있어 행복한 주택'이라는 공동체적 가치를 기반으로 하고 있으니 소행주 이웃이라고 부를 만하다. 그러나 공동체적 가치가 규율도 아니고, 그 안에서 모두 같은 꿈을 꾸는 게 아니다. 나만 해도 소행주 입주 때 공동체 가치보다는 내 집을 내가 설계할 수 있다는 점이 더 끌렸다. 그래서 소행주 이웃은 소행주에 살게 되면 자연스레 이웃이 되는 게 아니라, 소행주에 사는 개개인들의 관심과 활동 범위에 따라 달라진다.

그런 면에서 나는 활동 범위가 좁다. 소행주 1호는 전체 소행주의 맏이이니 아는 이들이 몇 명 있다. 오래 전 글쓰기 모임에서 만난 느리는 내게 소행주 입주를 권유했다. 박짱은 마을기업 소행주 공동 대표이기도 하고 몇 년 전에는 잠시 축구 동호회에서도 만났다. 다른 입주민들은 얼굴을 아는 정도다. 2호와는 인연이 거의 없다. 4호에는 아는 이들이 몇 명 있다. 4호 입주민들은 건물 설계를 하고 공사를 진행할 때 우리 집에 모여 경험을 나누었다. 그 인연에 4호가 완공되고 입주했을 때 3호 입주민들이 몰려가 집 구경을 했다. 그날 저녁 3호 입주민들은 4호의 집들을 보면서 부러움을 떨칠 수가 없었다. 그 후에도 4호 집에 초대돼 술자리를 갖기도 했다. 5호부터 8호까지는 현재로서는 거의 인연이 없다.

팔가 이웃들은 나보다 더 소행주 이웃들과 관계가 활발하다. 또치가 참여하는 기타 연주 모임은 4호의 공용 공간과 3호의 오래뜰을 오가면서 이뤄진다. 오래뜰은 소행주마다 가진 커뮤니티실로, 소삼팔가의 오래뜰은 5~6평가량 되는 원룸 형태에 화장실과 주방을 갖추었다.

"제가 얼마 전부터 창고에서 뭔 기계를 사서 나무로 뭔가를 만들고 있었는데요. 4호의 해바가 관심이 있다고 해서 이번 주 토요일 오전 10시 30분부터 간단한 워크숍을 해 볼까 합니다. 우리 소삼팔가 식구들도 혹시 관심 있으면 함께해요."

팔가 이웃인 여리는 나무를 깎아 숟가락 등 작은 물건을 만들었다. 토요일 워크숍에 참여한 소행주 이웃들은 해바, 돌맹이, 하수오, 캥거루, 민트, 소나무 등의 어른과 별도로 아이들만 아홉 명이었다. 열렬한 성원에 모임을 쪼개야 할 정도였다.

어느 날인가는 "4호 오가피가 오늘 오후 2시에 소행주 3호 앞에서 촬영한다고 하네요. 아이들과 잠깐 나와서 함께해요."라는 안내가 이어졌고, 그로부터 1년 뒤에는 팔가 이웃 날밤이 오가피의 촬영 결과를 공지했다.

"작년 여름에 마을에서 아이들을 데리고 작업한 영화 <너와 함께 잘 지내고 싶어>를 이번 주 목요일 8시에 나루에서 상영합니다. 시간 되시는 분들 보러 오세요. 소행주 4호 촬영감독 오가피가 매년 마을과 아이들을 찍어 만드는 프로젝트 상영회랍니다."

어느 날 아침엔 소삼팔가에 받는 이가 '소행주 ○○○'이라고 적힌 택배가 한 개 왔는데 소삼팔가 입주민의 것이 아니었다. 주소는 소삼팔가 주소가 아닌데 소행주라고 적힌 것만 보고 택배 노동자가 소삼팔가 앞에 놓고 간 게 아닌가 추측될 뿐이었다. 그런데 소삼팔가 단톡방에서 몇 마디 주고받더니 30분 만에 택배 주인이 소행주 2호 입주민이라는 걸 찾아냈다. 소행주 이웃이라서 가능했다.

동네 이웃은 성미산마을에 사는 주민들이다. 동네 이웃은 공동의 활동을 통해 엮인다. 아이를 둔 이웃들은 어린이집을 중심으로 모이고, 동네 카페 '작은나무'나 마을회관 등에서 회의를 하거나 이야기를 나눈다. 마을 운동회도 있다. 성미산마을은 따로 부연할 필요가 없을 정도로 널리 알려져 있다. 공동체에 관심 있는 이들이라면 한 번쯤은 들어 보았을 『오래된 미래』를 쓴 헬레나 노르베리호지가 2022년 1월에 『한겨레』에 기고한 글에도 성미산마을은 등장한다.

"한 어린이집에서 시작한 성미산마을은 도시의 개발 사업에 대항하면서 성장했다. 내가 방문할 당시 성미산마을에는 가구 수 700개, 인구 2천 명, 사업체 70개가 있었다. 유기농 협동조합, 식당, 소극장, 친환경 비누 회사, 대안학교 두 곳, 게다가 치과까지 있었다. 눈부신 성장이었다. 그 모든 공동체는 현대 소비주의를 완전히 버리고 협동과 믿을 수 있는 단거리 공급망과 지속 가능성과 대면 관계를 추구했다.

대도시 서울에서 성미산마을은 시원한 샘물 같은 곳이었다. 이 도시 마을은 초기부터 오징어보다는 슬기로운 문어처럼 유기적으로 확장했다. 가구 수는 늘었고 가치관과 경제 구조를 묵묵히 바꾸어 갔다. 전 세계에는 성미산마을 같은 곳이 수없이 많으며 더욱 아름다운 미래를 실현하는 중심지 역할을 해내고 있다."

이 글에서 노르베리호지는 드라마 <오징어 게임>과 같은 글로벌 자본주의에 대한 대안적인 삶으로 성미산마을을 바라봤다. 옆집 이웃, 팔가 이웃, 소행주 이웃, 마을 이웃. 네 형태의 이웃과 엮어진 내 삶의 공통점은 나는 항상 많이 받고 산다는 것이다. 그래서 더욱 이웃들이 고맙고 든든하고 포근하다.

성탄절 아침,
동화역 기차에 좌석이 빈 이유

코로나19 시절이 오기 전까지 매년 연말에 소삼팔가 송년회를 열었다. 당시 솔로였던 나만 동의하면 크리스마스이브 날이 송년회 날이 되었다. 크리스마스이브는 부모들에겐 아이들의 행사를 따로 준비하지 않아도 되는 '일거양득'의 날이다. 송년회는 저녁 시간에 열린다. 음식은 각자 집에서 한 가지씩 마련해 온다. 직접 요리를 하거나 치킨이나 족발 등을 주문하기도 한다. 술은 공동 경비로 입대가 구입해 놓는다. 여기에 어른 아이 할 것 없이 각자 1만 원 내외로 선물도 준비한다. 가져온 선물은 아이들 것과 어른들 것으로 구분해서 한쪽에 모아 둔다. 이 정도면 송년회 준비는 끝인데, 입주 초창기부터 이렇게 깔끔하게 정리되진 않았다.

"입대님 오늘 8시에 모이면 저녁밥은 어떻게 할까요? 지침 내려 주세요."(08:43)

"7시까지라고 알고 있는데요?"(08:46)

"음식은 시장에서 사 오거나 배달?"(08:48)

"전 배달에 한 표, 아님 포트락 파티 하시죠. 각자 조금씩 준비해서 가져오면 예상치 못한 요리의 등장에 재미도 있고."(08:49)

"참고로 전 지난번 여리 부끄와의 약속도 있고, 짬뽕과 고량주 준비토록 하겠습니다."(08:50)

첫 송년회 때는 당일 아침에서야 시간과 참여 방법을 확인했다. 오후에는 송년회 시작 시간까지 도착하느냐는 이야기가 화제다.

"오늘 질러는 늦어요. 유채에서 모이는 건가요? 지금 현지가 낮잠 중인고로 깨는 대로 올라갈게요. 음냐. 식상하지만 음식은 에어프라이 튀김통만두~~"(18:30)

"부끄는 열심히 오는 중이고 저는 케익이 다 되는 대로 건너갈게요."(19:06)

"근데 선물 막 보이게 들고 가요?"(19"10)

"여러분 제가 드디어 세 시간 만에 버스에서 내렸다는 소식입니다."(19:59)

송년회 장소는 내가 사는 유채다. 소삼팔가에서 거실이 가장 넓기 때문이다. 또한 거실에 길이 2.4미터에 폭이 0.9미터인 테이블이 있는데 이곳에 여덟 가구 사람들이 어깨를 맞대면 모두 앉을 수 있다. 아이들은 방바닥이나 거실 침대 또는 거실 2층 다락으로 올라간다. 유채는 1인 가구라서 다른 동거인의 편의를 고려하지 않아도 되었다.

송년회 프로그램은 식사하고 술 마시며 수다 떨기, 내년도 입대 선출, 노래자랑 및 연주, 선물 교환이다. 노래자랑과 음악 연주는 각자 하고 싶은 사람이 한다. 몇 년 전부터 하이라이트는 대안학교인 성미산학교 학생인 머루의 기타 연주였다. 어른들 앞이지만 차분하게 기타를 연주하고 나면 어른들은 앵콜을 외쳤다. 그렇게 몇 년 송년회에서 연주를 맡았던 머루는 대학 진학도 음악 관련 학과로 방향을 잡았다. 이를 두고 '그게 다 송년회 연주 덕'이라고 막 우겨 본다.

송년회 가운데 가장 흥미로운 시간은 선물 교환이다. 선물 교환은 아이들 선물부터 나눈다. 순서를 정해 아이들이 선물을 고른 후 그 자리에서 개봉한다. 간혹 아이들은 자기 선물보다 남의 선물이 탐이 날 때는 표정에 그대로 드러나는데, 이때 어른들은 반전을 꾀한다. '네 선물이 더 좋은 거다'거나 '다른 선물도 줄게' 등 아이들이 울기 전에 달래기 위한 모든 수단을 동원한다. 아이들의 선물 교환이 끝나고 나면 어른들 차례다. 어른들은 순서를 정하는 때부터 경쟁이다. 간혹 뽑기로 순서를 정하지만, 최근에 도입한 방식은 사다리 타기다. 사다리 타기로 정해진 순서에 따라 선물을 고른다. 고른 선물은 내용물을 확인하고는 누가 준비한 것인지도 이야기한다.

간혹 한 집에서 준비한 선물이 부부끼리 돌아갈 때는 나중에 다른 이웃과 선물을 교환하기도 한다. 어느 해인가는 어른들 선물

수를 맞추지 못해 아이들 선물을 어른이 받기도 했다.

선물을 준비하는 일은 쉽지 않다. 대부분은 가게에서 선물을 구입하지만, 간혹 색다른 것들도 나온다. 나는 1만 원짜리 종이 지폐를 선물로 내놓았는데, 현재 유통되는 지폐보다 크기가 큰 오래된 구권이었다. 목공 하는 여리는 직접 작업한 목공 수제품을 선물로 내놓기도 했다. 그러나 선물을 준비하는 재치에서는 봉고를 따라올 만한 사람이 없다. 어느 해 봉고는 통장을 준비했다. 매달 1만 원씩 가입하면 1년 후에 이자를 10% 주겠다는 통장이었다. 언젠가는 장난감인 거짓말 탐지기를 구입해 와 송년회에 느닷없는 거짓말 탐지 놀이가 유행했다. 봉고가 준비한 가장 잊을 수 없는 선물은 첫 번째 송년회 때 내놓은 기차표였다. 다음 날 아침 7시 청량리발 동화행 중앙선 기차표 한 장이었다. 여행을 선물한 셈인데, 크리스마스 날 아침 7시였고 술 마시는 송년회 다음 날이라는 점이 변수였다. 기차표라는 기발한 아이디어와 첫 번째라는 송년회 모임에 취해 나는 다음날 아침 단톡방에 장문의 소감 글을 남겼다.

동화역. 강원도 원주에 있는 간이역이다. 이 역의 존재를 어젯밤 이웃들과 송년 모임에서 처음 알았다. 오늘 아침 7시 청량리역에서 출발해 동화역까지 가는 기차표를 선물로 건넨 이웃의 이야기에 의하면, 이 간이역의 명물은 소나무라고 한다. 노무현 전 대통령이 기차로 이동하던 중 소나무를 보고 잠시 내렸다는 일화도 있는 모양이다. 그 기차표를 두고 이웃들이 서로 가겠다고 호기롭게 송년회를 즐겼다.

새벽 3시. 송년회는 마지막 남은 여섯 명을 끝으로 마무리했다.
어떤 이웃 남자는 떡볶이를 해 왔다. 그의 아내에겐 짜다고 슬쩍
구박을 받은 모양이지만, 떡볶이는 하나도 남지 않았다. 어떤
이웃은 이렇게 즐거운 송년은 처음이라며 맥주 두 박스 비용을
내겠다고 골든벨을 울렸다. 애초 공금으로 사기로 한 맥주였다.
다른 이웃은 술자리가 깊어지자 남편이 아껴 둔 위스키 한 병을
가져왔다. 한 이웃은 40도 남짓한 안동소주와 화요, 공부가주를
사 와 서로가 '맛만 보는' 시간을 즐겼다. 또 다른 이웃은
기타를 가져와 김광석의 노래 등을 함께 불렀다. 다른 이웃은
전자피아노에 앰프까지 가져와 음악을 연주했다. 밤 12시가
넘은 시간이었지만 적어도 건물 안의 소음은 걱정하지 않아도
됐다. 입주민 모두가 함께 모여 있으니 '공범'이었다.
그 사이 아이들은 밥을 함께 먹고는 저희들끼리 다른 집에서
어울려 놀았다. 초등 고학년 여자아이가 제법 어른 몫을 하며
아이들을 돌보았다. 그동안 어린 아이가 있는 집은 부부가
교대로 송년회에 참여했다.
아이 밥그릇, 캔들 홀더, 아이 신발, 회의록…. 아침 7시 30분에
잠에서 깨어나 거실을 정리하니 다양한 물건들이 널려 있었다.
30여 분 동안 물건을 치웠다. 남의 물건은 문밖 계단에 내놓았다.
좌식 책상과 그릇은 공용 공간인 오래뜰로 내렸다. 이것을 본
2층 이웃 또치가 그릇 설거지를 말끔히 해 놓았다.
그보다 앞선 새벽 5시 43분. 동화역 표를 선물로 받은 이웃은
단톡방에 글을 올렸다.

"너무 일찍 미안!!! 그렇게 가겠다고 했던 부끄 못 일어난다냥. 귀하고 귀한 표 아깝다냥. 가실 분 계세요?"

그리고 40분 후 다시 글이 올라왔다.

"어떻게든 어떻게든 표 살리려고~ 주말엔 절대 일찍 일어나지 않지만~ 최선을 다했지만~ 그렇지만 ㅠㅠ 이렇게 표는 갔습니다. 봉고~~ 미안."

어젯밤 동화역에 가겠다고 외쳤던 이들은 모두 새벽 3시까지 송년회 자리에 함께 있었으니 중앙선 기차는 적어도 한 자리를 동화역까지 비운 채 운행했다.

이제 동화역은 우리 이웃들에겐 로망으로 남게 됐다. 한동안 동화역은 일상을 잠시 벗어나는 여행의 상징처럼 남을 듯싶다. 그리고 또 한동안은 어제 송년회와 같은 시간을 그리워할 것이다. 다시 일상, 나는 라면으로 해장을 해야겠다. 마침 전기밥솥에 앉힌 밥이 다 된 모양이다.

동화역으로 대동단결했던 송년회는 그 후에도 매년 진행돼 연례행사처럼 자리를 잡았다. 그러나 코로나19 시절이 되면서 송년회의 선물과 음주와 가무가 2년째 사라졌다. 더욱이 2000년 가을에 이사 온 두 집 이웃들에겐 얼굴 보고 만나는 모임으로는 송년회가 제격인데, 자리를 만들지 못하니 아쉬울 따름이다. 2021년 12월에도 송년 때 이웃을 만나지 못하는 아쉬움을 어떤 이웃이 단톡방에 남겼다.

"올해도 코로나 때문에 파티는 기대할 수 없겠네요. 언젠가 유채에서 아름답게 다시 모일 그날을 기약하며 즐거운 성탄 보내세요."

음주 선거에서,
한 방이란 바로 이런 것

"아아~~ 오늘 반상회 하는 날입니다. 저녁 식사는 6시부터, 회의는 7시부터입니다."

일요일 오후 1시 56분, 단톡방에 문자가 하나 떴다. 1월부터 시작한 3대 입대 또또로다. 4시간 정도 지난 오후 5시 53분에 음식 냄새를 맡았는지 다른 이웃이 먼저 분위기를 돋운다. "카레 냄새 솔솔~~ 곧 내려갈게요." 잠시 후 다시 "오셔요. 음식 완성" 공지에 이어 "그릇 가지고 오세요~~~"라는 또 다른 이웃의 안내도 덧붙었다.

2013년 가을 소삼팔가 각 세대들이 입주하면서부터 팔가 이웃들은 매월 1회 입주민 모임을 갖는다. 다세대 주택에 살면서 발생하는 공동의 문제를 풀기 위한 회의이기도 하고, 한 건물에 살면서 친목을 위한 유흥의 시간이기도 하다. 그러다 보니 특별한 안건이 없더라도 매월 정해진 일요일 저녁에는 한 집에서 한 명 정도는 참석해 얼굴을 마주 보곤 한다.

그런 입주민 모임에 2016년 몇 가지 변화가 생겼다. 무엇보다 음식이 등장했다. 오후 6시가 약간 지나 2층 오래뜰에 내려가니 이미 아이들이 올망졸망 모여 앉았다. 방 가운데 식탁엔 냄비에 담긴 카레가 놓였다. 조금 맵게 만든 어른용 카레는 주방에 따로 챙겨 두었다. 카레는 모두 새 입대가 장만했다. 생협의 돌보미 서비스를 요청해 준비한 요리였다.

이웃고 어른들 몇 명이 빈 그릇과 수저를 놓고, 반찬을 담아 식탁에 올렸다. 반찬은 입대가 준비한 동치미와 잘 익은 총각무 김치였다. 어른들에 아이들까지 모아 놓고 보니 식탁에 빈 그릇들이 가득했다. 어른들은 먼저 아이들 밥을 챙겼다. 갓 돌이 지난 아이부터 초등 3학년까지 여섯 명의 아이들이 식사를 시작하자 어른들도 밥그릇을 챙겼다. 입주민 모임에 음식이 등장한 것은 이번이 처음은 아니다. 그 전에도 개인들이 포도나 사과를 들고 오거나, 맥주를 서너 캔 들고 모임에 참석하곤 했다. 어떤 이는 박스째 감이나 귤을 내놓기도 했다. 그런데도 음식 마련이 변화라고 한 이유는 '공식화'와 '정례화' 때문이다. 그리고 이 변화를 주도한 이는 소삼팔가 세 번째 입대 또또로였다.

소삼팔가 입대는 '썩 내키지는 않지만 필요하긴 하니 누군가는 해야 하는' 자리다. 매달 공동 관리비 정산에, 승강기 등 시설물 관리에, 간혹 발생하는 이웃 건물 주민들의 민원 등이 일단 입대를 거쳐야 한다. 그럼에도 입대가 받는 특혜는 아무것도 없다.

입대를 뽑을 때마다 누가 할 것인가를 두고 설왕설래했다. 첫해는 막내라는 이유로, 둘째 해엔 두 번째 막내라는 이유로 입대가 정해지며 자연스레 '연소자 순'이라는 관례가 자리 잡았다. 그런데 세 번째 입대를 뽑은 해에 이 관례에 변화가 일었다. 2015년 10월경부터 나는 2016년도에는 입대를 맡겠노라고 농반진반으로 이야기를 했다. 연소자 순이라는 기준이 마음에 들지 않기도 했고, 할 사람이 없다면 내가 하자는 마음 정도였다.

드디어 3대 입대를 선출하기로 한 12월 송년회. 유채에서 가진 송년회는 입대 선출보다는 파티 분위기가 훨씬 강했다. 이웃들은 술 마시고 선물 교환하는 걸 더 즐겼다.

밤 11시가 넘어 모두들 술이 적당히 취했을 무렵, 누군가가 차기 입대를 뽑자고 이야기했다. 자연스레 내 이름이 호명되고 공약을 이야기하라고 했다. 나는 "애들은 밤 9시에 재우자"라고 했다. 아이들 때문에 저녁 술자리가 이뤄지지 않는 현실 타개 공약이었다. 그런데 말이 끝나기도 전에 곳곳에서 "그래, 그래. 노을이가 애들 재워 줘" 하며 열광적인 반응을 보였다. 알고 보니, '누군들 그때 재우고 싶지 않겠냐만 애들이 안 자서 못 재우고 있으니 노을이가 입대가 되면 애들을 모두 재우라'며 집단 아이 돌봄을 하라는 것이었다. 아차 싶었다. 술김에 과한 공약을 내놓았다. 그래도 단독 후보인데 뽑겠지 하는 심정으로 선거 운동보다는 음주에 집중하며, 아이 돌봄 공약이 잊히기만 기다렸다.

그런데 뜻하지 않는 사건이 발생했다. 테이블 건너편에서 술을 마시던 또또로가 나서서 몇 마디 했다. 요약하자면, 내후년(2017년)이면 남편 직장 때문에 베트남에 가야 하니 내년(2016년)에 입대를 맡고 나가면 안 되겠느냐는 거였다.

그…러…니…까… 또또로가 입대 후보에 출마하겠다는 거였다. 또또로의 이 한마디에 3대 입대 선거는 돌연 경선 체제로 돌입했다. 신예 후보 또또로는 선거 운동에도 적극적으로 나섰다. '입주민 모임 때마다 저녁 식사를 함께 하겠다, 분기별로 술자리를 만들겠다, 일 년에 두 번 야유회를 가겠다' 등등 공약을 잇달아 내놓았다. 그냥 술자리에서 막 쏟아 내는 거라고 보기엔 체계도 갖췄다. 더욱이 '면 슬리퍼를 한 켤레씩 돌리겠다'는 선심성 공약까지 던졌다. 누군가는 '노을이도 공약을 말해 보라'며 공약 경쟁을 부추겼지만, 이미 나는 또또로의 등장에 한참을

박장대소하느라 내 공약엔 관심도 없었다. 그렇게 10여 분 술자리에서 공약과 환호가 교차하다가 후보 두 명을 두고 결국 투표에 돌입했다.

입대 선거가 있던 다음 날, 단톡방에 전날의 '음주 추태'를 폭로한 사진과 안부를 묻는 글이 간간이 올라왔다. 그 가운데에는 낙선사례와 당선사례도 있었다.

"어제 소삼팔가 3대 입대로 당선된 주○○ 씨(또또로)는 선거를 위해 사전에 치밀한 전략을 수립한 것으로 확인되고 있다.

주 씨는 신비주의 전략으로 당일 오전까지도 입후보 사실을 숨긴 채 있다가 투표 한 시간 전에 극적으로 입후보하는가 하면, 해외 출장 중인 남편을 급히 귀국하도록 해 표 단속에도 치밀함을 보였다. 또한 주 씨는 입주민들에게 분기별 술자리를 제한하는가 하면, 이번에 당선이 안 되면 출국하겠다는 위협 등 강온양면 전략을 구사하기도 했다.

이 밖에도 주 씨는 3세 딸에게 상대 후보자의 거실 벽에 선거 공약 낙서를 그리도록 해, 상대 후보 노 씨의 주의력을 분산하는 운동도 펼친 것으로 드러났다. 한편, 이번 선거에서 단일 후보라는 것을 믿고 느긋하게 선거 운동을 했던 노 씨는 낙선의 충격에 휩싸여 소삼팔가를 탈가脫家하여 소육팔가 등의 신가 설립을 꾀할 수도 있는 것으로 전해졌다."

낙선사례를 쓴 이는 나였다. 송년회 때 또또로의 아이가 우리 집 흰 벽에 낙서한 사건까지 슬쩍 끼워 넣었다. 뒤이어 올라온 당선사례는 간결했다.

"남편과 진지한 대화를 한 결과 다시는 술에 취하지 않는 걸로… ㅠㅠ. 어제 모두들 감사했습니다."

아! 그러니까 누군 술김에 한 선거 운동인데도 당선된 거고, 나는 일찌감치 후보로 나섰음에도 취객의 '주정'에 밀려 떨어진 낙선자라니…. 음주 선거 운동은 불법이라는 게 없으니 당선 무효를 주장할 수도 없어 다음날 나는 송년회 설거지를 하며 아픔을 씻어 냈다.

우리 이웃들은 알려나 모르겠다. 1월 입주민 모임에서 먹은 카레가 경선으로 참여한 내 덕이란 걸. 동의 않더라도 소삼팔가 역사상 최초의 입대 선거 낙선자로서 그렇게 주장하고 싶다.

그 후 입대 선거에서 경선은 이뤄지지 않았다. 코로나19 시절에는 입대 선출을 위한 모임도 불가능해 입대 선출이 지연되었다. 2021년 입대는 2021년 1월에야 선출되었는데, 2020년에 입대를 했던 우다가 연임하게 되었다. 우다는 소삼팔가 입주 3년 만에 입대를 맡았다가 최초 연임자가 되었다.

"흠. 상황이 상황인지라 고민을 해 봤는데요. 인수인계하는 것도 일이니 동의하신다면 올해까지 제가 재무 관리만 더 하는 걸로 하면 어떨까 하는 생각이 드네요. 작년에 코로나19로 모이지도 못하고 제가 바쁘다는 핑계로 뭐 딱히 한 일도 없고 해서요. 다만 제가 사람들과 왕래가 없고 요즘 너무 바빠서 재무 관리 이외의 일들은 다른 분들이 맡아 주시면 좋을 듯합니다."

연임하게 돼 다행이긴 했지만 입대 논의가 매끄럽게 진행되지 않아 우다가 어려운 결정을 한 듯해 보였다.

"올해는 우다 의견대로 관리비 등의 지출 건은 전년과 동일하게 우다가 맡고 마을 대소사 일은 우리가 십시일반 나눠 가면서 풀어 보는 것도 괜찮을 것 같아요. 소행주 일은 501호, 401호, 201호 라인이 맡고 마을 대소사 관련 일은 특별한 일이 발생하면 그때그때 처리하고, 푸른별은 내년에 입대를 고민해 주시는 게 나을 것도 같아요."

또치가 나서서 논의를 정리하고 2021년 소삼팔가 입대는 다시 새롭게 출발했다. 당분간은 여덟 가구 가운데 두 집은 세입자라 입대를 맡기가 수월하지 않을 수 있으니 남은 여섯 가구가 돌아가면서 맡는 수밖에 없어 보인다.

물건 득템에 딸려 온 이야기는 덤

일요일 오후, 모처럼 집에 머물렀다. 오후 4시가 조금 넘어 팔가 단톡방에 메시지가 한 개 올라왔다.

"지금부터 3층 계단에 가방 대방출합니다. 그냥 가져가세요. 남는 건 되살림가게에 바로 전달됩니다."

팔가 이웃이 올린 반짝 공지다. 가방 사진도 연이어 올라왔다.

성미산마을에 살면서 물품을 주고받는 일은 낯설지 않다. 마을 주민들은 일 년에 두세 번은 이런저런 바자회를 만난다. 집에서 안 쓰는 물건을 내놓고 필요한 물건을 저렴하게 구입해 쓴다. 굳이 이런 행사가 아니더라도 안 쓰는 물건은 언제든 성미산마을에 있는 되살림가게에 내놓을 수 있다.

팔가 이웃이 공지한 반짝 벼룩시장은 그런 공식 장터가 아니라 팔가 이웃만을 대상으로 했다. 거래도 없고, 필요하면 가져다 쓰라는 것이니 시장도 아니다. 이웃이 집 정리를 하는 모양이었다.

문자를 확인하고는 곧바로 3층으로 내려갔다. 숲속을 어슬렁거리던 하이에나가 흔들거리는 나뭇가지를 보고 잽싸게 움직이듯, 일요일에 한 내 행동 가운데 가장 민첩했다. 예전 같으면 주말이라도 외출 중이어서 이런 기회를 잡기는 쉽지 않았다. 더욱이 함께 올라온 사진을 보니 뭔가 먹을 게 푸짐한 잔칫상 같았다.

3층 복도에 가니 가방 10여 개가 놓여 있었다. 물건을 내놓은 이웃이 가방 상표를 열거한 걸로 봐선 나름 상표 값하는 가방들인 듯한데, 둔감한 내 눈에 그런 건 아랑곳하지 않았다. 오직 내게 정말 필요할까만 기준 삼았다. 잠시 후 중학생 아이도 가방을 고르러 왔다.

나는 10여 개의 가방 가운데 한 개를 골랐다. 대부분 여성용 가방들이라 더 고르긴 뭐했다. 그 사이 중학생 아이는 두세 개의 가방을 골라 집으로 돌아갔다. 다른 이웃들은 외출 중이라 '기다려 달라'며 아쉬움을 표현했다. 가방을 고르고는 이웃이 함께 내놓은 액자를 살폈다. 크기가 다른 원목 액자를 10여 개 들고 왔다.

가방을 내놓은 이웃은 옷도 정리 중이라고 했다. 그 옷들은 직장에서 바자회를 준비하는 다른 이웃에게 넘겨졌다. 잠시 후 나는 다시 내려가 무릎 담요 하나를 더 챙겨 들었다. 이것도 메시지가 올라온 지 채 1분이 지나지 않아 읽은 덕분에 가능했다. 이웃은 전자레인지도 내놓았으나 굳이 필요하지 않을 듯해 욕심을 꾹 눌렀다. 반짝 벼룩시장은 개장 3시간여 만에 그럭저럭 완판 분위기로 마감되었다.

"성원에 감사드립니다. ㅋㅋ 아직 완판은 아니지만 저녁 먹고 들어왔더니 매진 임박이네요. 되살림가게도 좋지만 우리 소삼팔가 식구끼리 나눌 수 있으니 더 좋다고 전해라~~"

"텔레그램 늘 항상 언제나 유심히 자세히 지켜보시길…. 훅 내놓을 예정!!"

소삼팔가에 살면서 종종 이웃들에게서 물건을 받곤 했다. 때로는 개별로 이뤄지기도 하고, 때로는 가끔 한두 개씩 물건을 단톡방에 공지해 필요한 이웃을 먼저 알아보는 방식이다. 그런 과정에서 이웃들에게 받은 물건들은 쏠쏠했다. 유리컵이 필요하다 싶을 때 팔가 이웃이 내놓은 유리컵을 종류별로 골라 가져왔다. 덕분에 맥주 종류만 아니라 맥주잔도 골라 마시는 사치를 누리고 있다. 입주했을 때는 다른 이웃이 내놓은 스탠드 등 두 개와 물건 수납 가구도 얻었다. 스탠드 등은 침실 머리맡에서 요긴하게 자리 잡았고, 물건 수납 가구는 잡다한 물건들을 가득 담은 채 복도에 있다.

일요일에 벌어진 대방출은 극히 드문 현상이긴 하지만, 그 전 해에도 대방출이 있었다. 이웃 중 한 명이 여차저차 모델하우스에

전시된 물건들을 정리하게 됐다. 이 이웃은 모델하우스에 전시돼 있던 물건 사진을 단톡방에 올렸다. 러그, 스탠드 등, 의자, 소파, 탁자, 화병 등등 종류가 다양했다. 의자와 러그 등은 모양도 서너 가지였다. 그대로 중고가로 팔아도 괜찮을 법했다.

그때 나는 러그 두 장과 의자 한 개, 스탠드 등 두 개를 가져왔다. 러그 문화에 익숙하지 않은 나로선 그 기회가 아니었으면 아마도 평생 러그를 집 안에 들이지 않았을 것이다. 의자는 주방 아일랜드 식탁에 맞춤처럼 어울렸다. 그동안은 직접 만든 나무 의자를 두었는데, 새로 들인 의자는 매끈하고 날렵해 주방을 깔끔하게 정리해 주었다. 스탠드 등은 원목 기둥이 마음에 들었다. 거실에 불을 환하게 밝힐 필요 없이 분위기를 좀 잡고 싶을 때는 요긴했다. 모두 욕심은 있었겠으나 내 지갑까지는 열지 않았을 물건들이다.

그때 우리 집에는 생애 첫 소파를 놓을 수 있는 기회도 찾아왔다. 당시 나온 물건 가운데는 긴 소파도 있었다. 마침 우리 집 거실엔 편하게 앉아 있을 만한 곳이 없어서 옆집 이웃의 추천으로 이 소파를 들이기로 했다. 그런데 길이 2.4미터인 소파를 어떻게 집으로 들일지가 난관이었다. 결국 팔가 이웃 남자 넷이 동원돼 계단으로 5층까지 소파를 들고 올라오긴 했다.

이제 남은 과정은 계단에서 우리 집 거실로 옮기기였다. 그런데 쉽지가 않았다. 거실 구조상 소파 각도를 아무리 조정해 봐도 출입문을 통과할 수 없었다. 옥상에서 베란다를 통해 들여 보려 했으나 옥상으로 가는 문을 통과할 수 없었다. 결국 남자 넷이 30여 분을 낑낑거리다가 소파 들이기를 포기했다.

소삼팔가에 입주하기 전까지 독립생활을 18년 했지만, 이웃들에게 물건을 얻어 쓴 기억이 없다. 이웃에 누가 살고 있는지도 몰랐으니 당연했다. 애초 존재를 모르고 지나치면 아쉬움도 없었다. 그저 모르는 세상이었다. 그러다 소삼팔가에 입주하고는 집에 여유 공간이 있어 이웃들이 내놓은 물건으로 적지 않게 득을 보곤 한다.

물건을 얻어 쓰지 못한다고 불편한 것은 없다. 생활에서 불편했다면 그 전에 구입했을 것이다. 물건을 얻어 쓴다고 큰 경제적 이득을 얻는 것도 아니다. 대개 이웃들에게서 가져온 물건은 '있으면 좋은데, 없어도 문제되지는 않는', 생활의 '필수'보다는 '편리'를 도모하는 물건들이다. 굳이 재활용의 공공성을 논할 생각은 없다. 성미산마을에서 재활용은 되살림가게를 이용해 얼마든지 가능하다.

그럼에도 내겐 소나기처럼 간혹 이뤄지는 소삼팔가 벼룩시장이 무엇을 얻는 것 못지않게 쏠쏠한 구석이 있다. 우연한 기회에 인테리어에 대한 자극을 받는다. 내 감각으로는 할 수 없는 인테리어가 이웃의 도움으로 하나씩 채워졌다. 그런 과정에서 적절히 유채의 공간을 내주고 욕심을 비워 가면 된다.

한편으로는 팔가 이웃들의 이야기가 하나둘 쌓이는 느낌이다. 직접 산 물건과 달리 누군가에게 받은 물건들엔 저마다 거기에 얽힌 이야기가 한두 개쯤 있게 마련이다. 물건을 구입했다면 기껏해야 가격과 가게 정도를 이야기하고 말지만, 누군가의 손을 거쳐 온 물건들은 그 누군가의 이름과 거쳐 온 과정들이 이야기로 엮어 함께 건너온다. 그 이야기들은 물건에 붙어 잠자고 있다가 손님이 올 때 슬그머니 깨어난다.

가끔 팔가 이웃이 아닌 다른 지인들이 우리 집을 방문하면 나는 꼭 집 구경을 시켜 준다. 방부터 방 창문으로 보이는 풍경과 방에서 다락으로 올라가는 문, 옷방과 거실에서 본 다락까지 집은 넓지 않지만 구조를 보여 준다. 이윽고 책상이며 아일랜드 식탁까지 직접 수작업을 했다는 깨알 같은 자랑도 슬쩍 얹힌다. 그 다음이 이웃들로부터 받은 물건 자랑이다. 맥주잔을 꺼낼 때는 잔의 모양을 직접 고르게 하며 어떻게 이 잔들이 우리 집으로 왔는지를 설명한다. 음악을 들을 때는 시디를 꺼내며 출처를 자랑한다. 등을 켤 때는 스탠드 등, 자리에 앉을 때는 의자 이야기를 꺼낸다.

"이 의자는 옆집에서 얻었는데, 모델하우스에 전시하던 것이었대요. 저기 있는 러그랑~ 이 건물은 옆집들끼리 이런 물건 나눔을 종종 하는데요~"

물론 팔가 이웃들의 물건 나눔이 있다고 해서 집에 모두 들이진 않는다. 어느 해인가는 책장을 내놓은 이웃이 있어 그걸 구경 가려던 순간, 다른 생각이 발목을 잡았다. 집 안에 무엇을 자꾸 들이면서 그 물건을 보관할 가구를 또 필요로 하는 방식은 끝이 없겠다는 생각이었다. 그래서 물건을 집에 들일 때는 신중하고 신중해야겠다 싶었다. 결국 책장을 보러 가려던 발걸음은 멈추었다. '물건 한 개를 집에 들이면 집에서 물건 한 개를 내놓는다'는 나름의 원칙을 세웠지만 실천에서는 흔들리곤 한다.

이제 봄이 오면 또 누군가의 집에서 벼룩시장을 열지도 모르겠다. 그때는 다시 소삼팔가의 하이에나로 돌아가야겠다. 다만, 그 과정에서 내 원칙이 지켜질 수 있으면 좋겠다.

그렇고 그런 혹은 흔치 않은 어느 일주일

디데이 6일, 월요일.

밤 11시가 조금 넘은 시간, 소삼팔가 단톡방에 글이 하나 올랐다.

“저희 집 현관 앞에 시디 몇 점 내놓았습니다”로 시작한 글은 “옛날 어릴 적 듣던 음악이라서 최대 20년 전 음악까지 골라잡을 수 있는 기회”라는 안내로 이어져 “내일 퇴근 후 남아 있는 시디는 전량 폐기할 생각이오니 편히 다 가져가셔도 됩니다”로 끝났다.

어느새 팔가 이웃 두 명이 댓글을 달았다. 글을 읽고 시디를 내놓은 3층 이웃집 앞으로 갔다. 시디는 1백여 장쯤 돼 보였다. 서태지부터 클래식 전집, 책 읽을 때 듣기 좋은 음악 등 종류도 다양했다. 아마도 내가 처음 온 듯했다. 나는 10여 장을 챙겨 들고는 집으로 돌아왔다. 그 후에도 단톡방에는 한동안 시디 이야기로 왁자지껄했다. 신해철 음반을 찾는 이웃, 이승열의 음반을 득템하고 좋아하는 이웃 등…. 나는 팔가 단톡방에 문자를 남겼다. 이웃들이 가져가지 않고 남아 있는 시디는 모두 내가 챙기겠다고. 물건을 집에 들였지만, 집에서 내놓지는 못했다.

디데이 5일, 화요일.

오후 2시 무렵, 3층 이웃이 집 앞에 감자 한 박스를 내놓았다. 사진을 찍어 팔가 단톡방에 올리고는 필요한 이웃은 가져가란다. 나는 퇴근하던 길에 대여섯 개를 챙겨 들고 왔다. 저녁엔 어제 시디를 내놓았던 이웃이 이번엔 생활물품을 내놓았다. 진열대, 장식장, 책꽂이, 의자 등. 시디처럼 오늘 밤에 필요한 이웃들은 가져가고, 내일 아침까지 남아 있으면 폐기 처분하겠단다. 그 가운데 스테인레스 진열장은 이미 주인이 정해졌다.

이번에는 다들 어제는 시디를, 오늘은 가구를 정리하는 그 3층 이웃의 속사정이 궁금해졌다. 이사 가려는 건가? 부부 중에 누가 결심하여 물건을 내놓게 되었나? 등. 그러나 '단순하게 살기로 했다'는 이웃의 말만 단톡방에 남았고, 한동안 또 이를 두고 설왕설래했다. 그러는 사이 공용 공간인 오래뜰에서 놀고 있는 아이들의 소리가 복도를 타고 올라오는가 싶더니 잠시 후 단톡방에 글이 올랐다. "○○ 친구들이 놀고 있는데, 시끄럽네요. 죄송혀요, 곧 파할게요."

디데이 4일, 수요일.

아침엔 2층 이웃이 초등학생인 아들이 아람단 활동으로 주말에 캠핑을 가는데 침낭이 필요하다며 빌려줄 이웃을 찾았다. 내게도 침낭이 있긴 할 텐데, 워낙 오래됐고 보온성도 좋지 않아 관망했다. 30여 분쯤 지나자 4층 이웃이 침낭을 빌려줄 수 있다는 글이 올라왔다.

그 와중에도 어제 내놓은 가구들은 새로운 인연을 찾기에 바빴다. 의자 두 개는 다른 두 이웃이 서로 골라 가기에 바쁘다. 이사 와서 내가 도우며 만들었던 나무 책장도 이번에 내놓았는데 목공 하는 다른 이웃과

소행주
영화 제

사무실에 가져가려던 이웃이 챙겼다.

정작 가구를 내놓은 이웃은 출근한 후라 물건이 얼마나 남았는지 알 수 없어 단톡방에 물었다. 이웃 몇 명이 미처 챙겨 가지 못한 가구들을 정리하고 나니 남는 게 하나도 없었다. 어느 이웃이 가구 나누기 결과를 정리했다. "클린~~~!"

점심 무렵엔 공용 공간인 오래뜰 사용 안내 글이 올랐다. 출산 전까지 간호사를 했던 팔가 이웃이 동네 주민을 대상으로 심폐소생술 강의를 했단다. 마을에서 하는 수업이라 수강료도 받았다는데, 오래뜰 사용료도 5천 원을 내겠단다. 다음 강의 날짜를 안내하자, 어린이집 운영진인 2층 이웃이 그 교육을 홍보하겠다며 문의했다.

잠시 후에는 가족사진을 찍어 달라는 요청 글이 올라왔다. 이 글엔 아무 답변이 없었다. 나라도 찍었을 텐데 나는 그 글을 당시에 읽지 못했다.

저녁이 되자, 4층 이웃이 아이 돌봄 요청을 올렸다. 2층의 두 이웃이 연달아 답했다.

"○○이가 집에 혼자 있는데, 죄송하지만 ○○이 저녁밥 좀 챙겨 줄 분 계세요?"(19:56)

"밥이 없는데 라면이라도 끓여 줄까요?"(20:14)

"제가 밥 챙겨 줬어요. △△ 친구들이 많아서 집에 올라가 있겠대요. 제가 좀 이따 또 올라가 볼게요."(20:25)

"□□, 고마워요."(20:29)

30분 만에 아이 돌봄 역할이 정리됐다. 가구를 내놓았던 이웃이 이번엔 생활용품 몇 점과 인형을 몇 개 내놓았다. 아예 집 안의 물건을 모두 내놓을 태세다. 이번에도 필요한 이웃 몇 명이 물건을 챙겼다.

디데이 3일, 목요일.

저녁에 오래뜰에서 책읽기 모임을 한다는 안내가 단톡방에 올라왔다. 공용 공간을 사용하니 양해를 바란다는 의미다. 또 다른 이웃은 마을에서 진행하는 '소행주 영화제' 안내 글을 올렸다. 성미산마을에 있는 소행주 1~4호에 사는 소행주 이웃 가운데 영화를 제작한 감독들이 성미산마을 극장에서 영화를 상영하고는 캔 맥주와 함께 대화의 시간을 갖는다는 내용이었다.

밤 10시가 넘어선 오래뜰에 있는 컴퓨터가 고장이 났다며 재부팅을 해 달라는 글이 올라왔다. 아마도 재부팅은 2층의 여리나 5층의 부끄가 해 줄 것이다.

디데이 2일, 금요일.

목요일 초저녁에 잠이 들었던 탓에 금요일 새벽 1시에 잠이 깼다. 팔가 단톡방을 보니 입주민 대표인 또또로가 목요일 밤 11시에 올린 글이 있었다. 6월 관리비 내역을 올려놓고 '신속한 입금'을 요청했다. 잠시 멀뚱히 보다가 인터넷뱅킹으로 관리비를 입금하고는 메시지를 남겼다. 이 메시지에 또또로가 아침에 답변을 달았다. 아침 9시에는 2층 이웃이 서커스 공연을 소개하는 기사를 올려놓았다. 이웃들이 참고하라는 의미인 듯했다. 4층 이웃이 아이들끼리 보내자고 의견을 내 두 이웃 간에 몇 개의 글이 오갔다.

저녁 6시가 조금 못 되어서는 "냉면 맛있게 하는 데 찾아요~~"라는 글이 올라왔다. 다른 이웃이 냉면집 두어 군데를 소개했다. 상호는 물론이고 주소까지 올렸다. 주소를 외웠을 리는 없고 냉면집 소개를 하면서 인터넷 검색을 한 모양이었다.

한 시간쯤 뒤에는 사진 한 장이 단톡방에 올라왔다. 3층 이웃이 내놓은 책상과 인형을 사무실로 가져간 이웃이 찍은 사무실 전경이었다. 이 사진을 보고 다른 이웃들이 한두 마디씩 얹었다.

디데이 1일, 토요일.

마을에서 진행하는 '소박한 장터' 포스터가 단톡방에 올라왔다. 동네 농부들의 작은 농사라는데, 감자·쌈채소·양상추·양파·당근·콜라비 등을 파는 모양이었다.

디데이, 일요일.

저녁 무렵에 창고에 있는 연을 빌리겠다는 글이 팔가 단톡방에 올라왔고 잠시 후 연 주인은 "ㅇㅋ"로 답변했다.

잠시 후에는 다시 사진이 두 장 올라왔다. 1층 공용 데크 난간에 누군가 화분을 올려놓았는데, 제법 멋이 느껴졌다. 평소의 행동으로 보면 4층 이웃이 아닌가 짐작하는 글이 올라왔다.

밤 8시 무렵엔 5층 이웃이 불쑥 글 하나를 올렸다.

"날밤~ 잘 먹을게요. 깨끗한 집 함 초대하고요~~ 이번 주도 쉬면 수요일에 재봉하러 하이디랑 같이 가자요~~"

무엇을 잘 먹겠다는 건지는 잠시 후 날밤이 글을 올려 알 수 있었다.

제주도에 갔다 오면서 초콜릿을 사 와 이웃들에게 나눠 준 모양이었다. 나는 이 초콜릿을 밤 9시 무렵에야 집 앞에서 발견했다.

밤 10시 무렵엔 또 다른 글이 단톡방에 올라왔다.

"누구네지? ○○네인가? 옥상 빨래 걷으세요. 30분 후에도 안 걷으면 제가 오래뜰에 갖다 놓겠어요."

이 글엔 1분 만에 댓글이 달렸다.

"아 맞다! 감사~ ㅠㅠ"

그리고 두어 시간 후 소삼팔가 입주 1,000일째의 날이 저물었다. 1,000일이 어떻게 흘러왔나 보고 싶어 관찰한 디데이 일주일은, 특별 주간이 아니라 그렇고 그런 하루가 일곱 번 이어졌을 뿐이었다. 그럼에도 소소한 일상들이 깨알같이 드러났다. 소행주 공동 주택이 아니었다면 어려웠을 것들이 일주일간 전달되고 전이되고 전파됐다. 1,000일을 맞아 되돌아보니 공동 주택 입주 1,000일보다는, 이웃살이 1,000일이 더 어울렸다. 공동의 주택을 보고 입주했으나 결국 주택을 채우는 공동이라는 것은 이웃들 간의 세상살이다. 그렇고 그런 혹은 흔치 않은.

바꿀 수 있는 공간, 바뀌지 않는 공간

어느 봄날 출근했다가 오전 10시에 급히 '외출'을 신청하고는 사무실을 나섰다. 그러고 달려간 곳이 소삼팔가 건축 현장이었다. 당시 급작스런 외출의 이유는 내가 써 둔 건축 일지에 남아 있다.

"외출 하루 전날인 일요일 점심 무렵에 소행주 건축 현장을 찾았다. 5층으로 올랐다. 5층도 벌써 벽이 들어섰다. 내 집 501호부터 들어갔다. 방, 화장실, 옷방과 거실의 모양이 갖춰졌다. 거실 안에는 건축 자재가 수북하게 쌓였다. 그래도 거실은 넓어 보였다. 이날 내 관심사는 전기 배선이었다. 방과 화장실을 둘러보니 이상했다. 공사를 진행하다 멈춘 벽채를 보니 안쪽으로 전기 콘센트가 보였다.
그런데 배치가 이상했다. 한 달 전에 내가 자담에 건네준 전기 배선도와 하나도 맞는 게 없었다. 화장실 전등 스위치는 바깥쪽 벽에 설치돼 있다. 이대로 두면 집 출입문을 들어서자마자 전기 스위치가 제일 먼저 보일 참이다. 화장실과 주방으로 이어지는 벽은 깔끔하게 둘 생각이다. 나중에 사진 액자를 걸어 집에서 맞이하는 첫 시선이 액자에 머물게 하는 게 목표다. 벽에는 스위치가 없어야 한다.

드레스룸 거실 쪽 벽에도 전기 콘센트가 설치돼 있다. 이 벽 또한 입주하면 사진을 걸 자리라 깨끗이 비워 둬야 한다. 무엇보다 거실의 모든 전기 스위치를 옷방 옆면 벽으로 모을 계획은 하나도 반영돼 있지 않다. 인터폰도 애초 설치돼 있는 곳이 아니다. 전기 배선 도면은 현장에 전달되지 않은 게 확실해 보였다.

골조만 세워진 집에서 말할 동무도 없는데 낭패감에 한 시간을 혼자 서성거렸다. 집에 돌아와 속상한 마음에 맥주를 한 병 마시고는 낮잠을 잤다. 꿈에서도 얼핏 건축 현장이 나왔다."(2013. 3. 10.)

나는 소삼팔가 공사 중에 건축사 자담을 많이 괴롭힌 입주민이다. 창문의 위치를 센티미터까지 계산할 정도로 꼼꼼하게 챙겼다. 그만큼 건물에 애정이 컸다. 그런데도 입주를 마치고 생활하다 보니 바꿀 곳이 적지 않았다. 거실 다락 아래 둔 수납장을 먼저 없앴다. 거실 다락에서 잠을 잔다면 이불을 다락 아래 수납장에 밀어 넣을 생각이었다. 다락 바닥에 문도 만들었다. 그러나 다락에서 잠을 잘 일이 없었다. 다락문을 설치할 필요도 없었고, 다락 아래 수납장도 불필요했다. 천장에 매다는 형태의 책꽂이도 보완이 필요했다. 결국 책장을 네 개 정도 만들었다. 건축할 때 빔 프로젝터 설치를 미처 생각지 못한 건 후회가 컸다. 책꽂이 매달려고 만든 천장 앵커에 스크린을 설치했지만, 처음부터 고려했다면 천장 안으로 깔끔하게 설치했을 것이다. 방 위 다락에 직접 만들었던 수납장도 입주 2년이 되지 않아 없앴다. 다락 벽면에 전기 콘센트를 만들지 못한 것은 이어지는 후회다.

소행주의 특징 중 한 가지가 '내 집 내가 설계하기'다. 입주민들 모두 자신들의 의견을 반영해 집을 설계했어도 살다 보면 쓰임이 바뀐다. 팔가 이웃의 다른 집들도 마찬가지다. 솔로였던 나는 내 취향에 따라 집 구조를 바꾸는 데 열심이었다면, 다른 팔가 이웃들은 주로 아이들이 자라면서 집의 쓰임을 바꾸었다.

"소삼팔가 식구들에게 양해를 구할 일이 있어요. 저희 집에 방을 하나 만들고 등등… 하여 다음 주에 공사가 있을 예정이에요. 공사는 5일 정도 진행 예정이고요. 공사 기간 동안 집에서 잠을 잘 수가 없어서 다음 주 주중 오래뜰에서 저희 식구가 잠을 자야 할 것 같아요. 철거할 건 별로 없어서 소음이 크지 않겠지만 먼지와 공사하시는 분들 낮 동안 오고 가면 집에 계시는 분들 신경 쓰일 것 같아 죄송해요."

아이들을 위해 만들었던 놀이 시설 같은 공간이 아이들이 자라면서 사라졌다. 또 다른 집도 거실의 평상을 없애고 방을 두 개 더 만들었다. 그 사이 부엌의 아일랜드 식탁을 다시 설치하기도 했다. 방의 구조를 바꾸며 아이들의 성장에 대응하다가 더 이상 구조 변경으로는 어려워 이사를 간 집도 있었다.

또 다른 팔가 이웃은 고양이를 기르면서 아예 거실을 고양이 놀이터로 만들었다. 벽에는 고양이 그림을 그리고 고양이들이 오르내리는 것을 좋아하는 점을 고려해 고양이들이 거닐 공중길을 만들었다. 거실을 보면 사람보다 고양이 중심 공간이란 생각이 들 정도다. 덕분에 몰루와 하지로 불리는 고양이 두 마리는 행복해졌을 것이다. 그리고 그 행복을 동거하는 집 식구들과 나눠 갖고 있을 것이다.

소삼팔가 공간의 변화는 개별 집에서 그치지 않고 소삼팔가의 공용 공간까지 이어진다. 입주 1년 차 무렵 소삼팔가의 몇몇 입주민들이 목공에 관심을 보였다. 삼삼오오 만나면 목공을 배우고 싶다는 이야기부터 목공을 할 만한 장소가 필요하다는 이야기를 주고받았다. 그러다 마을에 있는 어린이집 공방을 활용하는 방안을 단톡방에 올렸다.

"목공 관심 있는 분들께. 여리 주선으로 우리어린이집 공방을

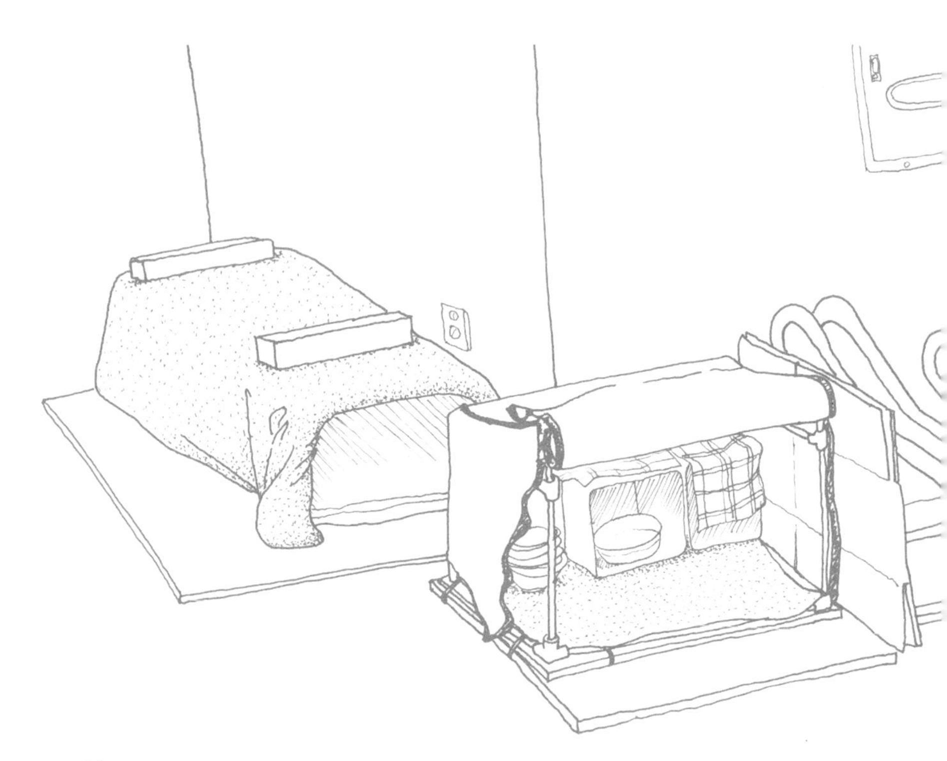

이용하는 방안을 모색 중입니다. 공방에 필요한 공구를 기증하고 공방을 이용하자는 건데요. 지난주에 오렌지랑 셋이 공방 다녀왔는데 샌딩기와 컷팅기가 있어서 웬만한 작업은 할 수 있겠다 싶습니다."

여리와 오렌지에 이어 날밤과 하이디, 부끄도 목공방에 관심을 보였다. 사람들이 모이니 이야기는 확장되었다. 아예 소삼팔가에 공방을 짓자는 이야기로 이어졌다. 1층 공용 창고를 공방으로 만들자는 안부터, 1층 자전거 주차장 쪽에 가건물을 짓고 공방을 만들자는 안도 나왔다. 그러나 상상은 더 이상 확장하지 못하고 그쯤에서 멈췄다. 공용 창고는 창고대로 필요했고, 자전거 주차장 쪽은 합법적인 건물도 아닌데다가 목공 먼지 등으로 민원을 유발할 가능성이 컸다. 공간을 새로 지을 공사비도 슬그머니 부담이었다. 몇 년 후 여리가 자신의 공방을 따로 차린 후부터 공용 공간으로서의 목공 공방은 이제 관심사에서 멀어졌다.

오래뜰도 종종 변화의 공간으로 대상에 오른다. 소삼팔가 입주 때는 오래뜰을 입식으로 운영할지 좌식으로 운영할지가 관심사였다. 결국 몇 차례 워크숍에서 논의한 끝에 아이들이 있는 점을 고려해 좌식으로 결정됐다. 입식과 좌식 문제는 입주 몇 년 후에도 한 번 이야기가 나왔으나 큰 관심을 끌지 못했다. 아마도 아이들이 성장하고 입주민들이 나이가 들어 좌식보다는 입식이 편할 때가 오면 다시 이야기가 나올 것이다.

개인 집만큼 공용 공간의 변화도 많이 거론되지만 공동 주택에서 공용 공간을 바꾸는 일은 쉽지 않다. 개인 집은 가족 구성원이 동의하면 바꾸는 데 큰 문제가 없다. 비용 지불 주체도 명확하다. 그런데 공용 공간은 입주민들의 취향이나 생활 방식이 달라서 필요성 등에 온도

차가 있다. 비용을 지불해야 하는 일에도 입장들이 다르다. 비용이 드는 사안들은 다수결로 결정하기도 애매하다. 한 사람이라도 동의하지 않으면 추진하기가 어렵다. 그래서 공용 공간은 좀처럼 바뀌지 않는 공간이다.

공용 공간에 무엇인가를 마련하고 변화를 꾀하는 것도 쉽지 않다. 대표적인 사례가 에어컨 설치다. 여름 무더위가 갈수록 더해 가면서 팔가 이웃들도 하나둘씩 에어컨을 설치했다. 나는 아직 에어컨 없이 버티고 있다. 오래뜰에도 에어컨이 없다. 그래서 더운 여름에 모임을 갖기가 어려운 모양이었다.

"건의 사항이 있는데요. 오래뜰에 벽걸이 선풍기 하나 달면 어떨까요?" 온라인 수업에 방해된다고 딸내미한테 쫓겨나 오래뜰에서 밥 먹는데 덥네요."

"찬성입니다."

"벽걸이 말고 그냥 선풍기는 어떨까요?"

"에어컨은 무리겠죠? ㅎㅎ"

에어컨을 구입하자는 이야기들이 나온다. 그런데 의견이 잘 모아지지 않는다. 나처럼 오래뜰을 거의 이용하지 않는 이들에겐 에어컨이 절실하지 않다. 에어컨은 구입 비용도 있지만 공용 전기료와도 관련이 된다. 그래서 매년 이야기는 나오지만 매듭 없이 끝난다.

공용 공간의 활용에 의견을 모으기가 쉽지 않다는 점은 이미 2013년 소삼팔가 예비 입주민들과 진행한 워크숍에서 경험했다. 워크숍에는 건축사 자담 대표 봄봄, 자문위원인 건축가 이일훈 선생님, 마을기업 소행주 공동 대표 박짱 등이 모였다. 그날 약 3시간가량을 논의한 결과 몇 가지 방향을 정리했다.

여덟 가구 가운데 세 가구가 차량이 없으니 빈 주차 공간을 다른 용도로 활용하자, 1층 물품 보관소와 계단 아래 공간을 활용해 자전거와 유모차를 보관하자, 2층 커뮤니티실의 기본 배치를 바꾸자, 옥상은 가급적 비워 두자. 세부적인 의견들도 덧붙었다. 공용 세탁실을 만들자, 1층에 당구대나 탁구대를 놓자, 아이들 놀이터로 모래밭을 만들자, 공방을 만들자, 택배 받는 곳을 마련하자 등.

이 가운데 실제로 이뤄진 것도 있고, 공용 공간 워크숍을 진행하면서 사라진 것도 있다.

공용 공간 활용 방향의 의견을 모으긴 쉽진 않지만, 그럼에도 어떻게 사용할지를 이야기할 때는 마치 처음 나누는 이야기인 것처럼 의견을 나눈다. 그래서 팔가 이웃들에게 공용 공간은 네버 엔딩 스토리다.

옥상에 흐르는 게 빗물만은 아니다

소삼팔가에도 봄이 찾아왔다. 팔가 이웃 가운데 한 명이 1층 바깥 현관에 화분을 서너 개 놓았다. 집을 드나들 때면 빨갛고 노란 꽃들이 1층 현관에서 환하게 맞이한다. 봄이 오면서 주목받는 공간은 옥상이다. 겨울 동안 하지 못한 야외 활동이 가능해지면서부터다. 4월 한 달만 해도 주말이나 저녁에 옥상을 사용하겠다는 공지가 단톡방에 네다섯 건 올라왔다.

소삼팔가 옥상은 조건이 여러모로 좋다. 소삼팔가가 성미산 남향 자락 아래에 자리 잡고 있으니 옥상 전망이 썩 괜찮다. 동서남 3개 면이 고지대에서 탁 트여 있어 시야가 넓다. 북쪽은 성미산이 있는데 옆 건물들 사이로 나무들이 키 재기를 한다.

옥상에 여타한 물건들이 없어 빈 공간이 넓은 것도 장점이다. 필요한 장비를 설치하고 둘러앉기에 걸리적거리는 게 적다. 옥상에서 놀 때 필요한 장비들도 대부분 갖춰져 있다. 텐트, 그늘막, 돗자리, 바비큐 장비, 조명, 테이블, 의자 등을 언제라도 쓸 수 있다. 이들 장비는 제각각 주인이 있지만, 어느 이웃이라도 필요하면 단톡방에 사전에 공지하고 사용할 정도로 양해가 된다.

옥상은 소삼팔가에 입주하기 전부터 논의 대상이었다. 건물 입주 전 약 1년간, 월 1회 정도 가진 예비 입주민 모임에서 논의된 공용 공간에는 옥상도 포함됐다. 처음엔 수많은 아이디어가 쏟아졌다. 소행주 1호처럼 잔디를 깔자, 큰 나무를 심을 수 있는 공간을 만들자, 텃밭을 만들자, 바비큐 파티장을 만들자, 빨래를 널 수 있게 하자. 옥상 펜스를 투명하게 강화 유리로 설치하자….

여러 논의 끝에 나온 큰 결정은 '옥상을 비워 두자'였다. 나중에 살면서 무엇이든 할 수 있게 옥상에 무엇을 설치하는 걸 하지 말자는 의미였다.

"옥상을 비워 놓고 쓰자는 제안이 소행주에서 나오니까 관심이 간다. 대부분의 주택 옥상들이 비어 있지만 사실상 방치된 상태인데, 소행주는 비워 놓고 쓰는 방법을 찾겠다니 의미 있다. 집에서 할 수 없는 것을 공용 공간에서 하자는 이야기나, 자기 계발을 위한 곳으로 쓰자는 의견 등도 참신하다."

공용 공간 활용 워크숍 때 건축가 이일훈 선생님이 몇 마디 덧붙인 소감이었다. 이일훈 선생님은 공용 공간 활용을 두고 '물리적으로 좁은 집을 넓게 쓴다고 생각할 것, 공용 공간이 모두 내 거라는 생각을 가질 것' 등을 고려해 보자고 주문했다.

그 결과 옥상 바닥엔 보도블록을 깔았다. 다만, 건물을 지을 때 공사하는 게 수월한 몇 가지는 옥상에 설치했다. 옥상 난간에 쇠기둥을 세우고 코팅한 와이어로 빨랫줄을 만들었다. 텃밭도 한 평 남짓하게 작게 만들었다.

그 후 옥상엔 몇몇 공간들이 새로 자리 잡았다. 옥상 북쪽에는 화덕이 놓였다. 팔가 이웃 가운데 대안학교인 성미산학교에 다니는 학생이 있었는데, 대안학교 학생들이 적정 기술을 활용해 만들었다. 이에 입주민들이 비용의 절반 정도를 십시일반으로 보탰다. 장작으로 불을 지펴 고기를 구워 먹을 수도 있고, 피자도 구울 수 있다는 상상도 펼쳤다. 그러나 화덕은 예상과는 달리 널리 사용하지 않아 몇 년 만에 철거했다.

동남쪽 공간에는 우드슬랩 테이블이 놓였다. 팔가 이웃 중 한 집이 구해 온 테이블이었다. 팔가 이웃이 갖고 있던 의자들도 함께 놓였다. 여름에는 모기장을 쳐서 저녁에도 이용할 수 있게 했다. 6~8명이 앉아도 불편하지 않다. 테이블이 비를 맞아 표면이 거칠어지면 여리가 대패질을 하여 재가공하곤 했다.

고정 공간이 아니더라도 이웃들의 취향에 따라 공간 활용은 수시로 이뤄진다. 한 이웃은 옥상에 텐트를 치고 밤을 보낸다. 여름이면 튜브에 물을 담아 놓고 아이들 물놀이장으로 활용하기도 했다. 몇몇 이웃들은 지인이나 가족을 불러와 바비큐 파티를 연다.

나 역시 옥상을 놀이 공간으로 틈틈이 활용한다. 어느 해에는 이웃들과 맥주를 마시기도 했고, 지인들을 초대하면 꼭 옥상에 데리고 올라간다. 멀리 관악산과 가까이 합정역 고층 빌딩이 만든 스카이라인과, 서쪽으로 하늘공원까지 이어지는 파노라마의 전망은 소삼팔가 입주민의 어깨를 으쓱하게 해 준다. 그 서쪽 하늘 위로 5분여에 한 대씩 김포공항을 오가며 이착륙하는 비행기가 날아간다. 저녁엔 붉은 노을을 거리낌 없이 만날 수도 있다. 간혹 카메라를 들고 저녁노을을 사진에 담는 곳도 옥상이다. 5층 우리 집에서도 풍경이 나쁘지 않은데, 한 개 층이 이룬 높이와 사방이 열린 구조는 따라갈 수가 없다. 그래서 5층 유채는 유채대로, 옥상은 옥상대로 제 역할을 한다.

소삼팔가 옥상의 매력은 건물 공사를 하기 전부터 느꼈다. 소삼팔가 건물 골조 공사를 모두 마친 어느 날 어머니를 모시고 집을 구경시켜 드린 적이 있었다. 그때 어머니랑 둘이 앉아 족발을 안주 삼아 막걸리를 마신 곳도 옥상이었다. 어느덧 10여 년이 돼 가는 낡은 풍경이지만 그때의 옥상은 어제 일처럼 눈에 선하다. 아마도 그때부터 소삼팔가 옥상은 사람과 떼어 놓고는 말하기 어려운 곳이 되었을지도 모르겠다.

옥상의 변화와 활용은 그야말로 소행주만의 장점을 잘 살려 낸 결과다. 이런 생각은 내 거실 창문에서 옆 건물의 옥상을 볼 때마다 들곤 한다. 옆집 건물 옥상은 난간에 비스듬한 안전벽이 설치돼 있고, 바닥은 녹색으로 칠해진 시멘트다. 일반 다세대 주택에서 볼 수 있는 흔한 공간이다. 옥상엔 벤치 한 개와 난간 벽에 묶은 빨랫줄 한 가닥이 전부다. 나머지 공간은 비어 있다. 간혹 그 빨랫줄엔 이불이 널리기도 하는데, 중간 지지대가 약해 바람이 거세면 빨래가 바닥에 떨어지기도 했다. 옆집 옥상은 그 건물 입주민들이 담배를 필 때 가끔 활용한다. 그 밖에는 거의 사람 모습을 찾기 힘들다.

건물 위치로 보면 소삼팔가보다 나쁠 것도 없고, 공간으로 보면 비어 있으니 뭔가를 채우면 두루두루 활용할 만해 보인다. 그럼에도 옥상이 버려진 공간처럼 보이는 이유는 한 건물에 사는 입주민들끼리 서로 모르기 때문이다. 이웃들을 알 수 없으니 의견을 나눌 수 없고, 만날 기회를 갖기도 어렵다. 생활에 무척 불편한 일은 이웃끼리 모르더라도 누군가 나서게 마련이지만, 생활에 편리를 더하는 일은 혼자서 나서기 어려운 법이다. 그러니 대다수 다세대 주택에서 옥상은 지붕 이상의 의미를 가지고 있지 않다.

소삼팔가는 이제 옥상 문화가 나름 자리 잡았지만, 그 과정이 순탄했던 것만은 아니다. 입주 전 다양한 옥상 활용 아이디어들을 대부분 접고 만 데는 입주민들의 다양한 취향이 한몫했고, 뭔가를 만들 때 드는 비용 또한 한몫했다. 취향과 비용에 따라 어떤 때는 의견 일치를 보기도 하고, 어떤 일은 의견에서 그치고 마는 경우도 있었다.

어느 해 3월 입주민 모임에서도 옥상 활용과 관련한 새로운 안건을 논의했다. 한 이웃의 마을 지인이 장을 담그려고 하는데, 장독을 둘 곳이 마땅치 않은 모양이었다. 그러던 차에 우리 건물 옥상을 알게 되었다. 옥상은 주변에 가로막는 건물이 없으니 볕이 잘 들고, 바람도 잘 통해 장독을 두기에 적당하다. 이 이야기를 들은 지인이 입주민 모임에 안건을 올려 장독을 놓을 수 있도록 옥상을 대여해 줄지를 논의했다. 이 안건은 모임에 불참한 이웃이 있었고, 외부인이 건물을 출입해야 한다는 점 등이 있어서 보류되었다.

아마 앞으로도 옥상을 두고 여러 이야기들이 오갈 것이다. 집에는 마당이 필요하다는 원초적 욕구와, 옥상을 지붕이 아닌 마당으로 써 본 경험이 서로 만나 이야기들을 부추길 것이다. 이런 이야기들이 모두 즐거운 소재거리라고 말하긴 어렵다. 나 또한 취향과 비용 등을 먼저 고려하기 때문이다. 그럼에도 옥상에 빗물만이 아니라 사람들의 이야기가 흐른다는 것은 흥미롭다. 그런 이야기에는 새드 엔딩도 있다.

"오늘 옥상 올라갔더니 비둘기 한 마리 동사한 시체가 있어서 삽 들고 가서 서빈이와 같이 산에 묻어 주고 왔어요. 다녀오니 옥상 비둘기 시체가 있던 주변 눈 쌓인 바닥에 다른 비둘기 한 마리 발자국이 동그랗게 찍혀 있어서 서빈이와는 가족이 왔다간 것 같다고 정리했습니다."

중학생 서빈이가 느꼈을 슬픔과, 그 주변을 맴돌았던 비둘기의 애달픈 이야기도 옥상 생활에서 비롯되었다.

옛집에서 마당은 이야기가 시작되는 곳이었다. 집을 방문하는 손님은 마당을 들어서면서 주인을 부른다. 가까운 이웃이면 마당의 풍경을 소재 삼아 혼잣말을 하며 주인을 찾는다. "아이고, 고추가 빨갛게 잘 말랐네"라거나 "봉숭아꽃 참 예쁘게 피었네" 하는 식이다. 또한 담장 너머 이웃과 이야기를 주고받는 곳도 마당이다. 도시의 다세대 주택에서 마당 역할을 해야 할 1층이 주차장으로 변해 자동차의 세상이 되었을 때 이웃과의 이야기는 사라졌다. 그 마당이 소삼팔가에서는 옥상으로 옮겨졌다. 옛집처럼 사람과 사람이 스치듯 일상적으로 만나는 마당은 아니지만, 옥상을 공유함으로써 옛집의 마당 같은 이야기들이 오고 간다.

입주 9년 차, 옥상에 새롭게 떠오른 숙제는 차광막(어닝)이다. 테이블 공간을 좀 더 멋있게 쓰려는 바람이다. 과장하자면 루프탑 카페를 소삼팔가에 들이자는 야심작이다. 이 장비 하나를 설치할지를 두고 또 무수한 이야기들이 옥상에 흐를 것이다. 그 이야기의 끝에 루프탑 카페가 만들어질지는 예측할 수 없다. 차광막 이야기가 끝나고 나면 또 다른 이야기가 소삼팔가 옥상에 흐를 것이다. 소삼팔가에는 사람들이 살고 있으니까.

공사 소음,
네 번의 반전 드라마

"오늘도 공사 소음이 있네요. 작년 옆 건물 소음에 시달리느라 멘탈이 붕괴되어서 더 힘든 것 같네요. 얼마 전 벽을 부수는 공사할 때는 ○○랑 같이 집 밖으로 도망도 나갔었지요. 나가지도 못하고 집 안에서 하루 종일 소음과 먼지를 감내해야 하는 고달픈 삶도 있다고 얘기하고 싶어서요."(10:31)

평일 오전 10시 31분, 소삼팔가 단톡방에 입주민 A가 글을 올렸다. '아! 드디어 올 것이…' 싶었다.

2월 초 소삼팔가의 한 집이 내부 공사에 들어갔다. 이사한 지 2년 반 정도 지나 거실 일부를 방으로 바꾸는 공사다. 주방도 줄여야 하고, 벽도 세워야 하며, 책꽂이도 떼어 내야 한다. 공사가 있기 전 이 집은 1층 승강기 앞에 안내문을 붙였다. 공사 소음이 있을 것이니 양해를 구한다는 내용이었다. 그러나 사전 양해도 이웃들이 느낀 현실의 소음을 누르진 못했던 모양이다.

단톡방에 '고달픈 삶'이 올라왔을 때 내 생각은 몇 가지로 뻗었다. 우선 글 올린 팔가 이웃의 심정이었다. 그러나 상상을 다 해도 이해 정도 수준에 머물렀다. 출근하느라 공사가 없는 저녁에 집에 들어오는 나와 달리

낮에 집에서 아이들과 보내는 이웃들에겐 소음 고통이 크겠다 정도였다. 다른 생각으로는 공사하는 이웃들은 '고달픈 삶'에 어떤 답변을 내놓을지 궁금했다. 양해 글을 공지한 후에도 채팅방에 몇 차례에 걸쳐서 양해를 구했는데도 글이 올라온 상태였기 때문이었다. 가족들은 집 공사가 시작된 이래 뿔뿔이 흩어져 유랑 가족 상태였다.

이쯤 생각이 미치고 나니 묘한 긴장감이 느껴졌다. 일반 다세대 주택에서 이 정도면 층간 소음 갈등처럼 확장될 수도 있다. 그렇다면 소삼팔가에서도 갈등의 촉발? 그리고 결말은? 3분 후 그 긴장 사이로 다른 팔가 이웃들이 끼어들었다.

B: 토닥토닥~ 나오면서 (공사하시는 분들에게) 여쭤 보니 오늘은 2시간만 시끄러우면 된다고 하네요! 끝나 가니 힘내세요.(10:34)

C: 음…(10:41)

소음 피해 이웃에 대한 토닥거림과 관망이었다. 그러고 다시 2분 후.

D: ㅠㅠㅠㅠ □□네 공사 끝나면 오픈하우스 추진해 주세요. (10:43)

D: △△△ ○○ 파이팅!! ㅠㅠ(10:44)

E(공사 집 여성): 네, 네. 그럴게요. 미안하단 말을 너무 많이 해서 의미도 없는 거 같네요. 오늘이 마지막 날이고요.(10:45)

D의 게시 글과 거기에 이어진 공사 집의 첫 반응에 '어! 뭐지?' 하는 말이 머릿속에 튀어 올랐다. 특히 D의 글은 희미한 웃음까지 만들었다. 누구나 예상할 수 있는 수순으로 보자면, 이웃들은 서로를 다독이는 정도의 글들이 무난했거나, 혹은 굳이 갈등의 당사자들이 아니니 슬그머니 빠져 있는 게 어울릴 듯싶었다. 그런데 D는 불쑥 나타나 '오픈하우스'를 제안했다. '소음 내고 공사했으니 집이 어떻게 고쳐졌나

이웃들에게 구경시켜 달라'는 의미겠으나, 그것은 단지 '구경'만으로 끝나지 않는 '절충'이기도 했다. D의 글은 '고달픈 삶'에 대한 첫 번째 반전이었다. 다시 10분이 지나지 않아, 이번엔 공사 집 남성이 글을 올렸다.

F: 미안합니다. 일상생활을 어렵게 하는 소음과 먼지로 많이 힘드실 거라고 봅니다. 소음이라는 게 적당히 참아 줄 정도를 넘어서면 삶이 헝클어질 큰 고통이 됩니다. 그럼에도 여태 말없이 감내하고 이해해 주려 애쓰신 점 고맙습니다. 답답하고 힘든데 쌓인 곳 토로할 곳이 마땅치 않은 건 저희가 더 잘못한 것 같습니다. 만나서 이해를 구하고 함께 이야기 나누고 했어야 하는데 유랑한다는 핑계로 그러질 못했습니다. 무신경함에 속이 상했을 것 같아요. 큰 고통과 피해를 보아 온 소삼팔가 식구들에게 거듭거듭 미안합니다.(10:52)

사과 글이었다. 집 공사는 '어쩔 수 없는' 일이다. 밤늦게 음악을 크게 켜 놓으면 줄여 달라고 할 수 있으나, 집 공사는 공사를 시작한 이상 불가피하게 소음을 유발할 수밖에 없다. 다만 특정 시간을 피하고, 소음 방지 방안을 찾아내는 성의 정도가 '어쩔 수 없는' 일에 담을 수 있는 이웃의 도리일 터였다.

공사 집 남성이 올린 사과 글은 그런 평범한 사과 글과 결이 달랐다. "답답하고 힘든데 쌓인 곳 토로할 곳"이나 "만나서 이해를 구하고 함께 이야기 나누고" 등에서 진심이 묻어났다. 어쩌면 '고달픈 삶'이 밖으로 향하는 항의가 아니라 고달픔을 토로하는 글이었다는 점에 비춰 보면 결이 맞아떨어지기도 했다.

사실 '고달픈 삶'이 올라오기 며칠 전에 열린 입주민 모임 때 공사 집에서는 맥주를 준비해 이웃들과 술자리를 만들겠다고 했다. 그러나 공사가 연장되고 당일에도 유랑 가족인 상태가 여의치 않아 술자리를 만들지는 못했다. 공사 집 남편의 글은 '고달픈 삶' 이후 내게 두 번째 반전을 남겼다.

사과 글이 올라오고 2분이 흐른 후 다시 글이 올라왔다.

A: 그런데 △△△~ 거실 벽지 꼭 저걸로 하셔야 해요? --;;(10:54)

헛, 애초 소음 문제를 제기했던 '고달픈 삶'의 글이었다. 그런데 사과

글에 응수하지 않고 전혀 다른 이야기로 돌아섰다. 공사 집의 거실 벽지에 대한 의견이었다.

F: 거실 벽지가 어떤 건가요? 혹시 나무 붙여 놓은 것 같은 그런? 제가 공사에 관여를 못하고 있어서… ;;;(10:55)

A: 네 맞아요. 나무 판넬 같은 그거요.(10:56)

F: 전 처음에 나무로 한 줄 알고 헉 했다가 보니 벽지로…. 음, 혹시 추천할 벽지라도?(10:58)

불과 20여 분 전에 소음 문제를 제기하고 사과를 주고받던 이들이 이젠 '하찮은' 벽지를 두고 맘에 안 든다느니 추천해 보라느니 이야기를 주고받고 있다. 멱살 잡고 다투다가 식사하면서는 웃는 여야 국회의원도 아니고, 곧 돌아설 것처럼 흥정하다가 계산하면서는 덤을 주는 장사꾼도 아니면서, 이건 뭔 장면이지 싶었다. 그 가운데 세 번째 반전이 있었다.

'공사 소음'에서 '벽지'로 이야기가 급선회하면서 다른 글들이 잇달아 올라왔다.

G: 벽지~ 구경 가야겠다~(11:00)

A: 전체적인 분위기를 몰라서 뭐라 말씀드리기는 좀~ 그래도 잘 보이는 벽지인지라….(11:01)

H: 품평회에 한 표요~~~! △△△ 품평회 공지해 줘요. 품평회엔 약간의 알콜이 필요하다능~~(11:13)

F: 네, 내부 회의를 거쳐 공지하겠습니다. 품평회에서 저평가 받으면 혹시 다시 교체해야 하는?(11:20)

I: ㅋㅋㅋㅋㅋㅋㅋ. 주방은 더 쓰기 좋아 보여요.(11:21)

그동안 관망하던 이웃들이 나서서 한마디씩 보탰다. 나처럼 난처함을 어찌 못해 글을 올리지 못하던 이들이 '화해 무드'를 타지 않았을까 싶었다. 네 번째 반전이었다.

다른 이웃들이 품평회까지 제안하고 나온 건, 며칠 전 이미 공사 집을 구경했기 때문이었다. 거실의 변화에 놀라던 이웃들이 고개를 갸우뚱했던 부분이 바로 벽지였다. 이제 벽지는 오히려 공사 소음보다 더 큰 관심사가 돼 버린 듯했다. '고달픈 삶'의 글이 올라온 후 50분 정도 지나 한 편의 이슈가 소멸됐다. '공사 소음'에서 시작해 '오픈하우스'를 거쳐, '사과'를 지나 '벽지'로 전환되던 이야기를 '품평회'로 매듭지었다. '뒤끝'까지야 알 수 없지만, 그 사이 나는 네 번의 반전을 느꼈다. 내가 상상할 수 없는 방향으로 전환되는 이웃들의 이야기를 읽으며 묘한 흥미가 돋았다.

소삼팔가는 공동 주택이라 불린다. 공동체까진 아니더라도 '공동'이란 말에는 희망만 스며 있지 않다. 소삼팔가에 입주할 때 지인들이 가장 많이 한 질문은 '입주민들과의 불편한 관계'였다. 불편하진 않는지, 불편한 일이 발생하면 어떻게 하는지 등등이 잇따랐다. 공동 주택도 사람이 사는 곳이니 불편한 문제가 발생하는 것은 당연하다. 팔가 이웃들이 이웃에게 느끼는 불편함이 전혀 없다고는 볼 수 없다. 그런데 중요한 것은 그 문제를 어떻게 푸는가이다. 공동체는 서로가 적당히 참고 살면서 만드는 게 아니라, 소란을 소통으로 만들 통로를 부단히 만들어 가는 데 있다. 그리고 사람을 알면 아는 만큼 불편을 풀어 가는 지혜도 더 많이 얻을 수 있다. 그런 면에서 '고달픈 삶'에서 시작한 네 번의 반전은 무척 흥미로웠다. 나로선 예측할 수 없는 일상들이다. 소삼팔가 이 이웃들, 묘한 구석이 있다.

집에서도 가구를 만들 수 있는 비결

드디어 목재를 주문했다. 이번에 만들 가구는 큰 책장 두 점과, '침대인지 소파인지 평상인지 구분하기 어려운 가구' 한 점이다. 두어 달 전부터 가구를 만들겠다고 짬 날 때마다 밑그림을 그렸다. 가구가 들어갈 공간의 크기를 재고는 밑그림에 적었다. 책장은 1,120mm × 2,260mm이니 제법 크다. 시중에서 판매하는 책장과 달리 아홉 칸 중 일곱 칸의 높이를 230mm로 좁혔다. 책장의 폭도 190mm로 시중 판매 책장보다 줄였다. 책장에 먼지가 쌓이는 공간을 최소화하고, 거실 공간을 1cm라도 늘려 보자는 셈의 결과다.

2013년 소행주 3호 신축 건물 골조가 모두 완성되고 매주 공사장 건물을 드나들던 무렵 또 다른 꿈을 꾸었다.

'내 집에 필요한 가구는 내가 만들자.'

건물 구조 설계가 어느 정도 정점에 다다르고, 그 설계의 완성도를 높이기 위해서는 기성 가구로는 모양이 나지 않을 듯했다. 또한 가구 구입 비용도 만만치 않아 보였다. 결국 목공을 배웠다. 9월부터 매주 목요일 저녁 세 시간씩 10주 동안 공방을 다녔다. 공방은 6호선 광흥창역 인근이었는데, 나중에 알고 보니 공방 선생은 마을 이웃이었다.

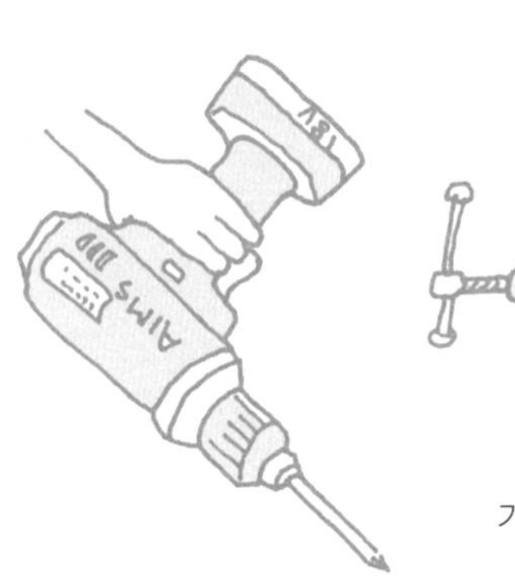
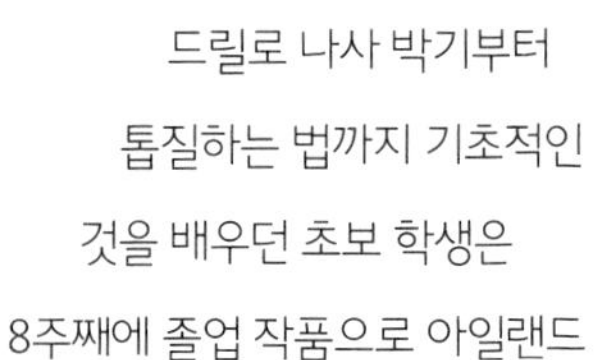

드릴로 나사 박기부터 톱질하는 법까지 기초적인 것을 배우던 초보 학생은 8주째에 졸업 작품으로 아일랜드 식탁을 만들겠다고 했다. 기왕 만들 거면 필요한 가구를 만드는 게 나았다. 공방 졸업 이후에도 주말이나 평일 저녁에 틈틈이 공방을 오간 덕에 아일랜드 식탁을 유채 주방에 들였다. 공방 선생의 도움 없이 완성되긴 어려웠지만 내 생애 최초의 수작업 가구였다. 그 후 공방에서 두어 달 동안 책꽂이 판, 거실 다락용 사다리, 의자, 다락 수납장, 신발장 등을 만들어 1톤 트럭 가득 목재 가구를 운반해 왔다.

'침대인지 소파인지 평상인지 구분하기 어려운 가구'는 이름처럼 그 쓰임도 그 필요도 모호했다. 거실엔 큰 입식 테이블이 있는데, 이 때문인지 테이블 의자가 아닌 방바닥에 앉는 게 뭔가 어색했다. 거실에 소파가 없으니 보통은 테이블 주변 의자에 앉는 수밖에 없다. 영화를 볼 때는 빈백소파에 누워 보는 정도로 불편함을 줄였다.

거실에 소파를 하나 놓았으면 좋겠다는 생각은 오래전부터 했었다. 이 생각은 소파에서 시작해, '평상도 괜찮겠다'를 거쳐, '기왕이면 푹신해야 하니 라텍스라도 깔아야겠다'로 변화했다. 라텍스 크기를 고려해 싱글 침대 규격인 2,000mm × 1,000mm로 확장했다. 그러나 거실에 뭔가를 자꾸 들이는 게 맞나 싶어 망설임이 늘 실행보다 앞섰다.

이런 상황에서 '침대인지 소파인지 평상인지 구분하기 어려운 가구', 아니 '원초적 소파'를

이번에 만들게 된 건 순전히 가내 수공업이 가능한 환경이 한몫했다. '원초적 소파'는 책장을 만들 목재를 재단하고 남은 스프러스(가문비나무) 집성목 0.5장으로 무엇을 할까 고민하다가 시작됐다. 자투리 목재를 나중에 자르기는 곤란하니 목재를 주문할 때 재단하자는 셈이었다.

목재는 공방에서 구입해 그곳에서 작업하는 방법이 있고, 인터넷에서 크기에 맞춰 절단 형태로 주문하는 방법도 있다. 공방 작업은 목재소 목재보다 가격이 좀 비싸고, 공방 사용료도 내야 한다. 인터넷 구매는 필요한 재료만 구입하면 되지만 통으로 구입하는 것보다는 가격이 좀 비싸다. 이런 점을 고려해 연희교차로 인근의 목재소에서 스프러스 집성목 세 장을 구매했다. 집성목은 목재 종류마다 차이는 있지만 보통 2,440mm × 1,220mm 규격이다. 이 큰 판을 가구 제작에 맞게 재단하는 것까지 목재소에 부탁했다. 이 재단에도 약간의 비용이 들고, 목재를 집까지 운반하는 데도 비용이 든다. 그럼에도 전체 비용은 공방을 이용하거나 인터넷 주문보다는 저렴하다.

목재 구입 비용이 저렴해도 목공을 할 만한 공간이나 장비가 없다면 집에서 가구를 만드는 일은 꿈꾸기 힘들다.

다행히 소삼팔가에는 목공에 필요한 장비들이 대부분 갖춰져 있다. 공간도 흡족하진 않지만 아쉬운 대로 마련할 수 있다. 재단한 나무가 용달차로 도착한 다음 날 목공을 시작했다. 작업 장소는 1층 평상 근처로 잡았다. 바닥에서 작업하기보다 평상이 있으니 여러모로 수월했다.

우선 목재를 샌딩(사포질)했다. 샌딩은 지난해 2층 이웃 여리와 함께 돈을 모아 산 샌딩기로 했다. 샌딩할 때 집진이 가능했다. 샌딩을 끝내고 나서는 본격적으로 목공에 들어갔다. 판은 모두 설계도에 따라 크기에 맞게 절단해 와 조립을 진행하면 됐다. 가운데와 양옆에 판을 세우고 그 사이로 나무판을 십자가 모양으로 끼워 넣는 방식이다. 따라서 가운데 기둥판과 세로판에는 손가락 하나 들어갈 만하게 홈을 내야 했다. 이 작업은 통상 톱으로 하면 된다. 톱도 여리가 산 것과 내 것이 있어서 문제가 없었다.

이 작업엔 직소기를 사용했다. 팔가 이웃 하이디가 직소기를 들고 와 작업을 거들었다. 내가 홈을 판 자리를 자로 표시해 두면, 하이디는 그곳을 직소기로 절단했다. 규격을 재는 자는 주로 줄자를 사용한다. 그러나 때로는 다양한 자들이 필요한데, 그것 역시 2층 이웃 여리가 구비해 놓은 줄자를 가져다 사용했다.

목재의 조립 부위를 다듬어 놓고 난 후에는 본격적으로 책장 만들기를 시작했다. 이 작업을 하기 전에 하이디에게 드릴을 빌렸다. 목공을 할 때는 두 개의 드릴이 있어야 한다. 한 개는 나사 박을 홈을 파는 드릴 비트를 장착할 드릴이고, 다른 하나는 나사를 돌려 박을 드라이버를 장착할 드릴이다. 그동안 목공 때는 한 개의 드릴을 사용했다. 그러다 보니 홈을 팔 때와 나사를 박을 때마다 비트를 번갈아 갈아 끼워야 하는 불편을 감수했다. 그런데 하이디가 작고 가벼운 드릴 두 개를 구입했다. 각각 용도가 다른 드릴을 두 개 갖고 작업하니 예전보다 작업이 수월해졌다. 하이디는 그 드릴을 구입했을 때 묻지도 않았는데 먼저 '필요할 때는 언제든 갖다 쓰라'고 했다. 이번이 그 '필요한 때'였다.

책장 목판 몇 곳에는 작은 구멍을 냈다. 이때는 여리가 구입해 놓은 홈파는 드릴을 사용했다. 드릴은 지름이 20mm, 25mm, 35mm 등 다양하게 있어 원하는 크기의 홈을 팔 수 있었다. 홈을 팔 때는 하이디의 드릴이 힘이 약해 여리와 내 전동 드릴을 교대로 충전하면서 사용했다.

나무를 목공 본드로 붙인 후 접착력을 높이기 위해 고정이 필요할 때는 여리랑 함께 구입했던 클램프를 사용했다. 1년 전 쯤에 몇몇 이웃들이 공방을 만들자는 이야기를 하면서 불쑥 구입했던 게 클램프와 전동 샌딩기였다.

이웃들의 장비를 활용해 자르고 사포질하고 나사 박고 나니 그럭저럭 책상의 모양이 갖춰졌다. 네 시간 정도씩 사흘가량 걸렸다. 책장이 꼴을 갖췄지만 아직 완성이라 할 수 없었다. 마감재를 최소한 한 번 정도는 발라 줘야 하는데, 당장 마감재가 없었다. 만든 책장 등은 팔가 단톡방에 양해 글을 올리고는 1층 현관 안쪽에 일주일가량 쌓아 두었다. 가구를 만드는 동안 집을 오가는 팔가 이웃들은 잠시 발걸음을 멈춰 구경을 하고 무엇을 만드는지를 묻고 갔다.

가구들은 마감재를 구입하여 주말 아침에 칠하고는, 하루 정도 1층 바깥에서 말린 후 집으로 들어왔다. 내 집에 들어온 새 식구들, 이들의 탄생은 이웃들의 물건이 없었다면 난산을 겪었을 것은 자명했다.

가정 목공의 일대 전환을 가져온 계기는 여리가 따로 낸 개인 공방이었다. 여리는 소삼팔가에서 생활을 시작한 후 인천까지 오가며 목공을 배웠다. 나는 드릴로 나사 몇 개 박아 뚝딱 만드는 생활 목공이라면, 여리는 나사를 쓰지 않고 전문 목수처럼 짜맞춤으로 가구를 만드는 고급 목공이다. 소삼팔가에서 공방을 만들자는 논의가 흐지부지된 후 여리는 소삼팔가에서 5분 정도 떨어진 곳에 개인 공방을 차렸다. 목공에 필요한 장비도 구입했다. 실력은 안 되지만 목공에 관심이 있는 나로선 여리 공방은 부러움이 가득한 공간이다.

여리 공방이 마련되고 난 후 목공 때는 여리 공방에 많은 걸 의지한다. 단지 장소로서의 도움이 아니라 여리의 재능과 지식에도 슬쩍 의지한다. 여분의 모니터로 전자액자를 만들 때도 여리의 도움이 필요했다. 자투리 목재를 이용해 테두리를 만들면 끝인데, 필요한 크기로 자르는 것만으로도 기계의 도움이 필요하다. 목공에서는 1mm 오차가 굉장히 큰 변수다. 그런데 각목 하나를 자르더라도 톱질로는 여간해서 오차를 줄이기도 90도 수평에 맞춰 절단하기도 쉽지 않다. 그래서 기계 절단이 필요하고, 이때 여리 공방의 도움이 필요하다. 여리도 자신의 일정과 작업하는 게 있어서 누군가 끼어드는 게 불편할 수 있을 듯해 부탁을 줄이려 하지만, 목공을 하게 되면 어쩔 수 없이 거쳐야 할 기계의 도움 앞에서 미안함은 두 번째다.

몇 년 전 나는 거실에 아프로모시아 우드슬랩 테이블을 구입했다. 아프로모시아는 아프리카 티크라고 불리는 수종인데 서아프리카 기니와 콩고 등에서 서식한다. 테이블은 2,400mm × 1,000mm 크기로 성인 남성

네 명이 겨우 들 정도로 무거워서, 집에 들일 때는 사다리차를 이용했다.

테이블을 구입할 때 철재 다리를 가져왔는데 거실에 어울리지 않아 다리를 직접 만들기로 했다. 목재는 많이 들 것 같지 않아 설계도에 따라 체리나무를 구입했다. 설계도를 그릴 때는 어느 정도면 무게를 지탱할 수 있을지를 여리와 상의했다. 다리를 만드는 거야 어렵지 않은데 문제는 다리와 상판을 연결하는 방식이었다. 그냥 나사를 박으면 될 것 같았지만, 목재는 습도에 따라 수축하거나 팽창한다는 점을 고려해야 했다. 그래서 테이블이 만나는 다리 상판 지점의 연결 방식을 여리에게 부탁했다. 여리는 특수 장비를 이용해 접합 부분에 손가락처럼 긴 구멍을 팠다. 결국 여리 도움으로 우드슬랩 테이블은 비로소 제자리를 잡았다.

이제 소삼팔가 송년회는 아프로모시아 테이블에 둘러앉아 즐길 수 있게 됐다.

솔로 세대에 새 가족이 들 때

2017년 봄부터 유채에는 식구가 한 명 늘었다. 채리가 노을이의 짝꿍이 되어 동거인이 되었다. 이는 과장하자면 소삼팔가의 일대 사건이었다. 소삼팔가 유일한 솔로가 결혼한다는 소식이 발표되었을 때 소삼팔가 아이들의 반응은 다양했다. 어린이집 다니는 현우는 "왜 결혼해?"였고 초등학생이었던 반달은 "??!!…… 누구랑? … 노을이 몇 살이지?"였고, 고등학생이었던 머루는 "??!!…… 음…… 빅뉴스군!"이었다. 소삼팔가 안팎으로 솔로로 살겠다고 이야기했던 40대 중반의 남성이 결혼한다는데, 어른들의 반응은 아이들 반응으로 짐작할 만했다.

2013년 봄 또치와 양지네를 마지막으로 소삼팔가의 여덟 세대가 입주 계약을 마치고 나니 드디어 팔가 이웃들이 모두 정해졌다. 나를 빼고는 모두 결혼한 부부였다. 아이들은 일곱 명이었는데 입주 무렵엔 꼬물이가 태어나 여덟 명이 됐다. 어른들 나이는 나보다 서너 살 많은 남성이 한 명 있고 내가 두 번째로 나이가 많았다. 가장 어린 어른은 30대 초반이었다. 정확한 나이는 모르지만 마흔 살 전후로 많은 이들이 몰려 있었다. 이이들은 초등학생 이상이 네 명이고, 미취학이 네 명이었는데 이 중

두 명은 어린이집을 다녔다.

내심 나처럼 결혼하지 않은, 또는 결혼했어도 아이가 없는 세대가 팔가 이웃 가운데 한두 집은 있으면 좋겠다고 생각했지만, 다양한 형태의 세대가 줄 수 있는 재미는 사라졌다. 언젠가 소행주 1호에 사는 느리가 소행주의 가족 구성이 다양했으면 좋겠다고 했었다. 나이 많은 어른부터 적은 이들까지, 한 부모 가정부터 비혼 가정까지…. 느리의 이야기에 공감했다. 이혼 가정도 함께 살고, 생각이 열린 60대 어른들도 함께했으면 싶었다. 그러나 현실에서는 쉽지 않았다.

소삼팔가 입주 초반엔 이웃 가운데 비혼남이 한 명 있다는 것이 관심사였다. 어느 날 팔가 이웃 중 한 명이 내가 누군지 무척 궁금했단다. 어떤 사람이길래 혼자 사는 남자가 소행주에 입주했나 싶었단다. 그 궁금증은 곧 우려였다. 딸아이를 키우는 부모들이 갖게 마련인 40대 중년 남자에 대한 경계였다. 이 경계는 소행주 이웃이 이야기하기 전부터 어느 지인이 예상했었다. 그는 딸아이 키우는 집들이 갖는 옆집 아저씨에 대한 인식은 영화 <아저씨>의 원빈이 아니라 뉴스에서 얼굴 가리고 경찰에 끌려가는 남자가 더 가까울 거라고, 더욱이 혼자 사는 남자니 더욱 경계할 거란 이야기였다. 내게 궁금증을 표했던 이웃의 이야기에 서운한 마음은 없었다. 오히려 그런 이야기까지 꺼내 놓을 만큼 마음의 거리가 좁혀졌다는 게 반가웠다.

세월이 흘러 팔가 이웃들도 변화가 생겼다. 전세 세입자도 두 세대가 있는데 각각 남녀 솔로다. 나보다 석 달 정도 늦게 결혼한 세대와 우리 집엔 아이가 없이 부부만 산다. 팔가 이웃의 아이들도 훌쩍 자라 대학생도 있고, 가장 어린 아이는 초등학교 2학년으로 훌쩍 자랐다. 팔가 구성원

가족 형태의 변화에 나도 늦은 결혼을 하면서 한몫했다.

일반적으로 결혼은 사람과 가족의 변화지만, 가족의 변화는 집의 변화를 동반한다. 그래서 신혼집도 필요하고 새로운 가구도 필요하다. 결혼은 유채 공간을 다시 설계해야 할지도 모를 사건이다. 더욱이 내가 사는 유채는 1인 비혼에 맞춤하게 설계했고, 내 취향을 최대한 반영한 구조였다.

전용 면적 약 17평인 유채를 설계할 때 남서쪽 전망과 높은 천장의 공간적 장점을 살렸다. 전용 면적의 반을 거실로 할애했고, 높이 3미터를 유지했다. 그 거실의 4면은 각각 특성을 갖추었다. 남서쪽 면은 바깥 전망을 위해 폭 3미터 높이 1.5미터의 창을 냈다. 북동쪽 벽면은 베란다 출입문을 가운데 두고 왼쪽에는 폭 2.2미터에 높이 3미터 정도의 큰 책장이, 오른쪽에는 폭 0.9미터에 높이 3미터 정도의 책장을 놓았다. 서북쪽 면은 흰 페인트 벽으로 남겼다. 북동쪽 벽은 적삼목을 세로로 세워 사진 액자를 걸었다. 남성 혼자 사는데도 통상 이름이 '드레스룸'인 옷방은 옥상을 올라가는 계단 아래 두었으니 넓이가 고정이었다. 옷방은 행거를 두 면에 설치해 옷을 걸 수 있게 하고, 나무로 개방형 선반을 만들어 옷을 포개 수납할 수 있게 했다. 그 나머지 공간에 현관에서 거실까지의 복도, 방, 화장실, 주방이 들어섰다. 기본 설계도에 있던 다용도실은 없앴다.

이런 상황에서 유채는 채리를 맞이할 준비를 해야 했다. 대원칙은 새로운 신혼살림을 장만하지 말고 현재의 물건과 공간을 사용하자는 것이었다. 다행히 채리도 동의했다. 그 원칙 아래 대응이 쉬운 것부터 진행했다. 그동안 옷방엔 사시사철 옷을 모두 행거에 걸어 두었다. 그러나 가족이 늘었으니 플라스틱 수납 박스를 네 개 구입했다. 제철이 아닌 옷들은 모두 박스에 넣어, 거실에 있는 '침대인지 소파인지 평상인지 구분하기 어려운 가구' 밑으로 넣었다. 채리가 가져온 책은 거실 남서쪽 창문 아래 벽에 책꽂이를 추가로 만들어 꽂았다.

채리의 취미는 스노우볼 모으기인데, 150여 개쯤 되는 스노우볼 진열을 위해 거실 북동쪽 벽면의 책장 두 칸을 비웠다. 방에 있는 침대는 모두 목공으로 만든 것인데, 좁긴 했지만 입주 2년쯤 지나 넓혔다. 거실에 아프로모시아 우드슬랩 테이블을 들여오고, 직접 만들었던 거실 테이블을 재가공하여 침대 프레임으로 사용했다. 다른 여타의 짐들은 방과 화장실과 주방 위 다락에 수납했다. 여기까지는 공간에 변화를 주지 않고도 해결됐다. 그런데 한계치에 도달했다. 화장대는 답이 없었다. 할 수 없이 거실 벽에 걸린 전신 거울을 활용하기로 했다. 화장품 등은 거울 옆 책장을 비운 공간에 보관했다. 불편할 수 있지만 양해를 구했다.

가족이 늘면서 가장 걱정되는 곳은 주방이었다. 주방은 1.3평이었다. 이 공간을 디귿 자로 구성하여 왼편에 김치겸용냉장고, 싱크볼과 상부 수납장를 설치하고, 정면에 밥솥과 전기 포트를 놓거나 그릇을 수납할 싱크대, 오른쪽 거실 방향으로는 벽을 일부 설치하여 가스레인지를 두었다. 나머지 거실 쪽 공간에 내 목공 제1호인 아일랜드 식탁을 두었다. 전체 1.3평 정도인 주방을 구성하면서 책을 몇 권 읽었고, 수차례 그림을 그렸다. 수십 번 줄자로 현장의 사이즈를 쟀고, 건축사 자담에서는 캐드 작업도 진행했다. 그나마 이 공간도 건축사 자담이 천장 배관이 아닌 바닥 배관을 하겠다고 건축 방식에 변화를 주면서 확보한 0.77제곱미터의 공간이 있었기에 가능했다.

주방이야말로 1인 가구의 특성과 내 개인 취향이 고스란히 집약된 곳이었다. 음식을 자주 요리하지 않고, 조리 도구를 즐겨 사용하지 않으니 주방 공간이 클 이유가 없었다. 그러니 결혼 이후 주방을 두 명이 사용하기엔 좁았다.

다행히 채리는 공간에 큰 불만이 없(어 보인)다. 밥솥을 놓는 싱크대 공간에 목재를 이용해 층을 하나 더 만들어 위쪽에 밥솥과 전기 포트를 두고 아래쪽은 그릇을 수납할 수 있게 한 정도였다. 주방 기구는 에어프라이어를 구입한 정도로 그쳤고, 전자레인지는 결혼 전처럼 오래뜰을 이용했다.

입주 때 구입한 냉장고는 공간을 고려해 김치냉장고지만 냉동과 냉장 기능을 갖춘 제품을

구입했다. 결혼 전에는 용량이 적지 않았는데 한 사람이 늘어나니 보관 물품도 늘게 되었다. 다행히 욕심에 냉장고를 맞추기보다는 냉장고 크기에 식재료 구입량을 맞추는 방식에 적응하고 있다.

채리가 입주하고 나서 새로 들인 물건은 전자피아노 정도였다. 전자피아노는 유채 안에 큰 변화를 주지 않고 방으로 들여, 한쪽 벽에 두는 것으로 정리했다.

채리가 유채 공간에 적응했다고 소삼팔가 문화에 적응했다는 것은 아니다. 사람들과의 관계는 또 다른 문제다. 이는 채리뿐만 아니라 소삼팔가에 늦게 입주한 이웃들도 마찬가지다. 그런데 신기하게도 늦게 입주한 이웃들도 잘 지낸다.

"출장 마치고 지금 주차장에 왔습니다. 미국에서 출국 전에 PCR 검사 음성 확인했고요. 사람들과 접촉을 최대한 조심하고, 지금 증상은 없지만 혹시 모르니 저와 동선이 겹치지 않는 게 좋을 듯합니다.^^ 두 번쯤 승강기로 짐을 옮겨야 하는데 장갑 끼고 숨도 참으며 이동할게요. 오늘부터 10일간 자가 격리해야 하고요. 내일 낮에 보건소에 PCR 검사 받으러 한 번 다녀올 예정입니다."

입주 5년 차인 우다가 코로나19 시절에 미국 출장을 다녀와 단톡방에 올린 글이다. 이 글에 이웃들은 "웰컴 우다! 여기 집이에요, 집" 또는 "숨은 쉬세요", "어서 오세요" 등의 인사를 주고받았다. 우다도 어느새 그렇게 소삼팔가 문화에 스며들었다. 다만, 비혼 가구 두 세대는 소통이 활발하게 이뤄지지 않는다. 코로나19 시절이 지나고 나면 이야기 나눌 기회가 있을 듯싶다.

다행히 채리는 팔가 이웃들에게도 무난히 안착한 듯이 보인다. 입주한 지 몇 달 되지 않은 어느 날 옥상에서 팔가 이웃들과 파티를 했을 때 기타 연주를 뽐내기도 했다. 단톡방에 팔가 이웃들이 음식을 내놓으면 종종 나눔을 요청하는 글도 올린다.

나보다 먼저 소행주 6호에 소행주 이웃도 만들었다. 채리는 직장 일로 노동 인권에 관심을 갖게 되었는데, 수원에서 외부 전문가로 노동조합 활동가를 만났다. 둘은 모두 사는 곳이 성미산마을이라는 것을 알게 돼

지하철로 함께 퇴근했다. 지하철에서 대화를 나누다 보니 각자 사는 집도 알게 되었는데, 채리는 소삼팔가였고 노조 활동가는 소행주 6호였다. 그 후 채리는 소행주 6호를 방문했고 어느 가을엔 김장김치 3종 세트를 얻어 왔다. 더 필요하면 와서 가져다 먹으라는 푸짐한 인심도 덤으로 얻었다.

어느 눈 내린 겨울엔 눈으로 만든 오리 10여 마리가 1층 입구에 있는 걸 보고는 단톡방에 글을 올렸다.

“아침에 만난 오리들, 넘 귀엽더라고요. 잠시나마 즐거움을 선사해 주셔서 감사합니다.”

“옹기종기… 주호 작품입니다.”

“완전 저의 취향 저격. 귀여미. >_<”

소삼팔가 입주 3년 차인 주호와 5년 차인 채리는 그렇게 이웃이 되었다. 소삼팔가 새내기 채리가 그렇게 공간에 적응하고 사람에 적응하며 보낸 날도 어느덧 2,000일이 넘었다.

여덟 세대 소행주엔 '관리사무소'가 있다

아파트 관리비는 아파트 관리사무소에서 정산하고 청구한다. 승강기 및 공용 전기료, 청소비 등 단지 내 모든 가구가 공동으로 내거나 음식물 쓰레기 수거비 등 개별적으로 내는 비용도 포함한다. 다세대 주택도 여러 가구가 사는 곳이니 공동으로 지불해야 하는 비용이 있다. 그런데 이를 관리해 주는 주체는 없다. 예전에 다세대 주택에 살았을 때는 전월세자가 아닌 자가로 사는 어느 가구에서 자발적으로 나서서 관리사무소 역할을 맡았다. 소행주에서는 이 일을 입대가 맡는다. 이름은 '대표'이니 있어 보이지만, 공동 주택에서는 '아파트입주민대표회의' 같은 권한보다는 번거롭고 때론 귀찮기도 한 일을 해야 하는 '관리사무소' 역할이 더 크다.

소삼팔가도 다세대 주택 형태의 공동 주택이다 보니 공동 경비 내역이 적지 않다. 무엇보다 공용 공간인 오래뜰에 부과되는 전기요금, 가스요금, 수도요금이 있고, 정수기 사용료도 있다. 그 밖에 건물 전체에 부과되는 공동 경비는 승강기 관리비, 공용 전기요금, 건물 청소비 등이다. 매달은 아니지만 연 1회 정도 정화조 청소비도 청구된다. 또한 매달 적립하는 장기 수선 충당금도 관리 대상이다. 이 밖에도 공동 행사를 하고 나서 그 비용을 세대별로 갹출할 때도 주로 입대가 결산을 맡는다.

목록으로 보면 1차원인데, 관리자 입장으로 보면 시간과 공간이 개입돼 차원이 높아진다. 먼저 시간의 개입이다. 전기요금은 전월 11일부터 당월 10일까지의 사용료가 청구된다. 가스요금은 전전월 17일부터 전월 16일까지의 사용료가 청구된다. 수도요금이 전전월 1일부터 전월 30일까지 청구되는데, 격월로 청구된다. 이 밖에 승강기 관리비와 건물 청소비는 당월 사용분이 청구된다. 여기에 이메일, 고지서, 문자 등 청구 방법이 각각 다른, 공간의 개념도 개입된다.

청구 기준일과 청구 방법만 다른 게 아니라 지급 방법과 일자도 다르다. 대부분 공용 요금은 자동이체로 설정해 두는데, 입대가 1년에 한 번씩 바뀌다 보니 1년에 한 번씩 누군가는 자동이체를 해지하고, 누군가는 자동이체를 신규로 신청해야 한다. 그래서 전임 입대가 이월해 주는 문서에는 각 내역별로 자동이체 변경을 신청하는 연락처 전화번호도 함께 적혀 있다.

자동이체 일자도 공동 경비마다 다른데, 공동 경비는 입대 입장에서는 선불제이고 각 세대 입장에서는 후불제라서 자동이체가 제때 이뤄질 수 있도록 공동 경비를 관리하는 것도 입대의 몫이다. 그래서 입대를 인수인계 받던 때에 "매달 관리비 수입은 해당 월 이전 달의 금액인 것과 각각의 건물 관리비 지출 시점이 한 달에 걸쳐 미리 이루어짐을 고려해야 함"이라는 이해를 할 듯 말 듯한 문장도 함께 받았다. 각 세대별로 관리비가 제때 입금되어야 이를 모아서 공동 관리비를 낼 수 있다.

여기에 소삼팔가이기 때문에 특별히 지출하는 비용도 있다. 오래뜰에 설치해 둔 컴퓨터가 고장 나 수리하는 비용, 공동 청소에 필요한 청소 도구 구입 비용, 오래뜰 주방 세제와 쓰레기봉투 구입비, 1층 공용 창고 및 옥상 출입문 방충망 설치비, 공용 계단 전등 설치비 등 사람이 사는 집에 필요한 생활 비용이 간혹 발생한다. 이들 지출 목록은 횟수로 보면 월 평균 한두 건 정도이지만 '돈'이 오가는 내역이니 이 또한 입대가 관리해야 할 지출이다.

여기까지는 입대가 관리하는 '지출' 관련 영역이고, 이제 남은 건 수입 영역이다. 다세대 주택에서 수입이란 세대주들이 매달 내는 공동 경비 말고는 달리 발생할 일이 없으니 수입이란 말이 적절한 용어는 아니다. 그런데 소삼팔가에서는 '수입'이 간혹 발생한다. 소삼팔가의 수입원은 오래뜰이다. 오래뜰은 세대 구성원이 공용으로 사용하는 곳인데, 일 년에 몇 번은 소행주 이웃이나 마을 이웃과 관련한 지인들이 이곳을 이용한다. 어느 해인가는 동네 주민이 고추장을 담그면서 사용한 적이 있었고, 성미산마을을 방문한 외지의 청소년들이 숙박할 곳이 마땅치 않을 때 제공한 적이 있었다. 이 비용 청구에 대해 오랜 논의를 거친 끝에 오래뜰을 이용하면 주방과 화장실, 난방 등을 사용하는데 이를 보전하기 위해서 최소한의 비용은 받아야 한다는 데로 의견을 모았다.

또 다른 오래뜰 수입으로는 무인 매점 수익이었다. 한때 오래뜰 냉장고에 맥주나 소주, 라면 등을 넣어 두고 소삼팔가용 무인 매점으로 활용한 적이 있었다. 무인 매점을 이용하고는 팔가 단톡방에 "(아이들이) 짜파게티 세 개 먹었다네요. 3,000원 넣어 두었어요", "어제 맥주 세 병 마셨어요. 4,500원 입금했어요", "맥주 외상 21,000원 있어요. 오늘 밤 넣어 둘게요" 등으로 거래가 이뤄졌다. 무인 매점의 수익은 비록 몇 만 원도 되지 않았지만 이 또한 공동 경비이니 '수입'이라는 거창한 이름을 붙일 수밖에 없었다. 오래뜰 구석에 커피 로스팅 기계를 설치하고는 커피를 볶았던 여리는 공용 전기를 사용한다며 일정 비용을 공용 요금으로 내기도 했다. 이 밖에 공동 행사를 치르고 남은 비용도 공동 경비 수익으로 포함했다.

소삼팔가 공동 경비 관련해 운영과 수입과 지출이 정리되고 나면 이제 정산에 돌입한다. 이번 달 공동 경비로 청구된 금액을 세대별로 나눠, 세대별 청구 금액을 공지하면 입대의 통장으로 매달 말일까지 입금하면 된다. 그런데 여기에도 복잡 변수가 발생한다. 복잡 변수 유발자는 공용 세탁기다. 공용 세탁기는 입주 세대 누구라도 사용할 수 있는데 매달 사용 횟수에 따라 세대별 청구 비용이 다르다. 그러니 공동 경비를 세대별로

청구할 때 동일 금액이 아닌 세대별 차등 금액을 청구해야 한다. 이는 엑셀 프로그램에 수식을 하나 더 넣어야 하는 일이다. 청구를 하고 나면 끝이 아니다. 매달 한두 명의 입주민은 기한 내에 관리비를 입금하지 않으니 이를 독촉하는 일도 입대의 몫이다. 이 일을 입대는 매달 '봉사 활동'으로 반복했다.

이 복잡한 공동 경비 관리 업무에 일대 혁신이 발생한 때는 2017년 12월이었다. 12월 말 송년회에서 2018년도 입대를 선출하면서 관리비 정산 간소화 방안을 논의했다. 1년 입대를 해 보니 관리비 결산을 매달 해야 하나 싶은 의문이 들었다. 다행히 큰 이견 없이 개선안이 마련되었다. 당시 송년회 회의 결과는 팔가 단톡방에 올렸다.

"내년부터 입대 업무 간소화를 위해 관리비 6개월 선입금제 도입하기로 했습니다. 매년 1월에 1~6월분, 7월에 7~12월분 입금하시면 됩니다. 관리비는 가구당 매월 45,000원(장기 수선 충당금 5,000원 포함)이면 될 듯합니다. 따라서 가구별로 1월 20일까지 입대에게 관리비 6개월분 240,000원, 날밤에게 장기 수선 충당금 6개월분 30,000원을 입금하시면 됩니다.(사정상 일시납이 어려우시면 입대와 상의 바랍니다.)

관련해 입대는 내년부터 매월 관리비 공지 생략하고, 반기별로 기타 수입 지출 내역만 공지하면 됩니다. 또한 모든 공용 거래는 통장 거래를 원칙으로 합니다. 공용 세탁기 사용 비용은 후불제를 도입합니다. 1~6월 사용분은 7월에, 7~12월 사용분은 익년 1월에 함께 내시면 됩니다."

소삼팔가에 함께 모여 산 지 4년 만에 나온 개선안은 얼핏 보면 이이디어였지만, 본질은 신뢰였다. 일반 주택에 사는 전월세 세입자들은 공동 경비 지출이 간혹 갈등의 원인이 되기 쉬웠다. 오래 전 전기 계량기를 집주인과 함께 사용할 때는 매월 청구비에 의혹을 품을 수밖에 없었고, 다세대 주택 관리비도 그 용도가 의심스러운 적이 없지 않았다. 돈이 아까워서 갖는 의혹이기도 하지만, 존엄성이 무시당하지 않으려는 자기방어용 의심이기도 했다.

소삼팔가의 공동 경비는 매달 30~40만 원 정도다. 소삼팔가가 공동 주택이지만 특별한 사람들이 아니고 필부필부들이 모여서 살고 있으니 한 달 비용이 적다고만 볼 수 없다. 그럼에도 관리비 선불제와 세탁비 후불제를 도입할 수 있었던 데는 신뢰의 힘이 컸다. 물론 이 신뢰는 이웃에 대한 맹목적 신뢰로만 설명할 수는 없다. 적어도 네 가구는 공동 경비를 관리해 본 경험이 있다는 점, 돈의 거래가 화폐보다는 통장 입출금으로 이뤄져 투명하다는 점 등이 바탕이 될 수도 있다.

소삼팔가에서 필부필부들이 이룬 신뢰는 4년의 시간 동안 일상에서 시나브로 쌓아 온 신뢰의 총합이었다. 오래뜰을 무인 매점으로 활용했던 일, 공용 세탁기 사용 여부를 바를 정正 자로 스스로 기록하기로 한 약속, 2층 이웃이 우유를 찾자 4층 이웃이 집 비밀번호를 알려주며 냉장고에서 꺼내 가라고 하는 일 등이 시나브로 쌓은 신뢰의 결과였다. 이 밖에도 코로나19 시절 전까지는 매달 입주민 모임을 하며 공동의 문제를 풀어 온 경험들도 신뢰의 자양분이 되었다.

소삼팔가에 쌓인 신뢰는 이제 입대의 자원봉사 시간을 줄여 주었다. 다른 입주민들 또한 매달 관리비를 이체하던 번거로움을 줄였다. 간혹 깜빡하는 바람에 이체를 못해 입대에게 끼쳤던 미안함도 덜었다. 소삼팔가는 신뢰가 편리를 만들어 준다는 작은 사례 하나를 만들었다.

소삼팔가
재난안전본부의 출동

토요일 아침 외출하려 집을 나서다가 무심히 건물을 올려다본 순간, 흠칫 놀랐다. 다세대 주택 건물의 벽 한쪽이 무엇엔가 찍힌 것처럼 깊게 파였다. 콘크리트 벽면에 붙인 단열재가 찌그러져 하얗게 드러났다. 그걸 바라보는 얼굴까지 찡그리게 한다. 평일엔 어둑한 저녁에 들어오기도 하고, 굳이 건물을 올려다볼 일도 없으니 그동안 발견하지 못한 것이라 언제 파손된 건지 알 수도 없다.

저 파손된 곳을 어떻게 할 것인가! 세입자라면 어차피 내 집도 아닌데 저 정도 흔적이 대수인가 싶을 수도 있지만, 나는 여덟 세대가 사는 이 건물의 공동 소유자이니 외면할 수도 없다. 그렇다고 개입하자니 난감한 게 한둘이 아니다. 무엇보다 파손된 원인을 알 수 없다. 저 정도 파손을 복구해야 할지 말지도 혼자서 판단할 수 없다. 비용이 든다면 건물 공동 소유주들끼리 나눠 내야 할 텐데 이것 또한 만만치 않다.

우선 이 건물 공동 소유주를 만나는 일이 쉽지 않다. 현재 살고 있는 이들 가운데는 세입자도 있으니 모든 세대의 입주민이 건물주가 아니다. 그보다 앞서 누가 세입자이고 누가 건물주인지도 모른다. 여덟 세대가 살지만 그동안 인사를 나눈 적도 없고, 연락처도 알 수 없다.

결국 이 파손된 곳을 처리하려면 각 집을 일일이 찾아가 문을 두드려야 한다. 세입자인지 건물주인지 확인해야 하고, 상황을 설명해야 하고, 파손 흔적을 복구할지 말지 의견도 수렴해야 한다. 이쯤 생각이 미치니 무척 귀찮아진다. 아! 도대체 누가 저렇게 파손해서 이리 복잡하게 만든단 말인가!

위 이야기는 일반 다세대 주택에서 발생할 수 있을 법한 일을 지어낸 글이다. 소삼팔가 입주 전까지 일반 다세대 건물에서 살 때 발생하는 공동 현안에 대한 대처 방식을 떠올리며 썼다. 몇 년 전에 소삼팔가에서 건물이 파손된 실제 상황이 발생했다. 그런데 그 결과는 판이하게 달랐다. 그날의 '사건일지'는 이랬다.

오후 1시 1분. 2층에 사는 이웃이 내게 전화를 걸어왔다. 택배 차량이 후진하다가 건물 벽을 들이받았다는 거였다. 택배 기사가 보험 처리를 하겠다고 하니 입대인 내 전화번호를 알려주겠다고 했다. 나는 알겠다고 하고는 전화를 끊었다.

나중에 알고 보니 택배 기사가 차를 돌려 나가려고 후진하다 우리 건물 2층 부분에 접촉 사고를 낸 것이다. 이에 기사는 주차장에 있던 차량에서 2층 이웃의 전화번호를 알아내 접촉 사고 사실을 알려준 거였다. 2층 이웃은 회사에 있다가 택배 기사의 전화를 받았다.

1시 5분. 내게 전화를 건 이웃은 소삼팔가 단톡방에도 접촉 사고 사실을 올리며 도움을 구했다.

"혹시 집에 계신 분 있으면 상황이 어떤지 사진이라도, 지금 보험 업체 부르는 중인 거 보니까 거기에 그대로 있는 거 같은데…."

안전
제일
SH
JBC

2층 이웃이 글을 올린 지 3분이 지난 1시 8분. 프리랜서로 재택근무 중인 5층 이웃이 단톡방에 글을 남겼다.

"제가 잠시 가 볼게요."

순간 "사고 현장에 나가 있는 아무개 특파원을 불러보겠습니다" 하는 뉴스 진행자의 말이 떠올랐다. 우리 건물에 난 접촉 사고 현장으로 특파원이 파견된 꼴이다.

같은 시각인 1시 8분. 택배 기사로부터 전화가 왔다. 사고 발생 사실을 설명하려는데, 이미 사정을 다 아는 나로서는 이야기를 길게 들을 이유가 없었다. '죄송하다. 보험 처리하겠다'는 말에 '일단 접촉 부위를 확인하고 이야기하자'는 정도만 주고받았다. 사고를 낸 이와 최초로 통화한 시간이 44초였다.

택배 기사와 전화를 끊고 난 지 채 2분도 안 돼 이번엔 보험사 직원이 전화를 걸어왔다. 이번에도 상황을 알고 있으니 길게 통화할 필요가 없었다. 나는 아직 접촉 사고 현장을 모르니 좀 살펴본 다음에 건물 보수 공사를 보험사 추천 업체로 할 것인지, 우리 건물을 관리하는 건설 회사에 맡길 것인지를 판단하자고 하고는 끊었다. 통화 시간 1분.

그 사이 접촉 사고 현장에 출동한 '특파원'인 5층 이웃은 단톡방에 사고 현장 사진을 몇 장 올렸다. 출동한 보험사 차량, 사고 낸 택배 차량, 접촉 사고 난 건물 외벽 사진까지. 이어서는 보험 회사 사고 담당 직원 명함과 사고 처리 절차 안내문까지 사진으로 올라왔다.

당시 대전에 출장 가 있던 나는, 우리 건물에 접촉 사고가 났다, 사고가 경미했다, 사고를 낸 이는 택배 차량 운전 기사였다. 보상 방안은 보험사 직원과 통화하면 가능했다 등을 모두 알게 됐다. 이 모든 과정이 10분 사이에 이뤄졌다. 과장하자면 한 편의 재난에 대처하는 잘 단련된 어떤 조직처럼 느껴졌다.

이제 남은 일은 입대인 내 몫이다. 접촉 사고 상태를 단톡방 사진으로 확인한 나는 1시 18분에 우리 건물 유지 보수 업체이자 건물을 지었던 자담건축 대표 봄봄에게 문자를 넣었다. 사진을 보내고는 자초지종을 이야기한 후 두 가지 질문을 했다. 이 접촉 사고가 건물 구조에는 영향을 안 미쳤는지 등의 진단도 필요한지, 이 보수 공사를 자담이 할 건지 아님 보험사 연계 업체에 맡겨도 되는지였다.

봄봄에게 문자를 보내려 할 때는 잠시 망설였다. 봄봄이 공유주택협의회 협동조합 이사장도 맡고 있어 여러모로 바쁜 듯한데, 이런 사소한 걸 물어봐도 되나 싶었다. 그러나 경미한 교통사고라고 안일하게 대처했다가 나중에 후유증으로 고생하는 경우가 적지 않으니, 불여튼튼 심정으로 질문을 넣었다.

그로부터 40분이 흐른 1시 58분에 봄봄이 답변을 보내왔다. 건물 구조에는 지장이 없을 듯하고, 공사는 누가 해도 상관없겠다는 내용이었다. 이상으로 모든 정리가 끝났다. 사고 발생 후 한 시간이 지나지 않아 대응책까지 마련했다.

약 한 시간 동안 벌어진 건물 접촉 사고에 대응하면서 새삼 공동 주택의 다른 힘을 느꼈다. 그동안 소행주에서 공동 주택의 장점을 설명할 때 들었던 내용들 - 한 건물에 아이들의 친구가 있다, 어른들 술친구 모임이 생긴다, 이웃 간 정이 쌓인다 등 - 과는 좀 다른 경험이었다. 앞서 가상 글처럼 일반 다세대 주택에 어떤 문제가 발생했을 때 입주민들이 대응하기는 쉽지 않다. 그런데 이번 접촉 사고 처리 과정은 마치 평소에 훈련을 잘 받은 소방관들이 신속하게 재난에 대비하는 모습과 흡사했다.

소삼팔가는 평소에 이런 재난 대비 훈련은 하지 않았다. 그저 일상에서 만나고 일상에서 어울렸을 뿐이다. 1층 현관에 택배 물품이 있으니 문 안쪽으로 밀어 넣어 달라는 글이 단톡방에 올라오면 누군가가 택배 물품을 집 앞까지 들여다 놓았을 뿐이다. 소화제를 찾는 글이 단톡방에 올라오면 문 앞에 소화제를 내놓았을 뿐이었다. 시골에서 부모님이 농사지어 보낸 무나 고구마를 오래뜰에 두고 나누었을 뿐이다. 일 년에 두 번 정도 소삼팔가의 옥상과 주차장 등 공용 공간을 함께 청소했을 뿐이다. 매년 연말에 함께 모여 송년 파티를 하며 내년도 입대를 뽑았을 뿐이다. 공용 공간에 뭔가 새로운 일을 벌일 때면 함께 모여 의견을 주고받은 후 결정했을 뿐이다.

이런 일상의 경험이 재난 대비 훈련에 버금가는 결과를 만들었다. 2층 이웃은 접촉 사고 처리를 부담 없이 입대에게 넘겼고, 마침 집에 있던 5층 이웃은 현장에 출동해 사진을 올렸으며, 입대인 나는 군말 없이 뒤처리를 맡았다. 더욱이 남한테 아쉬운 소리 하기 싫어하는 내 성격에 불현듯 책임감까지 들어 건축사 대표에게 문자를 넣기도 했다. 단열재가 찌그러진 정도를 재난이라 표현하는 건 과장이겠으나, 집 관리를 손수 맡아야 하는 다세대 주택에서는 이 또한 재난적 상황임을 고려하면, 재난 사고에 연례 훈련보다 강한 것은 일상의 소통이라는 것을 새삼 확인했다.

재난 사고 대응 방안까지 정리하고 난 후 상황은 별 탈 없이 흘러갔다. 2시 4분에는 보험사 처리 직원이 전화를 걸어왔다. 역시 길게 통화할 필요가 없었다. 건물 수리하는 업체가 전화할 거란 이야기를 듣고는 전화를 끊었다. 통화 시간 47초로 끝났다. 그날 오후 2시 34분 주택 수리 업체에서 전화를 걸어왔으나, 그때는 일이 있어 받지 못했다. 다음날 건물 수리를 진행하는 날짜를 잡고는 전화를 끊었다. 이제 남은 건 건물 수리를 제대로 했는지를 확인하는 것뿐이다.

대략 이 정도로 한 시름 덜고 나니, 사고를 낸 택배 기사의 처음 처신이 새삼 떠올랐다. 1시 5분에 2층 이웃이 단톡방에 접촉 사고 사실을 올린 글에는 다음 문장도 이어졌다.

"(택배 기사가) 그래도 아무도 모르게 갔을 수도 있는데 차도 아니고 건물을 파손시켰다고 연락 주시고, 신선한 분이네요."

이 택배 기사 '신선한 분' 맞는 거 같다. 1, 2년 전에도 우리 건물 2층에 흠집이 난 적이 있었는데 그때는 자진 신고가 없었다. 자진 신고와 더불어 한 시간이 채 안 돼 수리 업체까지 연결한 걸 보면 이 택배 업체는 재난에 대응하는 시스템이 소삼팔가에 비견할 만해 보인다.

어디선가 무슨 일이 생기면 틀림없이 나타난다

어느 여름 팔가 단톡방에 하이디가 사진 한 장을 올렸다.

"옥상에 방충문 달았어요."

사진을 보니 일반 창문에 다는 '망'이 아니라 '문'이었다. 사진을 본 입주민들이 한마디씩 보탠다.

"오~ 구경 가야겠어요. 수고하셨습니다. 어제 새벽에 모기 두 마리 피 터뜨렸는데 오늘부터는 없겠죠."

"오~~ 엄청 튼튼해 보여요 고생 많으셨습니다."

고마움을 표현하는 댓글엔 슬쩍 아재 농담도 끼어든다.

"이제 건물 안의 모기 녀석들은 옥상으로 못 나가겠군요. ㅎㅎ"

옥상 출입문에 방충문 설치하는 게 큰일이냐 싶기도 하겠지만, 무려 입주 7년 만에 이룬 변화였다. 그동안 낮에는 주로 옥상 출입문을 열어 건물 안의 환기를 도왔다. 그럼에도 방충망을 달 생각은 하지 못했고, 생각했다 할지라도 그걸 실행하는 일은 또 다른 수고였다. 제작 업자를 부르고 크기를 잰 후 완성된 방충문을 설치할 때까지 몇 번의 시간을 보태야 한다. 당장 상계동에 사시는 어머니 집에도 방충문을 달아 드리면 좋겠다는 생각만 2년째 하고 있는 걸 봐도 작은 일이 아니다. 그런데 그 일을 하이디가 어느 날 갑자기 처리하고 말았다.

흔히 아파트의 장점을 꼽으라 하면 관리의 편리함을 든다. 살다 보면 집도 사람처럼 돌봐야 할 것들이 한둘이 아니다. 아파트는 그 대부분을 관리사무소에 전화 한 통 넣는 것으로 마무리 지을 수 있다. 아파트의 장점은 다세대 주택에서는 단점이 된다. 관리인도 관리사무소도 없다.

소삼팔가도 다세대 주택이니 집을 관리하는 일이 번거로울 수밖에 없다. 소삼팔가에도 관리인은 없다. 다행히 이웃들이 모두 관리인 역할을 맡고 있다. 입대처럼 공식적으로 관리자 역할을 부여받은 경우도 있지만, 대부분은 그저 어떤 일이 발생했을 때 누군가가 나타나 해결하는 방식이었다. 소삼팔가에서 스스로 자원봉사하는 일은 종종 볼 수 있다.

그런데 최근 하이디의 자원봉사는 관리인 수준으로 변모했다. 스스로 관리인을 자원한 것 아닌가 싶을 정도로 소삼팔가 건물 구석구석을 살핀다. 하이디의 자발적 관리인 활동은 옥상 방충문에서 그치지 않았다. 1층 공용 창고의 창문에는 방충망을 직접 설치했다. 이제 정말 소삼팔가 안의 모기가 건물 밖으로 나갈 수 있는 가능성이 상당히 줄었다.

어느 날인가는 “오래뜰 데크 입주하고 오일을 발라 준 적이 없어서 연휴에 발라 주려고 해요. 재료비 청구할게요”라고 글을 올리고는 직접 칠도 했다. 시간을 많이 투자해야 가능한 일인데 며칠 후 데크가 말끔해졌다. 1층 공용 신발장 문에 문고리를 단 일도 하이디가 건의하고 직접 처리했다. 옥상에 공용 조명등을 갈아 끼우는 일, 1층 주차장에 전구를 갈아 끼우는 일도 하이디의 손길로 마무리됐다.

요즘도 간간이 소삼팔가 건물을 살피는 일이 심심치 않게 포착되고는 한다.

"건의 드릴 게 있어요. 위쪽 주차장 배수구 덮개가 불편해서요. 모양이 안 맞아서 차나 사람이 지나가면 소음이 심하고 가끔 거북이마냥 뒤집어지기도 하고요. 소리 날 때마다 깜짝깜짝 놀라요."

덕분에 하이디는 이제 소삼팔가에서는 '맥가이버 하이디'로 통한다. 최근엔 7년 동안 방치됐던 자전거들도 폐기 처분했다. 소삼팔가 1층 뒤편에는 자전거 거치대가 있다. 그곳에는 10여 대의 자전거가 거치돼 있다. 그러나 실제로는 잘 타지 않아서 먼지만 수북하게 쌓이는 자전거들이다. 주인 입장에서는 언젠가 타겠지 하고 세워 두었지만, 실제로는 잘 타지 않는, 그렇다고 버리자니 귀찮기도 하고 아깝기도 한 자전거들이다. 그 상황을 어느 날 하이디가 단톡방에 자전거 사진들을 찍어 올리면서 결단에 들어가게 했다. 주인이 폐기해도 좋다고 한 자전거를 확인하고는 고물상에 연락해 무료 수거하게 했다. 이미 사랑이 식어 헤어져야 하는데 그 끝을 찾지 못해 미적거리는 연인들에게 정신이 번쩍 들게 하는 친구의 조언처럼, 하이디의 '자전거 폐기 촉구 사진'은 자전거와 헤어지지 못하는 사람들에게 일침과 다를 바 없었다.

소삼팔가의 또 다른 관리인으로 꼽을 만한 이가 2층에 거주하는 또치다. 7월에 벌레들이 나타났다는 글이 단톡방에 올라오자 또치의 글이 이어졌다.

"401호 에어컨 물 떨어지는 것으로 짐작되는데, 그게 주차장에 하수덮개 위로 떨어져 내려 철판 부식이 심하게 되어 매우 미끄럽게 변하고 있어요. 아울러 계속 물웅덩이가 생기니깐 날벌레들이 모여들고요. 에어컨 물빠짐 호스를 배수관과 연결해서 외벽으로 물이 안 떨어지게 해야 할 듯요. 저희 집 외벽도 그 물로 계속 젖어 있는 상태가 오래되었습니다. 아직까진 실내에 영향을 주는 것 같진 않아요. 확인하시고 조치 부탁드립니다."

어느 날은 공용 창고 점검 결과를 올렸다. 왜 이걸 점검했을까 싶었지만 점검 결과가 의미 있으니 고마움이 앞섰다.

"창고 오른쪽 바닥에 빗물이 스며들어 고여 있는 걸 확인했습니다. 자전거 거치대 뒤편으로 들어가 보니 거기 배수로관이 오랫동안 정비가 안 되어 흙이 두텁게 쌓여 있어 일단 손으로 치워 낼 수 있는 만큼 퍼내고

배수 통로를 확보해 놨는데요. 그 때문에 창고에 물이 괴는 건지는 확인해 봐야 할 것 같아요."

눈이 내린 겨울엔 어느새 소삼팔가 앞길도 쓸었다.

"신고합니다. 제가 어제 눈 쓸다가 새 빗자루로 추정되는 물건을 뚝 분질러 버렸습니다. 시장에 가서 똑같은 걸 못 찾았어요. 대신 이걸로 대체해서 창고에 두었습니다."

단톡방에 간간이 올라오는 또치의 글을 읽다 보면, 매일 아침 논두렁을 걸으며 자라는 벼를 살피는 농부를 보는 듯할 때가 있다. 누가 시키지도 않고 누구에게 보일 것도 없이 그저 제 일인 양 아침 발걸음을 옮기는 농부가 소삼팔가의 또치다.

또치는 소삼팔가에서 실제 '농부'이기도 하다. 옥상에 있는 작은 텃밭도 또치 덕분에 제 역할을 유지하고 있다. 대체로 옥상 텃밭은 많은 도시인에겐 로망이다. 채소 몇 가지를 직접 기를 수 있고, 그 기른 채소를 먹을 수도 있으며, 왠지 생태적인 삶을 보증해 주는 듯한 자기 만족감도 생긴다. 그러나 막상 텃밭을 가꾸다 보면 그런 로망을 제대로 실현하는 데는 막대한 노력이 들어간다는 걸 알 수 있다. 채소보다 풀이 자라는 속도가 더 빠르며, 생각보다 손이 자주 가야 하기 때문이다. 그 텃밭을 시나브로 또치가 맡게 되었다.

"옥상에 시금치가 많이 자랐어요. 필요하신 분은 큰 잎 위주로 따 가세요. 아욱은 좀 더 커야 한다고 하네요. 내일부터 모듬 쌈 손바닥만 하다 싶은 것들 매일 따 드세요. 자연이 주는 선물입니다."

"옥상에 토마토와 고추가 자리기 시작했어요. 먼저 따 먹는 사람이 임자겠죠?"

"비오는 날 부추전 생각나면 가위 들고 옥상에 가서 부추 잘라 드세요.

다시 쑥 올라왔네요. 풀처럼 보이는 거 죄다 부추예요."

옥상 텃밭을 가꾸는 또치의 안내 글이 올라오면 소삼팔가 입주민들은 텃밭의 수혜자가 된다. 또치는 애초 소삼팔가에 살기 전부터 성산동 인근에 있는 작은 텃밭을 가꾸었다. 옥상 텃밭이 아니더라도 주말 농장 텃밭에서 가꾼 무나 배추도 이웃에게 베푼다.

옥상 텃밭을 가꾸는 또치는 종종 옥상에 자라는 잡초 제거에도 슬쩍 손을 댄다. 옥상 잡초는 또치 외에 여리나 우다 등도 슬쩍 손을 보탠다. 잡초는 여름에 한 달만 두어도 옥상 가장자리에서 제법 자란다. 그때 누구라도 옥상 올라간 김에 눈에 띄면 10여 분 허리를 숙여 잡초를 뽑는다.

또치의 존재는 오래뜰에서도 보이지 않게 스며들었다. 오래뜰은 주방과 부엌을 갖춘 원룸 형태의 공용 공간이다. 거기에 빔 프로젝터도 있어 영상 시청도 가능하다. 오가는 사람이 많을 수밖에 없다. 그러나 청소는 딱히 담당이 없다. 청소 업체가 하는 청소 공간은 계단과 현관이라 오래뜰은 사각지대다. 그 사각지대 청소를 또치가 맡고 있다. 동네 지인들과 기타 모임을 시작하면서 청소를 하겠다는 게 발단이었는데, 코로나19로 모임이 어려워진 후에도 오래뜰 청소를 놓지 않았다.

이 모든 일에 앞서 관리인 또치의 존재를 새삼스레 느끼는 곳은 1층 현관이다. 소삼팔가는 건물 내부 계단에서 신발을 신지 않는다. 승강기를 이용하는 입주민이 아니라면 1층에 신발을 벗어 두고 계단을 올라가게 된다. 따라서 1층엔 신발이 여러 켤레 놓여 있다. 2층에 있는 오래뜰에 외부 사람들이라도 오게 되면 1층엔 그만큼 신발이 여기저기 널려 있다. 그런 공동의 장소에도 또치의 손길이 미친다. 어느 날 아침 일찍 출근하려고 1층에 가면 신발들이 짝을 이뤄 나란히 정돈돼 있곤 한다. 여기에도 또치의 손길이 미쳤다. 더욱이 1초가 아까운 출근 시간에 신발을 정리했다는 게 놀라울 따름이다.

소삼팔가의 자율 관리인으로 하이디와 또치만 있는 건 아니다. 그저 다른 형태로 입주민들은 자신들이 할 수 있는 역할을 하고 있다. 목공과 기계를 다루는 일에 전문가인 여리는 소삼팔가 안에서 수선이나 수리할 일이 있으면 언제든 나서서 했다. 우다도 전자제품 고장이나 컴퓨터 프로그램 관련해서는 전문 관리인이다. 최근엔 입대를 맡은 푸른별이 1층 창고에 제습기를 설치하는 등 하이디와 또치의 뒤를 잇느라 바쁘다.

자율 관리인 역할은 이야기로 풀어놓기는 쉽지만 실행은 무척 어려운 일이다. 내 집 쓰레기를 밖에 내놓아야 하는 일, 5층에 살면서 2층 오래뜰에 정수기 물 받으러 가기 등이 얼마나 어려운 일인지를 알기 때문이다. 소삼팔가에 살면서 나 역시 자율 관리인 역할을 시나브로 맡은 게 있다. 바로 공용 세탁기 사용 횟수를 표기할 수 있는 종이를 벽에 붙여 두는 것이다. 이미 한글 파일로 형식은 만들어 두었으니 연월만 바꿔 출력해서 벽에 붙여 두면 끝이다. 그것도 1년에 두 번만 하면 된다. 그런데 2년이 넘는 동안 한 번도 제때를 맞추지 못했다. 어떤 때는 잊어버리고 흘러가고, 어떤 때는 출력을 하고는 한 층을 올라가는 게 귀찮기도 했다. 자율 관리인의 역할을 수행하기에는 무척 형편없다. 그래서 소삼팔가의 숨은 관리인들이 더욱 고마운 존재들이 된다. '어디선가 누군가에 무슨 일이 생기면 틀림없이 나타난다'는 홍반장은 소삼팔가에서도 활약하고 있다.

갈등 빚으며 신축한 옆집, 분양하던 날

퇴근해 해가 막 떨어질 무렵 윗집과 경계인 담장에 현수막을 걸었다. 키가 닿지 않는데다가 혼자서 걸자니 기둥에 현수막을 걸기가 쉽지 않았다. 5분여 씨름한 끝에 한쪽 현수막을 묶고는 다른 쪽 현수막 끝을 기둥에 걸려던 참이었다. 그때 뒤쪽에서 인기척이 들렸다. 굳이 돌아보지 않았다. 잠시 후 자동차 시동 소리가 들렸고 옆집에서 차가 한 대 빠져나왔다. 골목으로 나온 차는 내리막을 서서히 가다가 잠시 멈췄다. 내 손은 여전히 현수막 끈을 묶으면서도 눈만 들어 힐끗 차를 쳐다보았다. 어림짐작건대 윗집 건물주인 듯했다. 차는 잠시 멈추는가 싶더니 이내 내리막을 내려갔다.

다시 현수막 끈을 잡고 묶었다. 현수막 중간이 처지지 않게 줄을 팽팽히 잡아당겼다. 잠시 후 골목 아래에서 차 소리가 들렸다. 다시 힐끔 보았다. 방금 내려간 차가 후진해 왔다.

"사장님. 뭐 하시는 거예요?"

아! 드디어 올 것이 왔다. 현수막을 몰래 걸어 놓으려던 계획은 실패했다. 나를 사장이라 부른 남자는 윗집 건물주였다.

"아! 아랫집에서 거는 거예요."

현수막이 펼쳐져 있으니 굳이 내용을 설명하지 않아도 알 수 있을 듯싶었다. 건물주는 현수막을 보는가 싶더니, "아… 네…" 하고는 차를 몰고 다시 내려갔다.

그쯤에서 상황이 정리된 게 다행이라 생각했다. 굳이 문구를 설명하는 게 쑥스럽게 느껴졌다. 다시 현수막 끈을 묶었다. 잠시 후 다시 위쪽에서 인기척이 들렸다.

"뭐 하시는 거예요?"

이번엔 여성 목소리다. 윗집은 신축 건물인데 분양 담당 직원인 듯했다.

"아! 아랫집에서 거는 거예요."

내 답변은 똑같았다. 그 여자는 내 답변으로는 궁금증이 풀리지 않는다는 듯이 아래로 내려가 현수막 문구를 살폈다. 이내 스마트폰으로 현수막 사진을 찍고는 어딘가로 전화를 걸었다.

"응… 아니야. 아랫집에서 거는 현수막인데… 사진에 찍혀 있는 내용이에요.사장님이 아는지는 모르겠네. 휴… 난 깜짝 놀랐네. 뭔 현수막인가 하고…."

여자가 다시 윗집 분양사무실로 돌아갔다. 현수막 걸기를 마치려던 때에 이번엔 우리 건물 이웃인 날밤이 아이와 함께 집 현관에 도착했다.

"어, 노을이가 현수막 건다. 아, 예쁘네."

아! 그냥 몰래 걸어 놓으려던 건데 또 들켰다.

지난 봄 소삼팔가 위쪽 공터에 작은 공고문이 붙었다. 곧 건물을 지을 예정이니 농작물이나 개인 물건 등은 모두 치워 달라는 거였다. 드디어 공터 주인이 나타난 모양이었다. 공터엔 인근 주민이 가꾸는 텃밭이 있었고, 자동차 서너 대가 주차장으로 사용했다. 2년 전 입주할 당시에 듣기론 십 수 년째 주인이 나타나지 않는다고 했다. 이 공터 덕에 우리 건물 2호 라인에 사는 이들은 채 100미터가 되지 않은 거리에 있는 성미산 숲을 마주할 수 있었다.

그러던 공터에 공고문이 붙고 난 후 상황이 급변했다. 설마 집을 지을까 싶던 자리가 어느 날 말끔하게 밀렸다. 며칠 후에는 지반 공사가 진행됐다. 또 며칠 후에는 우리 집과 윗집 사이에 있던 담이 사라졌다. 그야말로 일사천리였다.

공사가 진행되면서 이웃 간에 신경전도 시작됐다. 우리 건물과의 신경전 1라운드는 예고 없이 담을 허물어 버린 건이었다. 2라운드는 담을 허문 자리에 새로 쌓은 담이 우리 건물 땅을 침범했다는 의혹이었다. 3라운드부터는 시작종도 없었다. 이른 아침에 시작되는 공사 소리에 아이들이 잠을 잘 수 없었다. 공사 차량이 우리 건물 주차장에 차를 세워 난감한 경우도 발생했다. 공사장에서 떨어진 파편에 차량이 파손됐다는 혐의도 추가됐다. 주민들이 이용할 수 있게 설치한 평상엔 공사장 인부들이 휴식을 취한다고 볼썽사납게 드러누워 여성들이 집을 드나들기 불편하다는 하소연도 나왔다.

신축 건물을 짓는 과정에서 벌어진 신경전 덕에 팔가 이웃들은 수시로 입주민 모임을 열었다. 팔가 단톡방에는 갖가지 피해 사례가 수시로 올라왔다. 그렇게 이야기를 듣고 의견을 모아서는 입대가 나서 건축주를 만나고 현장 소장에게 따졌다. 그러나 대화가 잘 풀리지 않았다.

건물주는 임대업을 주업으로 사는 이라 했으니 이 정도 민원은 이골이 나 있을 법했다. 반면에 소삼팔가는 여덟 세대가 의견을 모아 가니 더딜 수밖에 없었다. 급기야 건물주는 "이렇게 민원 많은 동네는 처음 본다"라는 이야기를 골목에서 공공연히 외쳤고, 우리들은 '말이 통하지 않는다'는 불신을 거두지 않았다.

그 와중에도 건물은 어김없이 한 층 한 층 자랐다. 한 층이 오를 때마다 공사장을 바라보는 소삼팔가의 2호 라인 가구들은 창문 너머 바깥 풍경을 조금씩 잃었다. 건물이 골조를 모두 갖출 때쯤, 2호 라인 대부분의 집들은 성미산 숲을 잃고 하늘도 내주었다. 대신 큼지막한 창문이 난 옆집 건물 벽을 마주해야 했다.

신경전은 건물이 꼴을 갖추면서 현실적인 타협책으로 전환했다. 의혹들은 공무원이 찾아와 정리하고, 증거가 없는 것은 별 뾰족한 수가 없었다. 담장은 팔가 이웃 가운데 건설 회사에 다니는 이가 나서서 정리했다. 서로 건축 분야 사정을 잘 아는 '선수'들이니 합리적인 선에서 마무리 짓자는 이야기가 오갔다.

9월 들어 윗집은 분양을 시작했다. 채 6개월도 지나지 않아 다세대 주택 한 채가 뚝딱 완성됐다. 어느새 분양사무실을 갔다 온 이들은 새 집의 이런저런 정보를 쏟아냈다. 한 층에 세 가구가 입주한다느니, 집 가격이 얼마라느니, 주방 위치가 어떻다느니….

팔가 입주민 모임 시간에 그런 수다들이 오고 가다가 문득 새 건물 입주를 환영하는 현수막을 걸면 어떻겠느냐는 의견이 나왔다. 회의에 참석한 이웃들은 모두 괜찮다고 했다. 굳이 이유와 필요 등을 거론하지 않아도 됐다. 회의에서 동의한다는 것은 두 가지를 의미한다. 현수막에 소삼팔가 일동이라고 적어도 된다는 것과, 현수막 제작 비용을 나눠 내겠다는 의미였다. 현수막 제작은 내가 맡기로 했다.

그 후 며칠간 다른 일들에 쫓겨 잊고 있다가 "현수막은 만들고 있냐"라는 이웃의 지나가는 한마디에 팔가 단톡방에 문구 공모를 올렸다. 문구 공모가 끝난 일주일쯤 후에는 소행주 1호에 사는 느리에게 물어 동네 현수막 가게 연락처를 확인했다. 그로부터 다시 일주일이 지나 문구를 현수막 가게에 넘기고 디자인 시안을 단톡방에 올려 검토했다. '이웃이란 단어가 적절하냐', '색상이 좀 이상하지 않느냐' 등의 의견이 올라왔다. 내 답변은 간단했다. "여러 의견을 듣고… 원안대로 함.ㅋㅋ"

가게에 현수막을 의뢰한 지 4일이 지나 현수막을 찾아 들고는 윗집과의 경계 담벼락에 붙였다. 그때까지 나는 윗집 건물주를 한 번도 만난 적이 없었다. 그래서 가급적 소리 소문 없이 현수막을 붙여 두려 했었다. 그러나 건물주에 분양 직원에게까지 들키고 나니 민망한 감도 없지 않았지만, 나는 아직까지 그때 만났던 그들을 다른 이미지로 기억하고 있다.

'무엇을 하느냐'는 건축주와 분양 직원의 첫 질문엔 모두 약간의 불안이 섞여 있었다. 그동안 신경전은 있었으나 공식적인 휴전은 없었기에 또 다른 민원이 아니냐는 의심 탓이었다. 그러나 현수막을 보고 난 후에는 안도감과 함께 재미있다는 느낌도 살짝 묻어나는 목소리로 바뀌었다.

옆집에 새 건물이 세워지면 새로운 이웃이 들어온다. 어찌 보면 건물주와는 건물을 짓는 몇 개월이면 관계가 끝난다. 진정 중요한 관계는 입주하는 새 이웃이다. 아이들의 울음소리도 나누고, 음악소리도 나눠야 하며, 때로는 누군가의 술주정이나 부부싸움, 아이를 혼내는 부모의 목소리도 들어야 한다. 음식물 쓰레기로, 주차 문제로 다툼이 일어날 수도 있는 이웃이다. 누구는 어린이집에서 조합원으로 만날 것이고, 누구는 생협 매장에서 만나기도 할 것이다. 그런 이웃들에게 오늘은 팔가 이웃들이 먼저 현수막으로 작은 손을 내밀었다.

"□△빌라 입주민 여러분~ 성미산마을의 이웃이 되어 반갑습니다. - 옆집 소삼팔가 입주민 일동"

낯선 이웃,
낯익은 이름이 왔다

"우리 건물 뒷집(성서초등학교 쪽)이 팔리는 모양입니다. 어제 (건축사자담 대표) 봄봄 만났는데, 거기 매입하려는 모양입니다. 아무튼 이제 풍경이 바뀌겠네요. 그게 이뤄지면 지금 공사하는 그 앞집까지 소행주 벨트가 형성될 듯요."

2020년 3월 말쯤 팔가 단톡방에 글 하나가 올라왔다. '소통이 있어 행복한 주택'이니 이웃에 소행주 8호가 들어와 어깨를 맞대면 행복해야 할 듯하지만, 팔가 이웃들도 사람인지라 그렇지 못했다. 단톡방에는 "그 집만은 ㅠㅠ", "ㅠㅠ 마당이 넘 이쁜데" 등 사라지는 단독 주택에 대한 아쉬움과 다세대 주택이 들어서면 발생할 풍경의 답답함에 대한 걱정이 흘러나왔다.

소삼팔가가 지어졌을 때 아랫집은 5층 다세대 주택이었고 윗집은 한 필지가 그대로 공터였으며, 뒷집은 단독 주택이었다. 그때 입주민들 모두 윗집의 공터가 영원하길 바랐고, 뒷집인 단독 주택이 개발되지 않기를 바랐다. 아마도 이런 바람은 아랫집 주민들이 소삼팔가 터에 있던 단독 주택을 보면서 했던 생각과 다르지 않을 법했다.

그러나 입주 2년 만에 윗집의 공터에는 6층 다세대 주택이 들어섰고, 입주 7년 정도 지나 뒷집 단독 주택도 사라질 차례였다. 2020년 7월에 마을기업 소행주로부터 건네받은 건축 일정표에는 2021년 7월이 준공 예정이었다. 그때부터 소삼팔가는 소행주 8호의 건축 과정을 틈틈이 전해 들었고 건물 골조가 한 층씩 올라갈 때마다 현실적인 걱정들도 나왔다.

"8호 땅 판 것을 보니 우리 건물과 얼마나 가까이 올리게 될지 걱정이 되네요."

"이제 영영 그쪽 창문은 못 열겠어요."

"8호랑 엄청 친해지겠어요. 창문 열고 8호랑 대화도 가능할 듯요."

소삼팔가 입주민들이 나누는 고민과 걱정은 나 또한 마찬가지였다. 소삼팔가의 뒤쪽은 동쪽이다. 아침에 해가 뜨는 곳이다. 소삼팔가 고층일수록 아침 햇살이 창으로 드는 맛을 느꼈다. 나 역시 한 1년 정도 동쪽 창으로 보이는 아침 풍경 사진을 매일 페이스북에 올렸다. 어둑해서 여명만 보일 때도, 해가 막 떠오를 때도 동창에서 보이는 전망을 즐겼다. 그런데 그 맛이 사라질 상황이었다. 풍경과 더불어 무엇보다 아쉬운 것은 바람 길이었다. 2013년 소삼팔가 건축 당시 나는 주말마다 공사 현장을 찾았다. 당시 골조 공사가 막 끝난 7월 14일 소삼팔가 건축 현장을 방문하고 작성했던 일지에는 소삼팔가에 입주하면서 기대했던 한 가지가 보인다.

5층 우리 집. 방부터 둘러보았다. 방 동쪽 창문으로는 성서초등학교 운동장이 보였다. 예상과 크게 어긋나지 않았다. 방 남쪽 창문 또한 예상했던 바와 크게 다르지 않았다. 바로 옆으로는 옆집 옥상이 보였다. 옥상에 사람이 있다면 서로 얼굴을 알아보고 인사라도 나눌 만큼 가까웠다. 다행히 옥상 너머로 펼쳐진 전망은 시원하게 열렸다. 바람 길도 여전히

시원했다. 창문을 달면 좀 줄긴 하겠지만, 바람의 드나듦이
만족스러웠다. 바람은 햇빛과 더불어 501호에 담을 수 있는
자연이었다.
서울에 살면서 집에 햇살과 바람을 들일 수 있는 것은 특혜다.
더욱이 전망까지 가질 수 있다는 것은 특혜에 덤이 얹힌 셈이다.
애초 소행주와 계약할 때 굳이 501호가 아니면 계약하지
않겠다는 생각을 한 데는 이런 계산이 있었다. 당시 인근 건물
옥상에 올라 전망과 햇살 바람을 가늠했다. 그중 바람은 고민이
많았는데, 건물이 들어서고 보니 바람 길도 잘 열린 듯해
지금까지는 만족스런 상황이다. 우리 집으로 드나드는 바람에
어느 이웃도 부러움을 보냈다.
"바람 부는 언덕 아래 커피숍에서 깜박깜박 졸며 책 읽다가 이
바람이 어디선가 느껴 본 적이 있다고 기억의 줄 잡아당겨 보니
그건 바로 노을이 집에 서 있다 만난 그 바람이었어요."

소행주 8호가 드나들면 동향에서 찾아오는 햇살과 바람을 만나지 못할 터였다. 비계와 가림막에 가려 있는 안쪽에서 소행주 8호 공사가 한창 진행되던 무렵에는 햇살과 바람에 대한 아쉬움이 잦아들었다. 어쩔 수 없는 것이니 포기가 빨랐다. 그 대신 새롭게 불거진 걱정은 프라이버시였고, 건물 구조로 보자면 창문 위치였다. 다른 집들도 이런 걱정이 있었는지 "8호 짓는 것 설계도 요청해서 보고 창문이나 건물 거리 등 한번 협의를 해 보는 건 어떨까요?" 하는 의견이 나오기도 했다.

소행주 8호가 들어설 때 아쉬움과 걱정만 나눈 것은 아니었다. 또치는 소행주 8호 건축 현장의 파수꾼 역할도 했다.

"어제 저녁 집에 들어온 이후부터 8호 공사 현장에서 둔탁한 쇳덩어리가 부정기적으로 떨어지는 것 같은 소리가 나고 있어요. 저녁에는 비 오는데 누가 건물에서 공사하나 싶어 의아했는데 방금 전 쇳덩어리 떨어지는 소리에 잠에서 깨었네요. 뭔가 문제가 있는 것 같아 소행주 실장님에게 카톡 남겨 놓았어요. 어제 벽에 붙여 놓은 타일이 비 맞아서 떨어지는 소리 같습니다. 지금은 어쩔 수 없고 비 그친 다음에 봐야 할 것 같아요."

코로나19 시절이 아니었다면 8호 입주민들과 입주 전에 만남도 가졌을 것이다. 이웃으로 만난 걸 환영하고, 먼저 집을 지어 본 경험을 나누기도 했을 것이다. 그러나 모임 인원이 제한되는 상황에서 소통은 쉽지 않았다. 소행주 8호 예비 입주민도 공사가 시작될 무렵 소삼팔가 세대 집집마다 작은 선물을 전달하는 것으로 건축 과정에서 발생할 미안함에 양해를 구했다.

소행주 8호와 상생할 수 있는 방안을 모색하기도 했다. 두 건물 사이에 있는 담벼락이 소재였다. 건축사 자담 실장님과 봄봄이 중재와 구상을 설명했다. 소행주 건물이 서로 등을 맞대고 있으니 울타리를 어떻게 하면 좋을지 상의했다. 소행주 8호 사이에 나무 울타리를 만드는 방안부터 두 건물의 주차장을 통해 서로 왕래가 가능하도록 길을 만드는 방안까지 다양했다. 경계 담의 변화에 따라 소삼팔가의 화단 조경 변화 방안도 나누었다. 1안: 콘크리트 조경 담 모두 해체 이후 주차장과 조경 화단 구성 논의, 2안: 콘크리트 조경 담 유지하고 현 바닥 나무 데크 철거 후 나무 새로 심음. 오래뜰 계단을 바닥까지 내려 재설치, 3안: 2안과 동일하되 오래뜰 계단을 모두 철거, 4안: 현 상태 그대로 유지, 5안: 데크 그대로 두고 콘크리트 조경 담 모두 해체.

이 담벼락은 비용 문제 등으로 현 상태 유지로 돌아왔지만 소행주가 아니었다면 아예 상상도 하지 않았을 논의들이었다.

가을 무렵 비계와 가림막을 걷어 낸 소행주 8호가 모습을 드러냈다. 소행주 8호 내부가 궁금했지만 들어갈 방법이 없으니, 남은 궁금증은 내 집과의 관계였다. 일출 조망, 채광, 바람 길, 창문 위치 등. 소행주 8호 방향으로 난 방 창문 앞에 섰을 때 '다행이다'는 생각이 먼저 들었다. 일찌감치 포기했던 일출 조망은 예상대로 사라졌다. 채광도 빛을 직접 받기는 어려웠다. 다만 방 채광은 남향으로 난 창문이 있으니 아쉬움이 덜하다. 바람 길은 이전보다는 못하지만 완전히 막히지는 않았다. 소삼팔가를 중심으로 아랫집과 뒷집, 대각선에 놓인 집 등 네 집이 만나는 꼭짓점에 빈틈이 있어서 바람 길이 반쯤 열렸다.

다행스러운 점은 소행주 8호의 창문 위치였다. 방 정면에서 보면 보이는 창문이 없다. 왼쪽으로 소행주 8호의 창문 두 개가 있긴 하지만 사선으로 마주 보는 정도다. 아마도 8호의 5층 입주민들과 건축사 자담이 나름 배려해 설계한 듯 보였다. 일반적인 건물 구조로만 보자면 여지없이 창문이 마주 보고 있어도 이상한 건축이 아니었다. 덕분에 창문을 열어 두어도 프라이버시를 우려할 만한 관계는 벗어났다. 주택을 지어 매매를 전문으로 하는 업자가 소행주 8호 자리에 다세대 주택을 지었다면, 지금만큼 이웃을 배려하는 건축물을 만나긴 어려웠을 것이다. 그러나 다른 층의 집들은 창문과 창문이 나란히 놓이기도 해서 소행주 8호 창문에 가림막을 설치해야 했다.

2021년 겨울 무렵 소행주 8호 건물 창문에 불빛이 들었다. 입주가 시작됐다. 소삼팔가와 소행주 8호는 건물과 건물의 이야기는 쓰기 시작했으나 아직 사람과 사람의 이야기는 쓰지 못했다. 아마도 코로나19를 잘 넘기고 나면 이제 사람의 이야기를 쓸 것이다.

그때쯤이면 어쩌면 담장 너머로 음식 접시가 오가던 옛 농촌의 모습을 서울 한복판에서 볼 수 있을지도 모르겠다. 발 빠른 팔가 이웃들이 소행주 이웃을 찾아 나설 것이다. 지금도 마을 고양이들은 넘나들고 있다.

집 계약,
40대의 삶을 서명했다

2012년 10월 31일 소행주 3호 501호 집 매매 계약서를 작성했다. 입주 상담 후 계약서 서명까지는 한 달 정도 걸렸다. 결심의 시간이 길었다. 2012년 9월 24일 저녁, 직장 동료 세 명과 퇴근해 성산동으로 갔다. 소행주 1호 옥상에서 마을기업 소행주 대표인 박짱을 만나 소행주에 대한 설명을 듣고 소행주 3호 여덟 세대의 설계도를 보았다.

소행주의 존재를 처음 알게 된 건 2011년 봄이었다. 줌마네 글쓰기 모임에서 만난 성산동 주민 느리가 소행주 1호 입주민이었다. 느리의 안내로 1호 집 구경도 했고, 2011년 가을엔 소행주 2호 입주 상담도 했다. 2012년 봄엔 직장 동료들 세 명과 함께 소행주 3호 준비 간담회에도 참석했다. 그 간담회를 계기로 소행주 3호 입주민 모집 안내 문자를 받았다.

소행주 대표를 만나 평면도와 각 호별 매매 가격표를 받아든 후 본격적으로 소행주 3호 입주 여부를 고민했다.

첫 번째 고민은 역시 자금이었다. 입주 예정지를 방문하고, 세대별 공간을 확인한 후 비교적 비싼 세대에 마음이 꽂혔다. 17평 정도의 전용 공간과 진망이 좋은 곳, 이 두 가지 조건이 만나는 곳이었다.

그때부터 고민의 가닥은 다시 세 갈래 길을 탔다. 집 구입이 내게 진정 필요한 것인가! 매매 자금을 마련할 수 있는가! 주택 경기 불황기에 집을 구입해도 괜찮은가! 세 고민은 순서도 없이 앞서거니 뒤서거니 했다. 그래도 가장 그림이 명확한 것은 자금이었다. 당시 가진 자금을 정리하면서 쉽진 않지만 방법을 찾았다. 어느 날 집을 사겠다는 의사를 가족들에게 살짝 비쳤다. 어머니는 “네 뜻대로 해라” 했다가 뒤돌아서 걱정이 가득했다. 둘째 누이는 “네가 알아서 할 문제”라고 했다. 큰 누이는 “불황기에 집을 사는 게 적절하냐”라며 걱정을 보탰다.

몇몇 지인들에게도 집 구입 자문을 구했다. 모 경제연구소 뉴스레터를 받아 보는 지인은 두말없이 지금 경기에선 집을 살 때가 아니라고 했다. 주택 관련 잡지사 기자는 대형 아파트 가격이 하락하니 다세대 주택은 괜찮다고 했다. 다만 시공사가 건실한지 살펴봐야 한다고 덧붙였다. 주변의 신축 빌라 시세와 비교도 해 보았다. 소행주가 비쌌다. 일반 다세대 주택과 달리 각 세대별로 구조를 달리하는 건축 방식은 비용이 더 들 수밖에 없었다.

소행주 3호에 대한 탐색도 병행했다. 입주 예정지 주변 고지에 올라 501호에서 예상되는 전망을 점검했다. 태양의 동선을 가늠하며 집 방향도 살폈다. 한강과 성미산까지의 거리도 확인했다. 소행주 박짱에게 연락하여 계약 추세를 파악하고는 미팅을 한 차례 더 가졌다.

그렇게 한 달을 보내고 나서 소행주 3호 501호 입주를 결정했다. 내게 진정 필요하다는 결론이 다른 두 가지 고민인 자금과 경기 불황이라는 점을 상쇄했다.

그 사이 401호, 202호, 301호가 소행주 3호 입주 계약을 마쳤다. 다행히 내가 마음속으로 찜해 두었던 501호는 남아 있어서 네 번째로 계약을 마쳤다.

박짱에게 받아 온 501호 설계도에는 방이 세 개 있었다. 그러나 계약서에 서명할 때쯤 내가 그린 501호 설계에서 이미 방은 두 개나 사라졌다. 내가 설계하는 집은 거실을 넓게 쓰고자 방은 한 개로 줄였다. 초기 도면에서 거실에 인접했던 방 두 개는 거실로 포함했다. 독립 공간으로 화장실, 주방, 옷방을 두었다.

집을 계약할 때 고려한 것 중 한 가지는 전망(풍경)이었다. 내 집의 위치는 북서쪽보다 남서쪽 전망이 훨씬 좋았다. 남서쪽에도 빌라가 있긴 했지만 소행주 3호가 상대적으로 높은 지역에 있기 때문에 남서쪽 전망이 합정역 쪽으로 열리는 구조가 될 것으로 예상했다. 따라서 남서쪽 전망을 활용하기 위한 집 안 설계를 고려했다.

천장의 높이는 일반 주택에서는 2.7미터 정도 된다. 천장 마감을 고려하면 실제로는 2.2~2.3미터 정도다. 그러나 내가 계약한 5층의 천장은

전체 높이가 3.5미터다. 바닥과 단열 등을 고려하면 실제로는 3미터 높이는 유지할 수 있을 듯했다. 완벽한 2층을 구현할 수는 없지만, 천장 낮은 다락을 꾸밀 수 있는 여지도 생길 듯했다.

넓은 거실, 남서쪽 전망, 높은 천장. 이 세 가지를 두고 평면도를 수십 장 그렸다. 회사에서는 점심시간에, 퇴근하고는 밤 12시가 넘어서까지 평면도를 만지작거렸다. 줄자를 들고 살고 있던 집 안의 냉장고, 싱크대, 화장실 크기를 쟀다. 엑셀의 행과 열을 10센티미터로 계산하여 선을 긋고, 색을 칠했다. 창문 위치도 정했다. 아직 한참 남은 입주 후 가구 목공까지 생각이 앞서 달리기도 했다.

수학 문제 풀이, 집 설계도 그리기, 김치 담그기, 자전거 여행, 백두대간 산행. 살면서 시간적인 여유가 있다면 하고 싶은 일들이다.
내가 살 집을 내가 짓고 살겠다는 것은 여간 어려운 일이 아니다. 따라서 직접 집짓는 일이 불가능하다면 적어도 설계 정도는 내가 해 보고 싶다. 집 설계는 주거와 생활의 주 공간이 될 주 건물 설계와 보조 건물 등 주변 조경으로 나눌 수 있다.
주 건물은 무엇보다 공동의 공간은 넓고 시원한 맛이 들었으면 좋겠고, 사적 공간은 독립성이 보장되었으면 좋겠다.
서울에서 전셋집을 구할 때마다 집 평수가 조금만 넓어지면 어김없이 방 수를 늘리는 방향으로 설계가 이뤄졌다는 점이 아쉬웠다. 방 수보다는 아예 모든 방을 터서 원룸으로 된 넓고 트인 공간을 바라는 내 욕구와 맞지 않았다. 작은 방 세 개 있는 집보다 그 모든 방을 터놓은 큰 원룸 집을 선호하니 맘에 드는 집을 발견할 수 없었다.
취미로 설계도를 그리고 싶다는 것은 곧 내가 살 집에 대한 상상력을 키워 보고 싶다는 욕구의 발현이다. 이를테면 내가 살 집에는 야외 영화관을 만들고 싶다. 마당에 선 나무들 사이로 스크린을 설치하고 거실에서 대형 창 너머로 영화를 관람하는 방식이다. 지인들이 방문하면 이용할 별채를 어떻게 지을지도 상상의 대상이다.
이 취미 생활을 제대로 즐기려면 건축 정보를 조금 더 모아야 한다. 건축 경향과 건축 자재의 발전 등에 우선 관심을 가져야 한다. 또한 기본적인 설계도를 그릴 수 있고, 아울러 설계도를 해석할 수 있는 능력도 갖춰야 한다.
이 모든 것들이 꿈으로만 끝날지 어느 정도 실현될 수 있을지는 유감스럽게도 자본이 가장 큰 변수다. 더욱이 자본이란 내가 노력을 한다고 해서 이뤄질 수 있는 것이 아니다. 그러나 자본이 내게 좌절을 주든, 희망을 주든 그 실현 여부를 떠나 마음에 드는 집을 발견하면 내부 구조를 살피고 거기에 상상력을 부여해서 나만의 집을 설계하는 일은 멈추지 않을 것이다. 이미 상상 자체로도 충분히 취미 생활이 될 수 있으니까.

2005년 4월 개인 잡지 『세상풀이』에 썼던 내용이다. 소행주를 택한 가장 큰 이유가 소행주 계약 7년 전에 글로 기록돼 있었다. 여유가 있다면 하고 싶었던 취미를 7년 만에 실행한 셈이다. 다만 소행주 건은 취미가 아니라 실제 지을 집에 대한 설계도 그리기였다. 비록 전문 설계사처럼 설계 기호로 표기하는 것도 아니고 내가 '직접' 집을 짓는 방식은 아니지만, 적어도 내 집 공간을 직접 구성해 볼 수 있는 기회가 생겼다는 점에서 하고 싶은 한 가지는 이뤘다.

소행주 3호 계약 배경엔 당시 마흔이 넘은 내 나이도 한몫했다. 인생의 중반에 진입했다고 느낀 때부터 소망하는 일들, 즉 하고 싶은 일들을 미루는 것은 바람직하지 않아 보였다. 그런 깨달음 이후부터 내가 하고 싶은 것을 하고 살자는 가치관을 더욱 굳혔다. 그런 가치관은 세 가지 질문을 만들었다. 지금 내가 가장 원하는 것은 무엇인가? 그 소망이 실현 불가능한 것인가? 그것을 위해 나는 무엇을 하고 있는가? 그 질문에 대한 서너 가지의 답 가운데 소행주는 아귀가 맞았다. 여유 있지는 않지만 허우적거릴 정도는 아닌 경제 상황, 부동산 매매로 이득을 얻겠다는 욕심 버리기, 훗날 집값이 떨어져 원금을 손해 보거나 혹은 주변 시세보다 높은 매매 가격은 내 욕망 실현을 위한 투자 비용으로 간주하기. 이런 판단들이 소행주 계약을 독촉했다. 누군가 과소비라고 지적한다면 웃으며 이야기할 답 한 자락도 준비했다.

"내 또래 평균 남성들과 비교할 때 난 자가용도 없고, 비싼 술집도 이용하지 않으며, 아이도 없어 육아 비용도 들지 않았으니 이 정도 쓰는 게 꼭 과소비일까? 앞으로도 그 세 가지 비용을 쓸 일은 없을 텐데도?"

매매 계약서를 작성한 후부터 건물에 입주하기까지 무척 행복한 시간을 보냈다. 501호 설계도를 손에서 놓는 날이 없었다. 소행주 3호 건축이 이뤄지는 동안에는 거의 주말마다 건축 현장을 찾았다. 상대가 있어 내 맘대로 되지 않는 연애보다 더 신났다. 그 기분을 맘껏 즐기기로 했다. 이런 기분까지 집 계약금에 포함된 유희였다. 소행주에 담긴 소통이나 공동체에 대한 고민은 거의 없었다. 소행주 3호 입주민들과 워크숍을 진행하는 동안 '다양한 개인의 느슨한 공동체' 정도만 생각했다.

그로부터 1년 정도 지나 2013년 10월 1일 소행주 3호 501호에 입주했다. 한강 성산대교 북단에서 약 1.7킬로미터, 성미산 남쪽 자락에서 약 50미터 지점, 각 층별 2세대씩 총 8세대로 구성된 남서향 5층 다세대 주택. 내가 계약한 소행주 3호의 외모다. 그 가운데 내 공간은 전용 면적 55.27제곱미터(16.72평), 천장 높이 3미터인 5층의 1호다. 매년 언론에서 부동산 뉴스가 나오지만 후회나 걱정 없이 잘 살고 있다. 그곳에 입주해 산 지 2022년 11월 15일로 3,333일을 보냈다.

마을의 과거였던 단풍나무, 아직 안녕이 아니다

대체로 신축 건물이 들어서면 그 전의 흔적은 모두 사라진다. 옛 건물도 사라지고, 땅도 모양이 바뀐다. 그런데 소삼팔가에는 신축 건물이 들어서기 전 흔적이 남아 있다. 주차장 뒤편 나무 데크 중앙에 서 있는 단풍나무다. 소삼팔가 터에서 가장 생명이 긴 존재는 이 단풍나무다. 그러나 2021년 여름 소삼팔가 입주민들은 단풍나무와 이별을 고할 방안을 찾기 시작했다. 채 10년이 되지 않아 맞이해야 하는 이별일 가능성이 높았다.

서울의 대부분 마을이 그렇듯이 예전의 성미산마을은 단독 주택이 많았다. 보통은 앞마당을 두고 2층으로 지은 집이다. 서울이라면 아파트 단지가 들어올 법했으나, 단독 주택은 5~6층의 다세대 주택으로 대체됐다. 소행주도 그런 단독 주택이 사라진 땅에 지은 다세대 주택이다. 일반 다세대 주택은 선 준공 후 분양 형태가 많지만, 소행주는 선 분양 후 준공 형태로 입주민을 모집한다. 소삼팔가 입주도 마찬가지였다. 마을기업 소행주가 땅을 매입한 후, 개략적인 설계도를 그려서 그 설계도를 바탕으로 입주민을 모집했다.

2012년 9월 소행주 3호 입주 상담을 왔을 때 소행주 3호가 들어설 장소를 찾아갔다. 골목을 따라 걷다가 성미산 방향으로 길을 돌리니 오르막이 나왔고, 성미산 자락 가까이에 단독 주택 한 채가 있었다. 당시 성미산에서 뻗어 내려온 오르막길에는 다세대 주택, 공터, 단독 주택, 다세대 주택, 다세대 주택, 단독 주택 순으로 자리 잡았는데, 공터 옆의 단독 주택이 소행주로 탈바꿈하려던 차였다.

단독 주택은 골목길 경사로 때문에 두세 계단을 올라야 대문이 있었고, 집은 담장으로 둘러싸여 있었다. 당시엔 집주인이 아직 이사 가기 전이라 집 안까지는 볼 수 없었다. 그럼에도 눈에 들었던 것은 마당에서 자란 단풍나무 한 그루였다. 건물 2층 높이쯤으로 자란 단풍나무는 서너 개의 굵은 가지가 허리를 이루고 그 가지들로부터 잔가지가 역삼각형 모양으로 무성하게 자랐다. 무성한 잔가지마다 단풍잎도 풍성했다. 그저 바라만 봐도 시원한 그늘에 들어선 듯한 느낌이었다.

2013년 12월쯤 소삼팔가가 들어설 단독 주택은 빈집이 되었다. 성미산 3호 예비 입주민들과 함께 단독 주택을 허물기 전에 하룻밤을 보내는 빈집 프로젝트를 진행했다. 그제야 앞마당에서 자라는 단풍나무를 비롯하여 크고 작은 다양한 나무들을 제대로 만났다. 예비 입주민 모두 사라질 앞마당의 나무들을 아쉬워했다. 그때 건축사 자담 대표 봄봄이 “이곳 집주인이 다른 나무들은 몰라도 단풍나무를 살렸으면 좋겠다고 한다”라며 예비 입주민들의 의견을 물었다. 예비 입주민들은 모두 ‘좋다’고 대답했고, 봄봄은 그 방안을 찾아보겠다고 했다.

그 후 단풍나무는 소삼팔가 터 기초 공사를 할 때는 공사장 옆 공터로 옮겨졌다가 건물이 한 층 한 층 올라갈 무렵에는 지금의 자리에

터를 잡았다. 건물이 완공되고 난 후 단풍나무 주변에는 나무 데크를 설치했다. 데크는 공용 공간인 오래뜰에서 계단으로 연결됐다. 구조로 보면 오래뜰에서 놀다가 단풍나무 데크 아래에서 돗자리를 깔고 앉아 놀 만했다. 무엇보다 과거를 모두 파괴하지 않고, 옛집의 흔적을 이어 주는 단풍나무가 고마운 존재이기도 했다. 그 후 몇 번의 봄여름 가을을 겪으며 자기 존재를 한껏 드러냈다. 겨울엔 여느 활엽수들처럼 숨을 죽인 듯 있다가 봄에는 싹을 내밀었다.

무성한 가지와 나뭇잎들 때문에 이웃들로부터 민원을 듣기도 했다. 어느 해 가을 뒷집으로부터 낙엽이 떨어지니 담을 넘어온 가지는 잘라 달라는 이야기를 전해 들었다. 당시 입대였던지라 이 민원을 그냥 넘길 수는 없었다. 그러나 민원을 제기한 건물은 알아도 몇 호에 사는 누구인지는 몰라 대응 방법을 찾지 못했다. 한번은 민원을 제기한 분에게 연락을 달라는 쪽지를 뒷집 출입문에 붙이기 위해 밤 9시가 넘은 시간에 찾아갔다가 그냥 돌아왔다. 그날 이후 민원이 더는 제기되지 않아 흐지부지 넘어갔다. 그 후 제 모습을 유지한 단풍나무를 보며 때론 성실하지 않은 게 나을 수도 있겠다고 자족하기도 했다.

단풍나무의 존재는 딱 그만큼이었다. 의미는 있었으나 현실은 의미만으로 채워지지 않았다. 오래뜰과 조화를 이룬 나무 데크는 그리 많이 활용하지 않았다. 준공 당시 빈터였던 곳에 옆집이 들어섰기도 했고, 주차장 뒤편이다 보니 전망도 좋다고 할 수만은 없었다. 무엇보다 성산동부터 관악산까지 펼쳐지는 전망을 갖춘 옥상에 비해 경쟁력이 떨어졌다. 데크의 쓸모는 덤이었으니 단풍나무 존재 이유의 핵심은

아니었다. 부끄네가 이사 가기 전 한 달가량 오래뜰에 기거할 때 부끄가 어닝도 설치하고 의자도 몇 개 놓으면서 전성기를 맞이했지만 그것도 잠시였다. 단풍나무 아래 데크는 어느새 고양이들의 주거 공간이 되었다. 데크 위와 데크 아래 공간에 고양이들이 나타나자 동네 캣맘이 나타나 고양이들을 보살폈다.

입주 6년이 넘어가면서 단풍나무에도 변화가 생겼다. 봄이 되어도 싹이 돋지 않은 가지들이 늘었다. 어느 해인가는 제법 굵은 가지가 부러지기도 했다. 뒷집에 신축 공사가 시작될 때는 공사 진행에 방해가 되는 가지들이 잘려 나갔다. 급기야 입주 8년 차에 접어든 봄에는 어느 가지에서도 싹이 돋지 않았다. 그해 봄부터 뒷집에 신축 공사가 시작돼 단풍나무가 동향 햇빛을 볼 수 있는 공간이 생기던 차였는데, 단풍나무는 그 한 해를 기다리지 못했다.

더는 싹이 나지 않을 때까지 입주민 모임에서 단풍나무는 종종 논의 안건이 되었다. 무엇보다 데크 아래 땅에 빛과 공기가 제대로 드나들 수 없으니 데크를 걷어 내야 하는 것 아니냐는 의견이 많았다. 그러나 비용 문제 때문에 의견이 실천으로 이어지지는 않았다. 결국 단풍나무에 더는 푸른 싹이 돋을 수 없다는 것을 확인한 해에 다시 단풍나무 데크가 주요 논의 사안으로 떠올랐다. 계기는 뒷집에 들어오는 소행주 8호 공사였다. 그런데 문제는 역시 비용이었다. 공사 전문가는 단풍나무와 데크를 철거하고 조경을 새롭게 하는 비용이 500만 원 정도 들 것이라고 했다.

소삼팔가를 지을 당시 단풍나무를 살리기로 한 결정은 낭만이었지만 대가는 비용이었다. 당시엔 옛집의 흔적을 남길 수 있다는 의미에 동의해

'찬성'했지만, 제법 큰 나무 한 그루를 옮겨 심는 데 비용이 드는 현실은 생각하지 못했다. 애초 공사비 책정에 단풍나무 이전은 없었으니 아마도 그 비용은 공사 예비비에서 나갔을 터였고, 그만큼 소삼팔가를 지을 때 무언인가를 '양보'한 대가였다.

2020년 가을 공사를 시작한 소행주 8호의 건물 터도 단독 주택이었다. 2층 단독 주택에 마당은 작은 연못까지 둔 정원으로 가꿔져 있었다. 그곳 정원에는 감나무가 한 그루 있었다. 소삼팔가 옥상에서 긴 막대기를 내밀면 감을 딸 수도 있을 만큼 제법 컸다. 단독 주택 거주민들이 이사를 떠났을 때 몇 달 동안 빈집의 주인은 감나무였다. 그 감나무는 빈집을 홀로 지키면서 그때 매달고 있던 감이 생애 마지막 씨앗이라는 걸 몰랐을 것이다. 어느 날 공사가 시작되고 몸통이 잘려 나갈 때까지 감나무는 묵묵히 계절에 맞춰 잎을 하나둘 떨구고 가을 햇살을 받으며 감을 빨갛게 익혀 갔다. 그리고 이제 소행주 8호가 들어서고 나서 새로운 이웃들이 감나무의 자리에 터를 잡았다. 아마도 새로운 이웃들은 그 감나무를 추억으로 간직하긴 어려울 것이다.

소삼팔가의 단풍나무는 다행히 사람들 근처에 조금 더 오래 머무르고 있다. 단풍나무가 소행주 8호와의 경계 조경 문제로 소삼팔가 채팅방에서 소환돼 단풍나무를 자르는 방안 등 여러 가지가 논의되었을 때 한마디 의견을 보탰다.

"아 문득, 고목도 나무인지라 지금 이대로도 나쁘지 않음. 이 개선 논의가 누구에게 무엇이 개선되는 거지? 하는 피로감도 있고요."

이 피로감은 공사 비용에서 오는 것일 수도 있고, 코로나19 시절

얼굴을 마주하지 못하고 채팅창으로만 주고받는 방식으로부터 온 것일 수도 있다. 결국 논의 결과는 현행 유지로 마무리되었다. 여전히 문제는 남겨 둔 현행 유지였으니 언젠가는 다시 불거질 문제였다.

과거를 이어 준 단풍나무의 고사에는 나를 포함해 팔가 입주민들의 욕심이 한 원인이기도 할 것이다. '단풍나무 아래 데크'라는 설정은 단풍나무의 과거와 데크의 낭만을 함께 갖고 싶은 과욕이었다. 데크를 설치하지 않고 단풍나무만 심었다면 뿌리 쪽에 공기 순환이 지금보다 나았을 것이고, 단풍나무는 건강한 과거를 조금 더 간직할 수 있었을지 모르겠다.

이제 고사목이 되었지만 여전히 제자리를 지키는 단풍나무가 밉지만은 않다. 겨울에 내리는 눈은 죽은 나뭇가지도 하얗게 덮어 준다. 성미산의 바람은 여전히 단풍나무 가지를 쓸고 지나간다. 비록 지리산의 구상나무 고목처럼 '죽어 천 년'을 갈 수도 없고, 재질이 약한 나무라 안전도 생각해야 하지만, 소삼팔가의 옛 터에 멋진 단풍나무 한 그루가 있었다는 이야기는 살아 있다. 기억해야 할 존재가 사람만은 아니다.

9년 전 그린 생활 설계, 상상이 앞섰다

날 좋은 날이면 출근은 자전거로 한다. 자전거 경로는 한강을 지나간다. 지금 살고 있는 망원동보다 5분 정도 더 걸리겠지만, 한강을 만나는 기쁨을 포기하지 않는다. 마을버스와 지하철을 이용해 출퇴근할 수도 있다. 집에 돌아올 때는 가로등 아래 동네 골목을 싸묵싸묵 걸어온다. 매일 지나는 골목을 달리해 예상하지 못한 동네 사람들의 삶을 조망하는 재미도 챙길 것이다.

소행주에 입주하면서 예전의 나, 특히 글 갖고 놀던 습성을 되찾고 싶다. 퇴근은 너무 늦지 않게 해 집에 오면 두세 시간은 글을 만지작거린다. 어떤 글이든 글로써 놀고 글로써 성찰할 수 있다. 거실 창가 책상이든, 거실에 놓인 넓은 테이블이든, 거실 다락에 있는 좌식 책상에서든 자판기를 두드린다.

글쓰기가 지겨워지면 거실 두 면을 가득 채운 책꽂이 앞을 서성거린다. 책이름 산책이다. 책이름을 음미하는 게 곧 산책이다. 기억력이 보태진다면 책 내용을 떠올려 볼 수도 있다. 책이름에 반해 저 높이 꽂힌 책을 만나야 한다면 어느 구석에 세워진 사다리를 옮기는 수고도 나쁘지 않다. 그렇게 한참 손때를 묻히다가 책이름에 반해, 그 필자에 반해 어느 한 권을 빼서는 잠시 읽어도 좋다. 넓은 창가 옆 책상에 올라앉아 어느 풍경화처럼 책장에 기대 그럴싸한 자세를 잡아도 좋고, 거실 바닥에 뒹굴듯 엎드려도 괜찮다. 머리까지 쓰며 읽어야 할 책이면 책상에 앉는다. 독서는 굳이 책 한 권을 처음부터 끝까지 다 읽는 방식일 필요는 없다. 그저 마음이 가는 만큼 읽고 시간이 허락하는 만큼 책장을 넘긴다.

이런 유희를 위해 티비는 가능한 멀리한다. 티비는 주 생활 무대인 거실에서 들어내 방 위 다락에 둔다. 티비의 유혹을 뿌리치려면 집에서 쫓아내야지만 아직 그런 큰 결심은 못한 상태다. 그럼에도 티비는 경계 대상 1호다. 30대 초반까지 7~8년 정도 티비 없이 살던 그때로 돌아가긴 어렵겠지만, 지금처럼 TV를 즐겨 본다면 소행주의 새로운 삶도 절반은 무너지게 된다. 평일 저녁에 이웃과 어울리는 데는 많은 시간을 내긴 어려울 듯싶다. 당구도 못 치고 악기도 못 다룬다. 아이도 없고 배우자도 없다. 커피도 안 마시고 음식도 잘 못 만든다. 그나마 가능한 건 술이다. 그러나 술은 어디서든 일주일에 하루 마시면 족하다. 그 하루를 직장 동료들과 보낼지, 다른 지인들과 보낼지, 소행주 혹은 마을 이웃과 보낼지는 알 수 없다. 골고루 나눈다고 해도 한 달에 한 번 정도다.

주말엔 성미산에 올라 산보하는 부지런함을 가졌으면 좋겠다. 그 부지런함은 오지랖이 넓었으 면 좋겠다. 봄가을엔 한강에 자전거 타고 바람 쐬러 나가고, 일요일엔 축구 동호회에 끌려가도 좋다. 지금처럼 사무실에도 나갈 수 있고, 평일을 보내듯 글을 써도 좋다.

소행주 입주 5개월 전, 입주하면 하고 싶은 생활 설계도를 그려 보았다. 새 집으로 새로운 환경으로 이사하니 새로운 생활을 꿈꾸었다. 그 꿈은 과대망상까지는 아니었다. 공간이 사람을 바꿀 수 있겠지만 그것도 어느 정도까지라고 보았다.

소행주 입주 9년 차, 내 삶은 9년 전에 그린 생활 설계도와 달랐다. 자전거 출근은 몇 년 정도 실천했다. 사무실이 을지로3가역 근처에 있는데, 그동안 1년 남짓 자전거 출근을 했다. 그러나 9년 전의 계획처럼 출근길에 한강을 만나진 못했다. 가장 빠른 출근길은 소삼팔가에서 동교동 삼거리, 신촌로터리를 지나 지하철 2호선인 이대역, 충정로역, 시청역, 을지로입구역, 을지로3가역까지 지상으로 달린다. 그 길은 대로를 따라 차도로 달려야 하니 위험하다. 특히 아침 일찍 출근할 때는 어둑하니 안전한 길을 택한다. 안전한 길은 동교동 삼거리에서부터 경의선 철길을 따라 왼쪽으로 또는 오른쪽으로 골목길을 달려 공덕동 로터리로 이어진다. 그때쯤이면 밝아진 마포대로를 따라 충정로역을 지나 지하철 2호선을 따라 지상으로 을지로3가역까지 간다. 한강을 만나는 기쁨은 퇴근길에 맛볼 수 있다. 마포대로를 따라 마포대교까지 온 후 한강 자전거길로 양화대교까지 달린다. 자전거 출근은 코로나19 시절엔 가장 안전한 출근 방법이었다.

글쓰기는 생각보다 쉽지 않았다. 야근이 많았고 글은 좀처럼 손에 잡히지 않았다. 거실 창가 책상은 입주 1년 만에 치웠다. 창밖 풍경을 보면서 글을 쓰거나 읽는다는 건 영화에서나 가능한 일상이었다. 거실 다락에 놓은 좌식 책상에서 자판기를 두드린 일은 다섯 번도 되지 않는다. 글을 쓸 일이 있다면 거실에 놓인 넓은 테이블에서 주로 이뤄졌다. 계획과 현실은 그렇게 달랐다. 그나마 2018년도에 공저이긴 했지만 책 한 권을 냈고 2021년에도 거실 테이블에서 또 한 권의 책을 발간하는 정도의 글쓰기는 이뤘다.

책이름 산책도 그저 공상이었다. 책을 읽는 일은 거의 없었고, 책이름에 반해 그 필자에 반해 책을 꺼낸 적도 거의 없었다. 다만 예상했던 것보다 책은 많이 늘어, 책상을 두어 개 더 만들었다. 거실 넓은 창가에 폭 40cm의 선반을 설치했으니 그 위에 올라 벽에 등을 기대고 창밖을 보며 멍때리거나 책을 읽을 수도 있지만, 이 역시 로망일 뿐이었다. 책을 읽기 좋은 환경을 만들어도 그 환경은 습관을 바꾸지 못했다.

티비를 멀리한 것은 어느 정도 성공했었다. 방 위 다락에도 티비를 설치하지 않았다. 그러나 입주 2년 차 들어 티비보다 더 무서운 빔 프로젝터를 설치했다. 스크린은 가로 길이가 3,6미터니 내 집 구조로 보면 초대형이다. 빔 프로젝터를 설치하고 나서는 한동안 매일 영화를 한 편씩 보았다. 그 스크린을 펼치는 일을 몰아낸 게 티비였다. 2021년 컴퓨터를 새로 들이는 김에 모니터 대신에 65인치 티비를 구입했다. 곧장 넷플릭스를 신청했다. 티비만 시청 안 했다 뿐이지 "소행주의 새로운 삶도 절반은 무너지게" 하는 티비보다 더한 물건을 들이고 말았다. 그리고 지금까지 그 영상의 유혹에서 헤어나지 못하고 있다.

평일 저녁에 이웃과 어울리는 일은 초반엔 있었고 후반엔 사라졌다. 입주 초반엔 간혹 우리 집에서 팔가 이웃들과 술을 나누었다. 아이들을 재워야 하니 대개 밤 10시가 넘은 시간에 시작해 밤 12시 무렵이면 정리했다. 송년회처럼 공동 행사가 아니면, 할 이야기가 있을 때 두어 명씩 만나는 방식이었다.

집에서 술 마시는 시간은 팔가 이웃보다 직장 동료나 지인들을 초대해 마련하는 날이 더 많았다. 회사 직원들은 '노을이 집에 와 본 사람과 와 보지 않은 사람'으로 나뉘었는데, 당연히 와 본 사람이 몇 명 되지 않았다. 초반엔 집에서 글쓰기 모임을 갖기도 했다.

성미산은 9년을 사는 동안 서너 번 정도 가 보았다. 집에서 성미산 자락까지 1분이 걸리지 않지만, 누군가의 말처럼 세상에서 가장 먼 거리는 거실부터 현관문까지다. 성미산 산책을 결심해도 현관문을 열고 나서기는 쉽지 않았다. 해발 66미터의 성미산은 동네 산책길로는 손색이 없다. 오르막도 길지 않고 아기자기한 숲길들이 제법 이어진다. 간혹 팔가 이웃들은 성미산을 산책하면서 사진을 단톡방에 올린다. 그때마다 가고 싶지만 게으름이 단단히 발목을 잡고 있다. 언젠가는 운동을 하자며 배드민턴 채를 구입했지만 두 번 가고는 다시는 가지 못하고 있다.

한강에서 자전거 타기는 그래도 십 수 번 했다. 특히 짝꿍 채리가 20여 년 만에 자전거를 배우면서 한강 자전거길을 달리는 날이 많았다. 그나마 소삼팔가 유채에 들어 입주 초반에 즐긴 게 있다면 혼술이었다. 금요일 저녁 퇴근길에 마트에서 4캔 1만 원 하는 수입 맥주를 사 놓고는 토요일 낮에 거실 테이블에 앉아 큰 창으로 밖을 바라보며 마시던 혼술은 그 자체로 삶을 풍요롭게 만들었다. 그러나 그런 유희도 1년 남짓 즐기고 나니 시나브로 사라졌다.

9년 전 상상한 생활 설계는 그저 상상이었다. 새로운 집이 새로운 삶을 마련해 줄 거라는 기대는 과욕이었다. 집이 문제가 아니라 직장이 문제였다. 아마도 직장을 다니는 한 변화가 쉽지 않을 것이다. 이건 소행주도 어쩔 수 없는 영역이었다.

그나마 다행이라면 소삼팔가 유채에 입주한 이후 모든 걸 집에서 하고 싶다는 생각이 커졌다. 지인들과 술 한 잔 할 때도 웬만한 술집보다 유채가 좋고, 지방의 여행지보다 그 비용으로 유채에서 맛있는 음식 주문해 먹는 게 나았고, 영화관을 가기보다는 빔 프로젝터로 영화 보며 노는 게 편했다. 그런 현실의 극대화가 당구대였다. 당구를 치지 못하면서도 언젠가는 당구를 즐기겠다는 생각이 있는데, 기왕이면 내 집에 당구대를 두고 싶었다. 그래서 거실에 아프로모시아 테이블을 들이기 전에 그 자리에 당구대를 들이면 어떨까 하는 생각을 깊게 했었다. 아마 거실 공간만 여유 있었더라도 테이블 대신 당구대가 거실에 놓였을 것이다. 모든 걸 유채에서 이루겠다는 생각은 비혼에서 기혼으로 바뀌면서 내 마음대로 실현하긴 어렵게 되었다. 이제 유채는 혼자만의 공간이 아니라 두 사람의 공간이기 때문이다. 또한 직장 업무로 지역에 머물 때는 주말에만 유채에 머물 수밖에 없었다.

소삼팔가에 입주하면서 지은 501호의 집 이름은 유채다. 당시 '유'에는 모두 열다섯 가지 의미를 담았다. 그래서 유채는 '넉넉하게裕 부드럽게柔 그윽하게幽 생각하고惟, 가르치며誘 깨우치며喩 용서하고宥 사랑하며幼, 머무르고留 떠 있고游 흐르고流 무리 지어類, 즐겁게愉 노는遊, 빛으로曘 드는 집'이다. 아직 유채에서 찾아볼 만한 '유'가 적지 않다.

9년 전 그린 공용 공간, 상상이 뒤쳐졌다

소행주 모든 주택의 공통점은 공용 공간을 최대한 활용한다는 점이다. 일반 다세대 주택에 있는 주차장, 내부 계단, 옥상부터 소행주만 있는 커뮤니티실까지 이를 어떻게 활용할지가 소행주 건축의 시작이다. 공용 공간을 활용하는 방법은 예비 입주민들에게도 소행주에게도 중요한 문제다. 소삼팔가도 공용 공간을 어떻게 활용할 것인지를 논의하는 데 많은 시간을 들였다. 건축 공사를 시작한 2013년 1월 26일 소행주 주최로 시작된 공용 공간 1차 워크숍과 4월 13일 경기도 양주시 일영으로 떠난 2차 워크숍 말고도 예비 입주민들끼리 2월 23일, 3월 16일, 3월 24일 모두 세 차례에 걸쳐 자발적 모임을 가졌다.

공용 공간에 대한 생각은 예비 입주민들과 이야기를 하면서 변하기도 했고 포기하는 부분이 생기기도 했다. 1월 공용 공간 워크숍을 앞두고 소행주는 예비 입주민들에게 세 가지 질문을 던졌다. "내가 생각하는 공용 공간은? 공용 공간 이렇게 이용하고 싶다. 공용 공간 이런 게 있었으면 좋겠다." 당시 나는 몇 가지 고민하다가 세 가지 질문에 대한 답과 함께 생각을 몇 줄 적어 냈었다.

우선 가장 쉬운 선택은 주차장이다. 주차장은 건축법상 정해져 있으니 크기는 고정불변이다. 그러나 주차장은 내겐 큰 의미가 없다. 자가용도 없고 운전면허증도 없다. 지금으로선 향후 10년 내에도 차를 살 계획은 없다. 간혹 차를 가진 지인들이 찾아올 때 필요할 텐데 그런 예외적 상황까지 고려하긴 어렵다. 그래서 주차장 사용 권리는 포기할 수 있다.

공용 공간 활용에서 첫 순위를 꼽자면, 각자의 집 앞 복도 활용이다. 복도는 계단과 승강기가 있는 곳인데 이동에 필요한 공간을 제외하면 약간의 자투리처럼 남는다. 이 공간을 활용하면 각 세대별로 개인이 쓸 수 있는 수납장을 마련할 수 있지 않을까 싶다. 현재 내 집 설계를 할 때 신발장을 집 안으로 들이지 않았다. 대안은 신발장을 집 앞 복도에 놓는 것이다.

그 다음 필요한 공간은 자전거 보관소다. 내 자전거는 구입한 지 5년 정도 됐기 때문에 굳이 실내에 보관할 이유는 없다. 하지만 입주하고 나면 새 자전거를 구입할 계획이다. 그래서 소행주 1호처럼 우리도 1층 실내에 자전거 보관소를 마련했으면 좋겠다. 더불어 공용 공간 활용에서 꿈이 있다면 목공 작업을 할 수 있는 공방이 있었으면 좋겠다. 목공에 필요한 기본 장비를 갖추고 마당에서 목재를 만지는 것도 좋은 여가다.

결과적으로 공용 공간에 무엇을 둘 것인가를 선택할 때 신발 수납장과 자전거 보관소 빼고는 절박함이 덜하다. 여기엔 두 가지 배경이 있다. 우선은 내 집이 작지 않기 때문이다. 그래서 가능한 내 집에서 모든 걸 해결하는 방향으로 집 설계를 마쳤다. 지인을 불러 영화를 볼 때도, 술 마실 때도, 고기를 구워 먹을 때도 내 집이 편하다. 지인을 재울 때도 집이 편하다. 그에 필요한 기본적인 것들이 갖춰져 있기 때문이다.
또 한 가지는 혼자 살기 때문이다. 무엇보다 내겐 아이들이 없다. 아이들이 없으니 놀이 공간이 필요 없다. 아이들이 없으니 유아차도 필요 없고, 아이들이 없으니 세탁물도 적다. 그 밖에 대부분의 것들이 아이들이 없으니 쓸모가 덜하다. 아이들이 있는 집들은 아이들 중심으로 공간 활용을 생각한다. 당초 성산동이란 지역을 택한 부모들의 마음속엔 아이가 가장 큰 이유인 집이 많았다.
그래서 공용 공간 워크숍을 앞두고 제출한 설문에서 나는 구체적인 '무엇'보다 희망 사항을 적는 데 많이 할애했다. 때로는 자기 검열도 거쳤지만, 내린 결론은 간단했다.
'음…. 아이들이 있는 다른 세대들에겐 무척 어렵겠지만, 자기 계발을 위한 공간으로 설계되었으면 좋겠음. 향후 전기료, 물품 구입 등 각종 유지 비용, 청소 등 관리의 번거로움 최소화. 입주

후 공간 이용에 많은 규약이 필요하지 않고, 최소한의 합의로 유지될 수 있도록 설계(당번제는 지키기 쉽지 않음). (자담에서 충분히 고려하겠지만) 옥상 활용 시 5층 세대에 누수, 결로 등이 발생하지 않도록 고려.' [2013. 1. 25.]

당시 공용 공간 논의 과정은 지금 생각해 보면 아슬아슬했다. 예비 입주민들은 서로가 아직은 낯선 관계이니 다른 이의 성향도 모르고 자신의 생각을 내놓기가 어려웠다. 첫 공용 공간 워크숍 결과가 인터넷 카페에 공개되자 예비 입주민들이 의견을 달기 시작했다.

"공동체~! 성미산마을에서 함께 살기, 나눠 살기, 열고 살기를 작정하였으나 여전히 드러내기가 어색하고 부끄러운 우리는 격하게 공감~^^ 정보에 있어서 질러가 리드하고 개념에 있어서 노을이가 선도해 주시네요~ 가능하면, 이곳에서 모두들 롤링페이퍼마냥 릴레이로 풀어내 보기로 해요~" - 부끄

"다양한 사람들 간의 시너지가 기대됩니다. 왠지 3호 식구들은 더욱 다양한 세대들인 것 같아요. 먹고사는 일은 영업/마케팅이지만 어쩔 수 없는 공대생/현실론자인 제가 범접하기 어려운 노을님의 포스~, 핵심 정리의 대가 부끄님도 ㅋㅋ" - 질러

댓글들은 때로는 논의 방식에 대한 약속으로, 공용 공간에 대한 구체적 상으로, 예비 입주민에 대한 인상으로 중구난방 게시되었다. 그래도 이 댓글들 덕에 예비 입주민끼리의 모임도 이뤄질 수 있었다. 논의를 거듭하는 동안 공용 공간에 대한 욕심도 줄었고, 의견을 모아 내는 과정에서 버린 생각들도 많았다.

소행주 공용 공간을 논의하는 동안, 내게 공용 공간은 무슨 의미가 있을까가 궁금했다. 특히 커뮤니티실은 더욱 그러했다. 나는 일반적인 직장인의 삶을 살고 있는데 그 삶이 소행주에 입주한다고 크게 바뀌지 않을 것이다. 공간이 사람을 바꿀 수 있겠지만 그것도 어느 정도까지다. 집이 좋아 이웃이 좋아 매일 정시 퇴근하는 것, 지금으로서는 상상이 되지 않는다. 커뮤니티실에서 이웃들과 취미를 즐길 수 있다면, 여럿이 어울릴 재미와 의미를 찾을 수 있다면 잠깐 내 집에서 나올 수 있겠으나, 그 역시 그럴 계기가 될 만한 게 있을까 싶다. 이웃과 취향 및 시간을 맞춰 함께 영화 보는 일도 쉽지 않고, 음식을 함께 먹는 것도 만만치 않다. 더욱이 이런 일들은 주중에는 어렵다. 그럴 시간적 여유가 있다면 혼자 내 집에서 지내고 싶은 마음이 더 크다. 그러니 내가 주중에 커뮤니티실을 쓸 일은 거의 없어 보인다.

이처럼 정리하고 나니 모든 공용 공간의 의미가 다시 궁금해졌다. 옥상에 무엇을 설치한다 해도 이용 가능성을 생각해 보면 만만치 않다. 5분만 올라가면 성미산에 체력 단련 기구가 있는데 옥상에 운동 기구를 설치하는 게 의미 있는가? 고기를 구워 먹을 수 있는 시설은? 일광욕 할 수 있는 시설은? 옥상 시설은 빨래걸이 정도를 빼고는 대부분 여가의 성격인데, 내게 여가는 무엇인지 반문하게 된다.

1층과, 2층 커뮤니티실, 옥상, 계단실의 쓰임에 대한 그간의 논의 내용을 내 삶과 비교해 보면, 공용 공간에 대한 내 욕심은 다시 처음으로 돌아간다. 새 자전거를 구입했을 때 도난의 위험이나 5층까지 들고 오는 불편 없이 1층에 보관할 수 있는 곳, 1층에 내려갔는데 갑자기 가져갈 필요가 없어진 물건을 임시로 보관할 수 있거나 1층부터 필요한 우산 등을 보관할 수 있는 곳, 집 앞에 신발을 넣어 둘 수 있는 곳, 딱 이 정도다.

그럼에도 공용 공간 활용은 내 집을 설계하는 것보다 어렵고 복잡하다. 나와 다른 역사와 의식을 가진 이들이 더불어 살아야 하기 때문이다. [2013. 2. 25.]

그해 10월부터 9년을 소삼팔가에서 살았다. 10년 전 공용 공간을 논의하던 때를 돌아보면 짧은 생각도 있었고, 예상 못한 삶도 있었다. 주차장은 예상했던 대로다. 여전히 나는 운전면허도 차도 없다. 여덟 세대에 여섯 대의 주차 공간이 있지만 팔가 이웃들은 큰 불편 없이 사는 듯싶다. 간혹 단톡방에서 차 키를 주고받는 문자들이 오갈 뿐이다. 내게도 일 년에 서너 번 정도 차를 타고 방문하는 손님이 있지만 주차에 불편은 없었다. '○○○○번 501호 방문 차량입니다'라는 문자만 단톡방에 남기면 된다.

각자의 집 앞 복도는 내 뜻대로 되었다. 내 집 앞엔 신발장을 목재로 만들어 세웠다. 대신 승강기 앞 501호 몫의 신발장은 옆집 이웃에게 일단 양보했다. 다른 팔가 이웃들도 집 앞 공간을 나름대로 활용한다.

자전거 보관소는 따로 마련하지 못했다. 1층 계단 아래 공간은 유아차가 차지했고 아이들의 자전거가 놓였다. 1층 주차장 한쪽에 마련된 자전거 주차장은 쓸모가 떨어진다. 입주 1년이 지나지 않아 팔가 이웃 가운데 자전거를 도난당한 이도 있어서 밖에 세워 두지 않는다. 그럼에도 팔가 이웃이 소유하는 자전거는 늘어 갔다. 나만 해도 안에 보관해야 하는 자전거가 두 대다. 시나브로 1층 공용 창고가 자전거 보관소로 쓰였다. 아이들이 자라 유아차가 사라지자 1층 계단 아래도 자전거가 들어섰다. 1층 자전거 보관소가 제 역할을 못 하고 있다.

오래뜰은 예상했던 대로 소삼팔가 모임 때 말고는 난 별로 사용하지 않는다. 정수기 물을 받으러 갈 때 가장 많이 사용한다. 지인들이 오래뜰에서 숙박한 적은 서너 번 있었다. 영화는 내 집에서 대형 스크린으로 보았고, 팔가 이웃들과 술 마실 기회가 있으면 내 집에서 마셨다. 반면에 팔가 이웃들에게 오래뜰은 다양한 용도로 쓰였다. 아이들에겐 놀이 공간이고 학습 공간이며, 영화관이고 악기 연습실이 되었다. 어른들에겐 모임 장소다.

1층 공동 현관 건은 10년 전의 내 생각이 짧았다. 1층 공동 현관은 일반 다세대 주택처럼 계단을 신발 신고 오르내릴 것인가, 1층에 신발을 벗어 놓고 계단을 실내처럼 이용할 것인가의 선택 문제였다. 또한 그 계단에 나무 마루를 깔 것인지 시멘트 바닥으로 그냥 둘 것인지가 이어지는 선택지였다. 1층 공동 현관의 모양은 2층 오래뜰 이용 시 2층 입주민들에게 불편을 주지 않는 방식과도 연관이 깊었다. 자칫하면 202호 집 앞에 오래뜰 이용자들의 신발이 가득 놓일 수 있다. 당시에 5층 입주민을 제외하고 다른 입주민들은 1층에 공동 현관을 만들고 옥상까지 계단과 계단실 모두 나무 마루를 까는 방안에 찬성했었다.

현재 소삼팔가는 계단을 이용하려면 1층에서 신발을 벗어야 한다. 살아 보니 이 방식이 나았다. 5층에서 2층 오래뜰을 갈 때 신발이 필요 없다. 출근할 때는 계단을 이용해 5층부터 신발을 들고 오는 번거로움이 있지만, 승강기를 이용할 때는 5층에서 신발을 벗으면 됐다. 나무 마루는 계단참에만 깔았는데, 지금은 오히려 모든 복도에 깔았으면 좋았겠다는 생각이 우세하다.

옥상 이용도 내 예상에서 빗나갔다. 놀이 공간으로 최애하는 곳이다. 이쯤 되고 보니 입주 전 부끄가 주장했던 "옥상에 투명 난간을 설치하고 카페처럼 활용하자"라는 의견에 힘을 실어 주지 못한 것이 못내 아쉽다. 난간을 강화 유리로 만들자는 의견은 비용이 좀 들었다 하더라도, 혹은 남향 쪽 난간만이라도 공사를 했으면 좋았겠다는 후회가 남는다. 다시 공용 공간 워크숍이 열린다면 옥상 공간을 대략 삼등분하여 북쪽은 빨래널이 터, 남서쪽은 빈 공간, 남동쪽은 강화 유리 난간과 우드슬랩 테이블이 놓인 루프탑 카페로 제안할 듯싶다.

모든 인생에, 모든 선택에 비포와 에프터는 있다. 소삼팔가는 집이 아니라 여덟 세대 19명의 삶이다. 건물 안에서 자라는 고양이 다섯 마리 티티, 카카, 귤이, 몰루, 하지와 소삼팔가 주차장을 어슬렁거리는 동네 고양이들의 생태계다. 사람과 사람이, 사람과 동물이 어울려 사는 곳이니 비포와 에프터가 있게 마련이다.

유세차 그 후 10년, 사람이 있다

유세차

계사년 이월 이일에

소행주 공동주택 3호 입주 예정자들과

마을기업 소행주와 자담건설이,

소행주 공동주택 3호 착공을 천지신명께 아뢰나이다.

천지신명이시어!

우리는

생명을 살리는 땅의 본성을 깨닫고 있나이다.

숲을 이룬 성미산도,

그 둘레로 어깨를 잇댄 성산마을도

땅이 살피는 생명이 있어서 가능하다는 것을 알고 있나이다.

하여 우리는

땅의 본성에 의지해 이 터에서 더 큰 생명을 이어 가려 하나이다.

우리는
이웃을 돌보는 마을의 품을 느끼고 있나이다.
성산마을 구석마다 내린 공동체들의 어깨동무도
골목을 내달리는 아이들의 뜀박질도
마을이 껴안은 이웃이 있어서 가능하다는 것을 알고 있나이다.
하여 우리는
마을의 품에 기대 이 터에서 더 넓은 이웃으로 살아가려
하나이다.

2013년 2월 2일 소행주 3호 착공식이 열렸다. 마을기업 소행주는 착공 한 달 전에 기존 단독 주택을 헐고 구청에 건축 허가서를 넣었다. 착공식 일주일 전에 박짱이 착공식 축문을 작성해 달라고 했다. 착공식 축문은 처음 쓰는 글인지라 소행주 1, 2호 착공식 축문을 받았다. 인터넷에서 착공식 축문을 검색해 어떤 내용으로 구성하는지도 확인했다. 축문은 건물주가 천지신명께 건물이 무사히 지어질 수 있도록 기원하는 글이다. 이전 소행주 축문에서는 그동안의 추진 과정과 입주민들의 소망 등도 담겼다.

축문을 준비하면서 '생태, 평화, 인권'이라는 세 단어를 떠올렸다. 한 사회가 제대로 유지되는 데 필요한 가치라 생각했다. 이 단어들의 의미를 축문에 넣고 싶었다. 한편으로는 인터넷에서 성미산과 성산동의 유래를 찾아보았다. 전체적인 구성은 어렵지 않게 이뤄졌다. 땅의 의미, 마을의 의미, 사람의 의미를 담았고, 착공식 축문에 들어갈 기본적인 내용도 넣었다.

천지신명이시어!

우리는

존엄을 북돋는 사람의 관계를 배우고 있나이다.

5년 뒤 카페를 차리고 10년 후 도시를 떠나려는 여리

그 카페 옆에 뜨개질 공방을 마련하려는 작은별

공방과 카페 소행주를 놀이터 삼아 자랄 현우

가족의 행복과 12년 후 케냐에서의 삶을 꿈꾸는 날밤

스페인의 시골 마을 론다에서 생명을 얻은 연우

엄마 닮은 딸을 낳아 두 딸의 아빠가 되고 싶은 봉고

40대의 10년을 잘 살기 위해 자기 계발 중인 질러

100여 일 남은 첫아이와의 만남을 기다리는 또또로

질러와 또또로의 희망인 엄마 뱃속의 꼬물이

요술처럼 모든 게 이뤄지는 집에 살고픈 반달이

음악처럼 뒹굴뒹굴 편안한 집을 바라는 머루

가사 노동 없는 삶을 찾는 양파

가족의 소원들을 이뤄 줄 힘과 열정을 원하는 오렌지

이웃과 재미있게 지내고 싶은 하이디와 좀머씨

예쁘고 귀여운 집에서 살고 싶은 다율이

치유와 소통을 위한 글놀이꾼 노을이

여행이 있는 삶을 그리는 메롱

야옹이의 친구 소양이

소울이 폭발할 만큼 블루스 기타를 연주하고픈 부끄

또한
소통 있는 주택을 짓는 마을기업 소행주의 박짱과 건빠
자연을 담은 집 자담의 봄봄과 여우별
자문위원인 건축가 이일훈, 교수 박경옥 박경란
그리고
소행주 공동주택 1호, 2호 생활인들과
오래 전부터 마을을 이뤄 왔던 어머니들과 할아버지들까지
그 한 사람 한 사람이
누구로도 대체될 수 없고,
무엇과도 비교할 수 없는 존재임을 알고 있나이다.
하여 우리는
사람의 관계를 믿으며 이 터에서 더 높은 존엄을 쌓아 가려
하나이다.

축문을 작성할 때 예비 입주민들에게 메시지를 보내 본인의 소망 등을 받았다. 이름만 열거할 게 아니라 짧게나마 각각의 소망을 넣고 싶었다. 무엇보다 축문 기본은 내가 작성하지만, 예비 입주민들도 참여하는 기회를 만들고 싶었다.

10년이 흐른 지금 입주민들의 꿈과 희망이 어디쯤 있을지 제대로 알 길은 없다. 여리는 카페를 내진 못했지만 목공방을 차렸다. 개념은 놀이터지만, 시설은 목공에 필요한 크고 작은 장비들을 모두 갖췄다. 작은별도 한때 뜨개질 연습에 한창이었다. 현우는 뜨개질 공방 대신 목공방에서 잘 자라 가끔 여리와 함께 목공도 직접 한다. 봉고의 두 딸

아빠 꿈은 아직 실현되지 않았고, 날밤의 케냐행은 좀 더 지켜봐야 한다. 꼬물이는 세상에 잘 태어나고 잘 자라 또또로는 기원을 이뤘다. 질러는 40대를 베트남에서 보내고 있다. 메롱은 아예 이사를 갈 만큼 유럽으로 긴 여행을 다녀왔고, 부끄는 블루스 기타 연주 대신 카페를 운영하며 요리를 하고 있다. 소양이는 소삼팔가에 살면서 고양이와 함께 잘 지냈다.

마을기업 소행주와는 이야기들이 끊기듯 이어지고 이어졌다가 끊기곤 한다. 소행주가 아닌 다른 건축 일로 봄봄과 상의하고, 건축사 자담의 실장님은 소삼팔가 건물 유지 보수 일로 상담을 많이 한다. 소행주의 삶에 애정이 여전한 박짱은 소행주 전체 일로 간혹 연락을 주고받는다. 자문위원인 박경옥 교수는 언젠가 공동체주택 관련 연구를 하셨는데, 그때 인터뷰에 참석해 다시 만났다.

10년 전 착공식에 함께 참석한 건축가 이일훈 선생님은 착공식의 의미를 간단히 정리하셨다.

"건축 공사를 하면서 착공식 상량식 등 몇 차례 고사를 지내는데 이는 미신이 아니다. 이런 고사는 건설 공정을 확인하는 과정이기도 하다. 따라서 대단히 과학적인 행사다."

이일훈 선생님은 소행주 입주민들에게 공동 주택의 의미가 무엇인지 그 가치를 종종 되새겨 주셨다. 그때는 몰랐는데 채나눔 건축을 주창한 유명한 건축가였다. 불편하게 살기, 밖에 살기 등 소행주의 정신과 맞닿아 있는 건축가셨는데. 2021년 7월 이일훈 선생님은 고인이 되셨다.

천지신명이시어!
오늘 이 자리에 함께 모인
이웃, 친구, 가족에게 건강과 평안을 베푸시옵소서!
이 터에 한 채의 집이 들어설 때까지
땀과 지혜를 내어 줄 노동자들이 무탈하도록 돌보아 주시옵소서
햇살 한 줌과, 바람 한 자락까지 담아
이 집이 청명하고 건강하게 지어지도록 굽어 살피시옵소서

오늘 이렇게
마음을 모으고 정성을 담아 기원하오니
오래오래, 이 마을이
소란보다 소통으로, 눈물보다 웃음으로 가득하게 해
주시옵소서!

오래오래, 이 집이
성미산의 푸름을 닮고 성산동의 푸근함을 담게 해 주시옵소서!
오래오래, 우리들이
마음이 풍요롭고, 몸이 건강하며, 영혼이 맑게 살 수 있도록

천지신명이시어
우리의 뜻과 의지와 열정을 굽어 살펴 주시옵소서!
상향

소삼팔가의 완공은 별 탈 없이 마무리되었다. 노동자들의 안전에도 큰 문제가 없었다. 소삼팔가가 완공되고 난 후 1층 출입문 옆에 나무 평상을 놓았다. 서너 명은 족히 누울 수 있는 평상은 마을 주민들의 소통과 웃음을 담기 위한 공간이다. 소삼팔가는 성미산 자락 오르막에 있어 딱 이 길목쯤 오르면 다리가 아프고 힘이 든다. 그래서 오가는 어른들이, 놀러 나온 아이들이 종종 평상에서 쉬다 간다.

마을과의 소통에는 공용 공간인 오래뜰도 함께한다. 어른들은 기타 모임, 반찬 만들기 모임 등을 이어 갔다. 모임에는 소삼팔가의 입주민뿐만 아니라 동네 주민들도 함께했다. 아이들은 친구를 데려와 함께 놀았다. 마을에 아이들이 놀 곳을 찾기가 쉽지 않다. 오래뜰은 어른들 눈치 보지 않고 함께 영화를 보기에도, 바닥에 앉아 수다를 떨기에도, 라면을 끓여 먹기에도 적당하다. 코로나19로 모임 인원이 제한된 상황에서 중학교 졸업파티를 할 수 있는 곳도 오래뜰이다.

소삼팔가에 사람만 인연을 맺은 것은 아니다. 마을 고양이들에게도 소삼팔가는 중요한 공간이 되었다. 몇 년 전부터 고양이 한두 마리가 주차장 인근에 나타났다. 소양이 등 고양이를 좋아하는 입주민들이 먹이를 가져다주었다. 어느 날부터인가는 인근에 사는 마을 이웃인 한 주민이 캣맘을 자처하고 나섰다. 단풍나무 아래와 자전거 주차장 근처에 고양이집이 놓였고, 이제 마을 캣맘은 먹이 봉지를 서너 개 들고 아침저녁으로 고양이를 보살핀다. 인근 고양이들이 소삼팔가 주차장으로 몰리지 않을 이유가 없다.

마을 캣맘은 간혹 입주민들에게 마음과 함께 빵이나 사과 등을 나누었다.

"주차장에 급식소 지어 주신 고마운 이웃님께 드립니다. 자리 내어 주시고, 매번 아이들(고양이) 챙겨 주시고 고맙습니다. 요즘 자주 가는 빵집인데 제 것 사면서 몇 개 샀어요. 맛있게 드세요."

시간이 흐를수록 집은 낡아 가지만 그 집에 사는 사람은 풍요로워질 수 있다. 여기에 사람의 마음과 손길이 들어서면 작은 변화들이 생긴다. 낡아지는 속도가 늦춰지고, 다양한 풍요로움이 쌓인다. 그러나 사람의 손길과 마음이란 쉬운 게 아니다. 그저 누군가가 먼저 마음을 보태고 사사로운 곳에도 손을 내미는 것만이 가능하다. 그런 일이, 사람과 사람을 잇는 일이 다만 소삼팔가에서는 조금 더 수월했을 뿐이다.

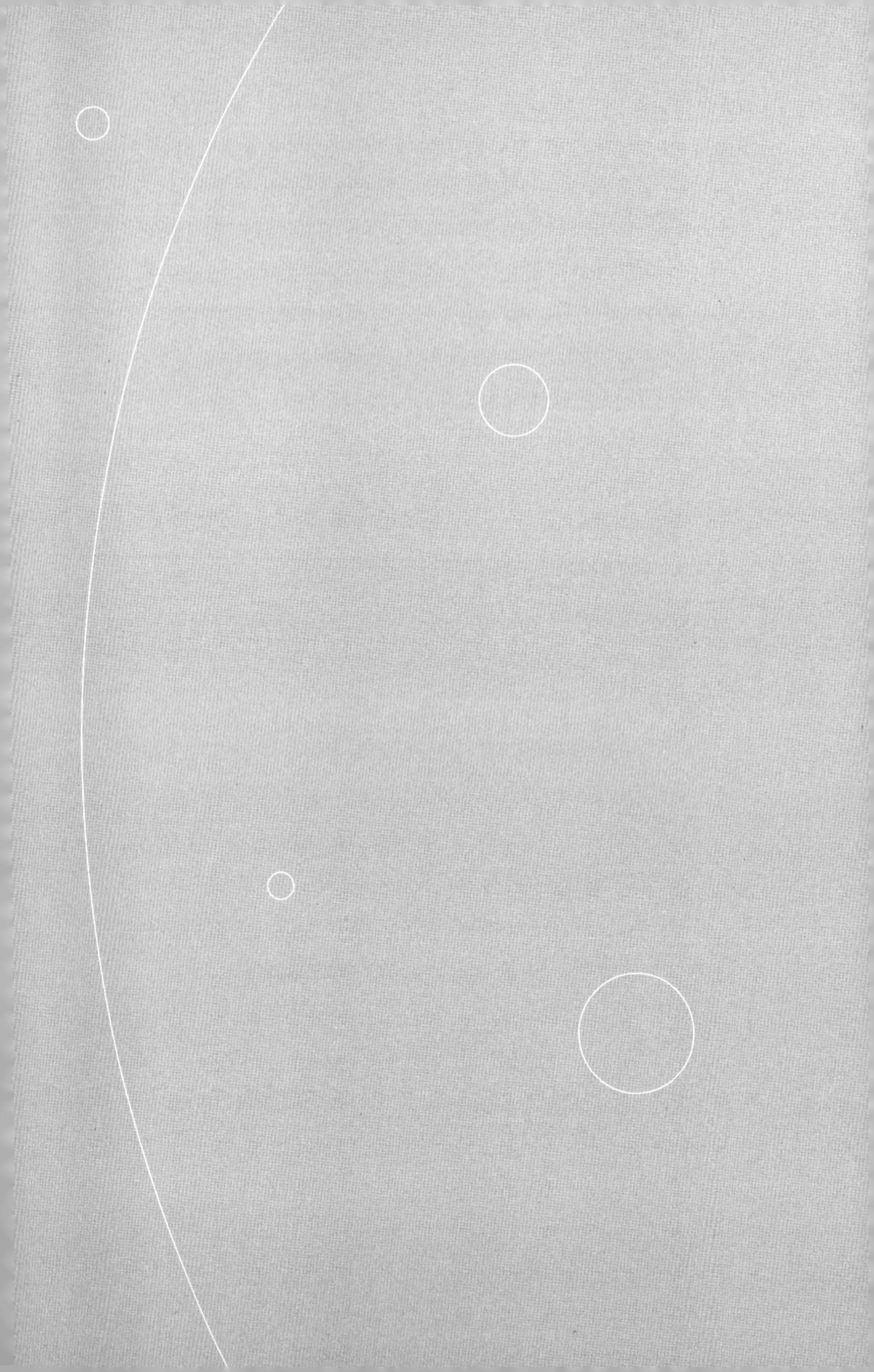

소행주의 어제와 오늘, 그리고 내일

•

소행주의 어제와 오늘, 그리고 내일

무언가 필요하면 술자리에서라도 이야기가 거론되고, 이야기가 무르익다 보면 총대 메는 주동자가 나오고, 누군가 동을 뜨면 사람들이 달라붙어 '함께 꾸는 꿈'을 이루어 가는 수순은 언젠가부터 자연스러웠다. 그냥 마을다운 일이었다.

마을기업 '소통이있어행복한주택만들기'(이하 마을기업 소행주)를 정식으로 만든 것이 2010년 6월이었다고 한다. 마을기업 소행주를 준비하던 시절인 2009년 8월에도 마을 주민 100명에게 설문을 진행했다. 공동체주택을 원하느냐 물었고, 답변에서 그 열망을 읽어 냈다. 그보다 앞서 6월에는 마을에서 지인들끼리 공동 주택을 지어서 사는 두 채의 여덟 가구를 대상으로 초기의 고민, 건축 과정, 입주 후 관계 등에 관한 설문을 진행하기도 했다. 공동 주택을 통해 교류가 늘고 만족도가 높은 것을 확인했지만, 예산을 크게 벗어나지 않는 선에서 전체 건축을 잘 마무리할 수 있는 코디네이터의 필요성도 절감했다.

사실 2008년 4월 코하우징 관심자 모임을 꾸리고 연구하기 이전부터도 박짱과 봄봄은 의기투합해 공동체주택 사업을 모색해 왔었다. 이렇듯 무언가 눈에 보이기 전 치열한 물밑 물갈퀴 작업도 있었지만, 두 사람은 2010년 5월 무모해 보이는 일을 단행했다. 성미산마을의 시초일 수 있는 게 아이를 도심 속에서 대안적으로 키워 보겠다고 모인 부모들의 '공동육아협동조합어린이집'(이하 공동육아 어린이집)이다. 공동육아 어린이집 1호인 신촌우리어린이집이 있던 땅이 매물로 나오자 그곳에 공동체주택 '소통이있어행복한주택'(이하 소행주) 1호를 짓겠다는 운명적인 결단을 한 것이다.

날릴 수도 있는 땅 계약금부터 걸면서 입주자 모집 설명회를 시작한 거였지만, 입주가 확정되는 시간은 길지 않았다. "되게 빨리 됐어." 박짱의 기억대로라면 알음알음 알고 의사를 타진해 온 주민들로 2주도 안 되는 시간에 모든 입주가 확정됐다.

2011년 4월 입주를 완료한 소행주 1호를 시작으로 성미산마을에만 8호까지 들어서는 10년의 세월 동안 서울 전역과 전국에 여러 소행주가 완공됐다. 수유동 '재미난', 부천 '산뜰', 과천 '사이', 화곡동 '이울', 신내동 1호 '너나들이'와 2호 '여성안심주택 달리', 부산 '소이락', 화곡동 2호 '309', 부천 2호 '산다', 홍은동 '숨과쉼', 삼선동 '이웃집3031'이 차례로 지어져 벌써 총 19호다.

성미산 소행주들만 들여다보아도 다채로운 변화 과정이 보인다. 소행주 2호엔 비혼 독립 생활자들의 '특집'이란 셰어 공간을 넣었고, 5호 '살면서주택'은 토지임대부주택, 6호 '세뜰채'는 세 자매의 집, 7호 '오르막'은 공동체주택 인증 자가형, 8호 '온음'은 공동체주택 인증 임대형으로 지었다.

소행주는 근린 생활 시설이 입점할 공간도 마련해서 소행주 1호에 비누두레(수제 비누 작업판매장), 성미산공방(밀랍초와 양모 펠팅 작업장), 도토리방과후가 들어와 있고, 4호에 문턱없는밥집(식당), 우리마을꿈터(택견 수련장)와 도토리방과후 한 곳이 더 안착해 있다. 6호에도 유리공방이며 방송작가의 글 작업실이 있고, 8호에도 왓아리딩트리(영어 교습소)와 소행주협동조합 사무실이 입점해 있다. 영어 교습소처럼 갓 만든 곳도 있지만 대개는 영세하고 오래된 마을 기업들이 젠트리피케이션을 비껴가며 지속 가능성을 모색하고 있는 공간들이다.

'살면서주택'은 공공의 토지를 빌려 토지임대부주택으로 지었기 때문에 큰 장점이 있다. 덕분에 마을 외곽이나 서울 변두리로 밀려나는 것을 고민하던, 살림이 윤택하지 않은 마을 활동가들이 들어가 안정적으로 산다. '온음'은 경제적으로 비축해 놓은 것이 별반 없는 30대 후반의 사람들이 공동체주택 인증제를 활용해서 건설 자금을 대출받고 이자 지원을 받으며 경제적 부담을 완화할 수 있었다. '온음'의 7가구는 모두가 마을 밖에서 온 이들이다. 마을 공동체와 공동체주택에 관심이 큰 이들이 소행주 입주를 계기로 마을에 들어와서 새로운 활력을 주고 있다.

나는 이제 소행주 1호 입주자일 뿐만 아니라 '살아보니더행복한 소행주협동조합'(이하 소행주협동조합)의 활동가다. 소행주협동조합은 각 소행주 식구들의 행복을 지원하는 역할을 하려 한다. 분양만 마치면 볼 일이 없는 시행사와 입주자의 관계가 아니라 오히려 입주 후 더불어 행복이라는 소행주 제2 시공의 꿈을 함께 품으려는 것이다.

또한 성미산 소행주 9호 '독립만세'를 순비하는 주체이기도 한데,

'독립만세'는 공동체주택 인증 주택으로 지어 보려 한다. 마을에서 50살이 되면 '반백잔치'를 열어 주곤 하는데 함께 축하받은 나와 동갑 친구들이 모두 이혼했다. 운이 좋게도 새로운 삶을 선택할 수 있는 용기와 기회가 있었다. 소행주 1호에 살면서 이혼한 다른 가구의 한부모와 자녀도 소행주에 살아서 다행이었다고 입을 모은다. 이상한 시선과 손가락질 대신 존중의 마음 가득한 곳이어서 그렇다. 비혼이든 이혼이든, 1인이든 동거인이 있든, 젊었든 나이 들었든, 좁은 공간일망정 안정적으로 깃들어 넓은 공용 공간을 함께 쓰며 소행주 식구로 서로 의지하는 집. 내 집 하나도 온전한 내 공간이요, 같이 사는 공동체주택 전체도 온전한 우리의 공간인 집. 공동체주택 '독립만세'는 혈연의 가족보다 위계질서 없이 새로이 구축할 확장된 가족을 제공할 것이다.

한편, 마을에선 데이케어 센터가 들어가는, 규모 있는 소행주 돌봄 주택도 시도 중이다. 공동화 현상 없이 유기적으로 살아 있는 마을로, 나이 들어서까지도 내내 더불어 살고 싶은 마을로, 노후까지 고민하며 추진하는 돌봄 주택이다. 돌봄 주택, 1인 독립 생활자 주택, 전국의 소행주 입주자들의 '더불어 행복'을 모색하며 응원하는 소행주협동조합. 곧 도래할 소행주의 미래다.

슬기로운 이웃생활

박경옥

소행주 1호에 입주가 이루어진 지 어느새 11년의 시간이 흘렀다. 그동안 공유의 커뮤니티공간을 나의 공간처럼 사용한다는 소행주에 적용된 계획 개념이 건축으로서의 주택을 넘어선 거주 방식으로 자리 잡아, 민간뿐만 아니라 공공의 주택 공급에도 적용되었다. 소행주 1호를 지을 당시는 이러한 주택을 코하우징이라 불렀고, 서울시가 조례로 '공동체주택'으로 정의하여 지원하면서 공동체주택으로 부르게 되었다.

소행주는 공동체주택의 브랜드가 되어 서울 이외에도 과천, 부천, 부산 등에 지속해서 공급되었고, 주택을 짓는 과정은 이미 거주자에 의해 두 권의 책으로 출판되었다. 소행주의 생활도 여러 미디어 매체에 소개되었지만, 이러한 주택에 입주를 고민하는 잠재적 수요자들의 생활에 대한 질문은 몇 가지로 귀결된다. 공동체주택에서 이웃 간의 공동생활은 어느 정도 하는 것인지, 내 생활이 침해당해 불편하지 않을지, 자신이 사회성도 적고 낯가림도 심한데 이웃과 잘 어울릴 수 있을지… 등이다. 개인주의, 각자도생이 우세한 현실에서 '공동체'라는 의미가 부담된다는 것인데 이러한 질문과 고민에 대한 대답을 한 것이 이 책이다.

성미산마을 소행주 1호에 사는 느리와, 3호에 사는 노을이는 이웃과 함께 집을 짓고 생활하면서 겪은 일들과 생각을 정리하여 들려준다. 느리네는 4인 가족으로 입주하였고, 노을이는 '소삼팔가' 여덟 가구 중 유일한 1인 가구로 입주한 후 결혼해서 2인 가구가 되었다.

노을이는 '소행주가 공동체적 가치를 기반으로 하고 있으나 공동체적 가치가 규율도 아니고, 그 안에서 모두 같은 꿈을 꾸는 게 아니며' 입주할 때 '공동체 가치보다는 내 집을 내가 설계할 수 있다는 점이 더 끌렸다'고 한다. 또 '소행주 이웃은 소행주에 살게 되면 자연스레 이웃이 되는 게 아니라, 소행주에 사는 개개인들의 관심과 활동 범위에 따라 달라진다'고도 말한다. 노을이는 자기 집에 원하는 생활을 담을 수 있도록 설계하였고, 입주한 후에는 미처 고려하지 못한 점을 고쳐 가면서 보완해 가는 것을 즐거움으로 삼는다. 커뮤니티 공간에서 이웃과 모임을 하고, 주변의 다른 다세대주택과 달리 시야가 넓게 트이고 쓰임새에 맞게 설계한 옥상에서 맥주를 즐기고 붉은 저녁노을에 감탄하기도 한다. 1인당 주거 면적이 가장 넓고 원룸처럼 계획된 자기 집을 이웃들의 송년회 장소로도 제공한다. 누군가 해야 하는 선출직 입주자 대표에도 출마하고, 이웃의 가방 대방

출에 득템하고, 공동 공구로 목공도 한다. 이런 이웃 관계가 도시 공동 주택에서 가능하다는 것도 신기하지만, 리모델링 공사로 인한 소음에 대응하는 이웃의 단계적 변화는 더 놀라운 일이다. 소음의 고통을 토로하다 마감재 추천으로 변화할 수 있다니.

느리가 사는 소행주 1호는 최초로 지어진 공동체주택답게 그다음 주택이 지어질 때마다 새로운 소행주 이웃들에게 형님 역할을 든든히 해내고 있다. 집 내부가 궁금한 이들에게 집을 공개하고, 이웃과 함께하면서 겪은 경험으로 조언한다. 내가 공동체 마을, 공동체주택 연구를 하면서 만난 거주자들이 공통으로 말하는 것은, 10년 정도 지나면 문서화된 규약 없이 이웃 간에 상호 인지된 규약으로 공동체가 잘 운영된다는 것이다. 이웃 간에 서로 이해하고 용인할 수 있는 비슷한 수준의 공감이 이뤄지는 시간이 필요한 것이다. 소행주 1호는 이웃이 같이 산 지 10년을 넘겼다. 시간이 지나면서 사회적 가족이 되어 갔다. 이런 모습을 인정받아 2020년 11월에 삼성생명 공익재단 삼성행복대상의 가족화목상을 수상했다. 이는 가족 개념을 변화시킨 일이다.

2020년 2월부터 시작된 코로나 대유행 초기에는 접촉 감염에 대한 위험으로 '여럿이', '함께', '공유'의 활동이 축소될 것으로 예측하는 기사가 많았다. 코로나 대유행이 2년간 지속되면서 소행주에서는 어땠을까?

4명, 6명, 8명 이상 모임 금지라는 방역 지침을 지켜야 하므로 전체가 모이는 월 모임, 송년회는 열리지 못했다. 그러나 커뮤니티실과 옥상에서 몇몇 이웃과 편안하게 소통하며 만남의 갈증을 해소할 수 있었다. 코로나 확진 가정이 생기면 이웃들은 현관 손잡이에 먹거리 꾸러미와 손 편지를 걸어 따듯한 격려와 응원을 보냈다. 그러한 지원으로 힘든 상황의 가족은 건강과 일상을 회복하는 데 힘을 얻게 되었다.

나는 드라마 중 '슬기로운 ○○생활' 시리즈를 좋아하는데, 주변에선 갈등을 일으키는 악인이 없는 게 비현실적이어서 동화나 판타지 같다고 평하기도 한다. 그러면서도 이런 드라마가 시청률이 높은 건 현실에서 그런 슬기로운 사람들과 그런 상황이 많기를 바라기 때문일 것이다.

소행주의 사람 사는 이야기는 도시에서 '슬기로운 이웃생활'이라고 부를 만하며, 살면서 외롭고 힘들 때 가까이에서 알고 지냈던 이웃의 말 한마디가, 차 한 잔이, 밥 한 끼가 회복의 힘이 되는 것을 보여 준다.

아직도 공동체주택에 살기를 망설이는 이들에게 소행주 거주자 강호는 말한다. "처음엔 공동체주택에 살기 두려웠는데 시골 마을 개념으로 살았고, 그게 좋았어. 위에서 당겨 주고 밑에서 밀어 주며 항상 응원해 주고. 공통 일에 참여 못하면 미안해하고 다음에 더하는 게 자연스럽지. 앞으로 노후가 길 텐데 누가 누구를 책임질 순 없겠지만 경제적 공동체의 부분도 있으면서 계속 이어지면 좋겠어." 망설이지 말고 이웃과 더불어 살아 보라는 격려다.

현재 소행주 가구들은 소행주 공동체 네트워크를 지향한다. 성미산마을을 넘어 여러 지역의 소행주 가구들이 소통하며 도시에서 공동체 연대의 방향을 모색하려고 한다. 앞으로 소행주 거주자도 나이가 들어 노인이 많아지면서 공동체의 역할이 더 중요해질 것이다. 소행주 네트워크를 통해 노인이 되어도 살기 좋은 집, 새로운 돌봄 주택을 만들어 갈 것이고, 다시 10년 후 우리에게 그들의 이야기를 들려줄 것 같다.

••• **박경옥** 소행주 자문위원, 충북대학교 주거환경학과 교수

우리는 집이 아닌 마을을 짓는다

류현수(봄봄)

건축을 시작한 지 25년 가까이 되어 간다. '자연을담은집'을 창업한 지는 21년이 되고, '소통이있어행복한주택만들기(이하 마을기업 소행주)'를 일군 지는 11년이 지나간다. 10년이면 강산이 변한다는데 나도 변화를 꿈꾼 것 같다. 10년은 생태, 환경을 중시하는 생태 건축을 하면서 목구조, 흙 건축에 빠져서 살았다.

그 후 10년은 커뮤니티 건축 실현을 위해 많은 사람을 만나서 지지고 볶고 하면서 살았다. 이제 앞으로의 10년 살이는 지금까지 해 온 집짓기를 더 발전시키고 싶은 마음이다. 함께 지어 살면서 이웃을 형성하는 마을 짓기까지 해 볼까 한다.

공동체주택보다 넓은 범위의 마을을 짓는다는 것이 허황한 꿈만 같지만 소행주를 통한 경험의 축적이 있기에 가능하다고 본다. 특히 성미산마을 소행주 작업에서 느낀 애환 중엔 창조적 활동으로 인한 기쁨이 컸다. 삶을 운영하고 공간을 움직이는 사람은 실거주하는 사람이다. 협업을 통한 공간 창조로 입주자가 단순 소비자가 아닌 집을 만드는 주체이며 디자이너임을 확인했다. 똑같이 정해진 아파트 공간에서 가구와 가전으로 자기를 표현하는 것을 넘어서 내 집을 참여형 설계를 통해 만들어 나가는 공동 주택이 바로 소행주다. 소행주가 획기적 시도로 주거 다양화의 시대를 열어 나가고 있다고 해도 과언이 아니다.

그런 맞춤형 설계를 충실하게 잘 해내고 만족도가 높은 대표적 입주자가 느리와 노을이이다. '서로 가까이에 인접하여 사는 집이나 사람'을 칭하는 이웃이라는 말은 소행주가 입에 달고 사는 말이다. 요즘 코로나 시대에 이웃의 중요성을 더욱 절실하게 느낀다. '멀리 있는 친척도 사촌만은 못하'기 때문이다. 바로 그런 이웃사촌과 소통하는 즐거움을 느리와 노을이는 각기 다른 건물에서 각기 다른 방식으로 누리면서 10년의 세월을 살고 있다.

'함께 건축'은 혼자가 아닌 함께 만드는 생활의 재미를 느끼는 것인데 바로 노을이가 표현한 옆집 이웃, 팔가 이웃, 소행주 이웃, 마을 이웃이 마을기업 소행주가 꿈꾸는 함께 건축이다. 2013년 봄 건축 상담을 할 때 노을이는 확고한 비혼의 1인 가구 생활자였다. 소행주는 맞춤형 설계를 하기에 재차 확인했는데 노을이는 절대 결혼을 안 한다고 했다. 노을이가 40대 비혼남으로 501호 '유채'를 설계하던 모습은 내가 자주 이야기하는 선택과 집중의 성공이며 일점 호화주의라는 합리적 소비의 쾌거였다.

한데 세상일은 하느님도 모르는 법, 노을이가 채리와 결혼

한다는 소식이 들려왔다. "집을 옥상으로 한 층 올릴 수 있나요?" 노을이의 전화도 왔다. 둘의 살림을 합치기엔 '유채'가 작고 손볼 곳이 많아서 하소연 겸 모든 가능성을 타진한 것이었다. 하지만 빈 도화지에 상상을 옮겨 그림을 그린, 혼자만의 맞춤형 설계를 한 집에 두 사람이 적응할 수밖에 없는 노릇이었다. 신혼집을 보지는 못했지만 비우고 버리면서 맞추어 살고 있을 것이다. 글을 읽으니 두 사람의 유쾌하고 소박한 생활이 보이는 듯하다.

노을이의 글에서 하이디가 자원봉사 관리인 수준으로 변모한 모습도 엿보았다. 하이디와 초기 건축 상담할 때를 떠올려보면, 같이 살 이웃에 대해선 호기심과 기대가 가득했지만 막상 건축 관련해선 대강대강 대충대충 넘기는 모습이었다. 그런 하이디가 딸이 커서 자기 방을 갖고 싶어 한다며 5년 전 리모델링을 요청할 때의 모습은 또 달랐다. 불필요한 요소를 파악하고 있었으며 디자인 등 표현 방식이 많이 세련돼졌음을 느꼈다. 재탄생한 '고양이집'을 보면서 삶과 공간 모두에 만족해하는 하이디를 보았다. 이번 글에선 자신이 사는 '고양이집'을 넘어서 '소삼팔가' 전체를 챙기는 모습까지 읽혀서 너무 반갑고 고마웠다.

데크에 오일스텐도 칠하고 조명도 갈아 치우는, 맥가이버 하이디는 분명 소중한 일꾼이자 이웃과 함께하는 삶의 디자이너였다. 시골의 단독주택은 관리가 어렵다고들 하고, 다세대주택은 청소만 공동으로 하고 문제가 터지면 수습하는 정도가 끝이기 마련이다. 다세대주택과 같은 규모이지만 소행주는 여러 공용 공간이 있는 게 큰 특징이다. 옥상, 복도, 커뮤니티실, 공용 세탁실, 자전거 보관소 등 곳곳의 관리가 쉽지만은 않다. 하지만 '단독주택 같은 다세대주택'이라는 소행주의 콘셉트대로 입주자 스스로 매뉴얼을 만들어 관리하고 있다.

'소행주 1호'는 농촌 공동체 마을 같고 '소삼팔가'는 도시의 젊은 공동체 마을 같다. 1호는 대면이 주된 소통 방식이라면 3호는 비대면 SNS로 소통한다. 3호가 1호만큼 자주 만나지 못하는 것 같아 내심 걱정이 됐던 것도 사실이다. '자주 봐야 정이 드는데 술자리도 많이 없고… 공동체가 잘 유지될까?' 하는 염려로 지켜보았는데 그것은 기우에 지나지 않았다. 그렇게 다르면서 행복한 것이 소행주라는 결론이다.

1호의 느리는 개성이 강한 활동가면서 모든 모임의 균형추가 되는 인물이다. 느리는 물론 입주자 하나하나가 중심이 돼서 만들어 간 소행주 1호의 문화는 '따로 또 같이' 사는 이웃사촌의 표본이며 미래다.

마을은 우리에게 희망을 준다. 역사는 거창한 것만이 아닐 것이다. 우리 일상의 삶 속 하루하루가 바로 지금의 역사를 쓰고 있는 것이다. 내 집을 짓는 것보다 우리 집을 짓는 게 더 재미지고, 마을을 함께 짓는 게 한층 더 재미질 것이다. 마을 짓기는 팬데믹 이후에 우리가 만들어 가야 하는 소국과민小國寡民의 지향이라 생각한다.

••• **류현수** 자담건설 대표, 소통이있어행복한주택만들기 대표

10년 소행주살이

박흥섭 (박짱)

아이를 키우기 위해선 마을 하나가 필요하다고 합니다. 하지만 임대 기간 2년 단위로 떠도는 유목민 신세를 벗어나기 힘든 게 현실입니다. 누구도 행복할 수 없는 떠돌이 생활 대신 지역에 정주하는 삶을 모색했습니다. 함께 아이를 키웠던 이웃들과 힘을 모았습니다. 마을기업 소행주(소통이있어행복한주택만들기)의 시작이었습니다.

소행주와 여느 주택이 다른 점을 네 가지 정도로 설명할 수 있습니다. 크든 작든 자기 집을 자기가 설계한다, 함께 사용하는 공용 공간을 만든다, 서로 좋은 이웃이 될 수 있도록 커뮤니티 교육을 한다, 지역에서 고립된 섬이 아니라 함께 행복해지려 한다는 것이 그것입니다.

각 소행주의 이름 앞에 지역명을 붙이고, 짓는 과정에 기회될 때마다 이웃을 찾아 인사하고, 짓고 난 후 마을 주민을 청해 오픈하우스를 하는 것도 '세 닢 주고 집을 사고 천 냥을 주고 이웃을 산다'라는 지혜를 실천하려는 노력입니다. 전국 곳곳의 소행주라는 점이 선으로 이어지고 다시 면이 되어 공동체 주거 문화를 일굴 수 있으면 좋겠습니다.

그런 소행주 활동도 벌써 10년을 넘어섰습니다. 서울, 과천, 부산, 부천 등에 19채의 소행주를 지었고, 많은 입주자가 살고 있습니다.

소행주 입주자들 생활은 어떨까 상상해 봅니다. '처음 기대했던 만큼 만족하실까, 아니면 실망하고 계실까?' 막상 함께 살면 생각했던 것 이상의 어려움도 있으리라 생각됩니다. 동시에 먼 친척보다 가까운 '찐 이웃'을 얻은 즐거움이 클 거라는 생각도 분명하게 듭니다.

소행주 거주자에게 실제 살아 보니 어땠는지를 물었습니다. 2020년 10월~11월에 12개 소행주 65명에게 설문한 결과 소행주 선택에 대한 만족도는 매우 만족 35.4%, 만족 49.2%, 보통 10.8%, 매우 불만족 3.1% 순이었습니다. 또 주변에 소행주를 주거 방식으로 권유하겠다는 사람은 87.5%나 되었습니다.

무엇에 만족하기에 이웃에게 권하는 건지도 살폈습니다. '함께 사는 이웃들' 45.0%, '안전 및 안정' 15.0%, '문제 공동 해결' 15.0%, '참여형 설계' 12.5%로 함께 사는 이웃 관련 만족도가 눈에 띄게 높았습니다. 사는 곳을 소개할 때 무엇을 제일 먼저 이야기하는지 물었더니 '함께 사는 이웃' 57.8%, '참여형 설계' 20.3%, '커뮤니티실 등 공용 공간' 20.3% 순으로 답했습니다. 이웃들과 함께 마음 맞추어 살아 보겠다는 마음이 실제 삶에도 반영되고 있음을 알려줍니다.

이와 별도로 소행주 공동체주택에 관심을 두고 있는 302명을 대상으로 소행주에 입주할 때 예상되는 장점도 물어보았습니다. 내 마음에 맞는 주거 실현이라는 의견이나 주택 마련 비용 절감으로 경제적이라는 의견도 각기 23.1%, 8.5% 있지만, 육아나 교육에 이웃의 도움 27.1%, 좋아하는 사람들과 함께하는 즐거움 23.4%, 이웃과의 친목 15.9%로 이웃과 관련된 기대가 66.4%나 됐습니다.

소행주를 접한 이들에겐 소행주가 이웃 간 관계를 회복시키고 확장시키는 곳이란 인식이 퍼져 있습니다. 생활 속 소소한 문제는 어디에나 있을 수밖에 없겠지만 이를 어떻게 해결하느냐가 더욱 중요할 것입니다.

나의 존재를 인정해 주는 관계가 사람을 행복하게 만듭니다. 교류 속에서 생기는 긍정적인 에너지가 바로 행복 에너지입니다. 함께 살기 적합한 공간 설계로 출발하는 소행주에서 어른도 아이도 조금씩 성장하고 있습니다. 각 소행주의 함께살이 즐거움을 이어 주고, 어려움을 덜어 줄 소행주협동조합의 시도는 소행주의 제2 시공으로 소행주의 행복을 탄탄하게 뒷받침해 줄 것으로 생각합니다. 모쪼록 행복해지는 것을 두려워하지 마시길 바랍니다.

••• **박흥섭** 소행주협동조합 대표

성서중학교
성미어린이집
성미산
되살림가게
소행주 2호
소행주 3호
소행주 8호,
소행주협동조합
소행주 4호,
우리마을꿈터
소행주 7호
마포희망나눔
성서초등학교
동네책방 개똥이네
성미산학교
성미산어린이집
함께주택 1호
소행주 1호,
도토리방과후,
성미산공방,
비누두레
소행주 6호
성미산 마을극장 향,
시민공간 나루
월드컵경기장, 마포구청
우리어린이집
울림두레생협 성산점
마을활력소,
작은나무카페,
성미산마을회관
키다리아저씨 빵집
한강망원지구
합정
6호선 망원역
무지개의원,
마포의료사협

성산2동
성미산약수터,
등산로 입구
연남동
생명의 숲 공간민들레
해빗투게더협동조합,
모두의 놀이터
마포FM
경성고
사거리
전쟁과 여성 인권박물관
대부속초등학교
여자중·고등학교
홍대
알밤과 꽁지 방과후
소행주 5호
동물보호시민단체 카라(KARA)
서교동
성미산마을 소행주 지도
2022년 12월 현재의 지도이다.
성미산마을
서울시 마포구 성산1동, 성미산 일대의
느슨한 생활 공동체를 이르는 말.
소행주
소통이 있어 행복한 주택.
현재 전국에 19호의 소행주가 있으며,
성미산마을에 8호의 소행주가 있다.